LES TAMBOURS DE LA MÉMOIRE

A Mangoné Niang
et Ousseynon Béye
Pour Mintou et les enfants.

En couverture : Oeuvre d'Abdoulaye Ndoye,
photo : Archives culturelles du Sénégal

ISBN : 2-7384-0912-1

BOUBACAR BORIS DIOP

LES TAMBOURS DE LA MÉMOIRE

L'HARMATTAN

PREMIÈRE PARTIE

1

Les premiers bruits de la ville me parviennent comme étouffés. Dans la pénombre de la chambre à coucher aux persiennes encore closes, les aiguilles de la petite horloge murale indiquent vaguement qu'il va bientôt être 7 heures 30. Je tourne lentement la tête du côté du mur : comme je m'y attendais, la place de Ndella est vide. Dès que je me suis endormi, assez tard dans la nuit, car deux ou trois heures après notre retour du cinéma, nous avons fait l'amour avec des acrobaties de singes surexcités (j'appelle parfois Ndella ma petite animale en chaleur), elle a dû filer au salon sur la pointe des pieds, sous prétexte de bûcher, en réalité pour fuir mes ronflements qu'elle trouve de plus en plus insupportables. M'extirpant à contrecœur de mon épaisse couverture, je vais ouvrir la fenêtre qui donne sur la grande avenue. Il tombe encore de fines gouttes de pluie ; je me penche un peu. Rues noires et humides sous un ciel gris et comme inamical, passants encore mal réveillés ; vus de haut, tous ces gens font penser à des êtres quasi inhumains sous leurs parapluies sombres, quelque chose comme des bestioles alertes se croisant sous la pluie sans se voir. Juste au-dessous de notre immeuble, un autobus vient de déverser ses passagers. En essayant d'éviter je ne sais quoi, l'un d'eux, un vieux maigrichon en sabador gris, rate une marche, heurte le kiosque à journaux et se retrouve sous les pneus géants du bus. Aussitôt s'élève une immense clameur : au moindre mouvement du car le vieux va y passer. Le chauffeur finit par comprendre ce qui arrive et le contrôleur fait de grands gestes furieux en direction de la foule : le pauvre, il en a déjà assez de cette journée qui pourtant vient à peine de commencer... On s'empresse de retirer de sous le bus le vieux encore fortement commotionné. Le chauffeur redémarre bruyamment, j'ai même l'impression d'entendre la masse jaunâtre du bus pousser un violent cri de colère... Je me sens soudain plein de vigueur : l'air frais et pur du matin, ces petites émotions montant de la rue jusqu'à moi...

Dans le salon je trouve le désordre typique des périodes où Ndella prétend préparer fiévreusement ses examens. Ses bouquins jonchent le grand lit circulaire qui lui tient lieu de table de travail. Depuis deux mois elle n'arrête pas de pester contre les étudiants en Lettres qui ont réussi à entraîner toutes les autres facultés dans leur grève. Résultat : plusieurs semaines de troubles, la session de juin annulée et une session unique en octobre. Et, bien sûr, ma brave petite épouse obligée de rester cloîtrée pendant toutes les vacances pour enfin décrocher cette licence de mathématiques vaguement mythique. En réalité elle se contente de se pelotonner voluptueusement sur le lit, entourée de ses cahiers et livres, ses yeux immenses et lascifs fixant le vide jusqu'à ce que sommeil s'ensuive. De fait, quand m'arrachant de mon observatoire je traverse le salon sans bruit pour aller me faire un café à la cuisine, Ndella est depuis longtemps plongée dans un paisible et profond sommeil, la tête sur son grand classeur marron. A côté d'elle l'inévitable tube jaune de Vitascorbol qui était supposé la maintenir éveillée...

De retour de la cuisine je me suis assis par terre et j'ai allumé une gauloise. Réveiller Ndella et la mettre au courant de la terrible nouvelle ? J'hésite. Elle a des réactions tellement imprévisibles ! Elle est parfaitement capable de me foudroyer quelques minutes du regard et de grogner quelque chose signifiant à peu près que l'assassinat ou le suicide de Fadel Sarr ce n'était pas du tout son problème, qu'il l'avait bien cherché et que si Fadel était resté bien au chaud chez lui comme tout le monde au lieu d'aller fourrer son nez dans cette histoire compliquée au lointain royaume de Wissombo, il ne lui serait rien arrivé. Vous ne pouvez pas imaginer le soin qu'elle met, Ndella, à faire croire qu'elle prend la vie comme elle est et que rien sur cette terre n'a vraiment de l'importance pour elle. Chaque fois que je l'observe comme en ce moment-ci, je suis frappé par son extrême maigreur, par ses fesses étroites et pour ainsi dire surélevées, par ses cheveux courts, par l'immensité de ses yeux dont je crois avoir déjà parlé, bref par tous ces signes qui, à mon humble avis, identifient de façon aussi mystérieuse qu'infaillible les intellectuelles émancipées qui ne se laissent pas marcher sur les pieds.

Si vous aviez connu Ndella il y a une dizaine d'années, je veux dire à l'époque où elle vivait avec Fadel en concubinage (j'utilise ce mot sans rancœur aucune, c'est le seul adéquat)... Il était vraiment difficile de rencontrer une jeune fille plus excentrique dans la ville. Toujours agressivement mal fagotée, elle allait pieds nus et fumait la pipe (« comme la reine Ndatté Yalla du Waalo », disait-elle d'un air narquois à ceux qui avaient la naïveté de s'en offusquer). Son goût totalement pervers pour les malentendus l'amenait certains soirs à se prostituer pour se faire un peu d'argent de poche puis, à l'instant où le client rassasié lui tendait les billets de banque, à renoncer à l'argent pour être sûre, expliquait-elle au monsieur interloqué, d'avoir gémi de façon désintéressée, un soir quelconque parmi les innombrables soirs de sa vie, dans les bras d'un inconnu. Une fois, Ndella avait choisi une douzaine de mendiants parmi les plus spectaculairement estropiés de la capitale et les avait invités à déjeuner au « Dial Diop », vous savez, ce restaurant drôlement chic qui se trouvait rue Mac-Mahon, dans le périmètre qu'ils ont démoli récemment pour construire, paraît-il, un supermarché ; en fait c'est une simple supposition, presque personne ne sait avec précision ce que font là ces grosses bennes, ces grues jaunes et tous ces ouvriers qui s'affairent parfois au-delà des heures normales de travail : il y a un chantier, c'est tout ; avant, c'était donc le « Dial Diop ». L'entrée de Ndella sur le coup de midi a fait de l'effet ce jour-là, on peut le dire ; le patron, un brave homme toujours souriant, était complètement paniqué ; Ndella, elle, sûre de son bon droit, parfaitement à l'aise au milieu de ces infirmes aux moignons purulents savourant pour la première fois de leur vie d'aussi bonnes choses — chili con carne, profiteroles au chocolat, foie de veau persillé — sous les regards fascinés des rares clients que le dégoût n'avait pas chassés (ceux-là avaient compris, dira-t-elle plus tard, que la beauté n'a jamais absolument rien à voir avec les belles choses insipides)... Comment j'en suis arrivé à épouser une telle fille, vous le saurez peut-être plus tard, encore que je ne sois pas tout à fait sûr de le savoir vraiment moi-même, c'est d'une telle complexité l'enchevêtrement des circonstances qui ont brusquement abouti à mon mariage avec Ndella ! La seule chose qu'on peut tenir pour certaine, c'est que Mame Ndella Sy méprise tout le monde, y compris moi ; je devrais plutôt dire : à commencer par moi, son époux. Tout le monde sauf Fadel Sarr que, pour des raisons connues d'elle seule, elle a toujours considéré comme une sorte de demi-dieu. Le nom de Fadel ne vous dira probablement rien. Mais vous ne pouvez pas ne pas avoir entendu parler de son père El Hadj Madické Sarr, ministre de ceci et de cela, président de l'Assemblée populaire pendant cinq ans, à présent homme d'affaires prospère, influent et respecté. On dit même que le major Adelezo sollicite régulièrement ses avis sur certaines questions délicates. A l'heure qu'il est, El Hadj Madické Sarr ne sait pas encore que son fils Fadel (qui était mon ami) est mort dans un petit village du royaume de Wissombo. Il faudra bien que je passe l'informer dans un moment avant de me rendre à la morgue. Dieu seul sait comment le vieux Madické et sa famille prendront cette terrible nouvelle.

Fadel se trouvait depuis quelques années à Wissombo, capitale de l'ancien royaume du même nom. Il avait débarqué un lundi, la veille de son départ, dans mon bureau et m'avait demandé si je pouvais le déposer le lendemain très tôt à la gare routière. J'étais d'autant plus ravi de rendre ce service à Fadel que c'était une des rares fois où je le voyais en solliciter. C'était un type très orgueilleux. Au moment où nous approchions de la gare routière, il m'avait annoncé avec simplicité qu'il allait à la recherche de la reine Johanna Simentho. Sur le coup, je n'avais pas bien compris ce qu'il voulait dire. Je me souviens que depuis notre départ de chez Ndella où il avait passé la nuit (elle n'avait même pas daigné se tenir sur le seuil de sa maison pour lui faire des signes d'adieu de la main et essuyer quelques larmes, elle a toujours eu le cœur sec), Fadel n'avait pas desserré les dents une seule fois, une attitude qui lui était familière et qui m'exaspérait au plus haut point. Je dois vous dire qu'en dépit de son apparente timidité, Fadel avait la prétention d'être un esprit supérieur pour qui dire des choses ordinaires comme vous ou moi aurait été le signe d'une inadmissible décrépitude intellectuelle. Jamais, par exemple, il ne lui serait venu à l'idée de siffler au passage d'une belle fille ou de parler simplement d'un match de basket. Je m'étais rendu compte avec agacement qu'avant de condescendre à m'informer de son grand projet,mon ami avait retourné mille fois la question dans sa grosse tête. Par pure courtoisie j'avais fait semblant d'être intéressé :

— La reine Johanna ?

Aucun mot ne peut exprimer avec assez de force l'étrange lueur qui transfigura en un éclair le visage de Fadel. Cela s'était passé très vite, vraiment très vite. Il avait presque aussitôt repris son air de tous les jours. Lorsque nous sommes arrivés, Fadel a paru vouloir me donner des explications mais il n'en a pas eu le temps : le chauffeur du car s'est mis à klaxonner avec impatience pour annoncer le départ. Fadel m'a serré la main sans un mot. C'est vrai, je l'avais souvent entendu parler de cette reine Johanna Simentho mais sans y prêter grande attention. Pour moi, il ne faisait aucun doute que Fadel avait imaginé toute cette histoire compliquée pour justifier ses somptueux états d'âme de fils de milliardaire oisif et pas trop bête. Lorsqu'il m'a tourné le dos pour prendre sa place à l'arrière du car, je suis resté comme fasciné par l'impression de nonchalance sereine et de lassitude qui se dégageait de lui. Naturellement, je ne savais pas que je ne reverrais plus jamais Fadel vivant.

Hier, à la fin de ma journée de travail, j'ai reçu un coup de téléphone.

— Monsieur Ismaïla Ndiaye des Assurances nouvelles ?

— Lui-même à l'appareil, madame.

— Voulez-vous passer tout de suite à l'hôpital du 20-Juillet ? C'est très urgent, monsieur Ndiaye.

— Que se passe-t-il ?

— Un de vos parents ou un de vos amis, je ne sais pas, est mort dans un accident de la route.

J'ai cru que j'allais devenir fou.

— Comment vous ne savez pas, madame ? Vous vous moquez de moi ?

— Ne vous énervez pas, monsieur Ndiaye. Je vous expliquerai.

— Mais qui est-ce donc ?

— Il s'appelle Fadel... Attendez...

— Fadel Sarr !

— Oui, c'est lui. Le corps est...

— Merci, madame. J'arrive tout de suite.

J'ai raccroché brutalement. Je dois avouer, au risque de vous faire bondir d'indignation, que je n'ai pu réprimer un vague sentiment de soulagement. Entendons-nous bien : je ne souhaitais pas du tout la mort de Fadel, je suis comme vous à peu près sain de corps et d'esprit et je ne souhaite en principe la mort de personne. Mais les choses sont toujours plus complexes qu'il n'y paraît à première vue. Pendant quelques secondes, à cause des cachotteries de cette bonne femme, j'avais dû passer en revue la liste de mes amis et parents, redoutant le pire pour chacun d'eux. Ça aurait pu être quelqu'un avec qui j'avais joué à la belote la veille, ou un de mes frères. Ce n'est pas de ma faute si (permettez-moi cette image) le couperet est tombé sur quelqu'un que je n'avais pas vu depuis sept ans, quelqu'un pour qui j'avais de l'estime, certes, mais qui n'était pas mon meilleur ami. Je suis prêt à jurer sur le Saint Coran que le fait que Ndella ait été sa maîtresse n'a rien à voir dans cette affaire.

Au lieu d'aller, comme promis à l'infirmière, à l'hôpital du 20-Juillet, je suis revenu ici à la maison. Après le dîner Ndella et moi sommes allés voir « Witness » au cinéma ABC et pendant tout ce temps je n'ai pas cessé de chercher un moyen d'informer en douceur Ndella. A la sortie du cinéma nous avons rencontré Mathias, un de mes nombreux amis que Ndella ne peut pas sentir. Mathias l'a froidement saluée d'un hochement de tête puis m'a invité à le suivre. J'ai pensé avec agacement qu'il allait encore me parler de ses conquêtes féminines. Mais non, Mathias m'a montré une magnifique Mitsubishi neuve. Il venait de l'acheter et était tout excité. Il m'a littéralement forcé à m'asseoir à côté de lui pour admirer le tableau de bord. Bien sûr Mathias avait une idée derrière la tête. Je me suis soudain souvenu avec écœurement que depuis ma nomination au poste de directeur général de la Société des Assurances nouvelles, Mathias me harcelait de questions sur les possibilités d'exonération ou de réduction pour les voitures de tourisme. Il comptait sur moi pour ne rien payer.

— Tu sais, lui ai-je dit gravement pour lui couper l'herbe sous les pieds, je viens d'apprendre la mort de Fadel. Je ne sais pas encore comment en parler à Ndella.

— Comment ça s'est passé ?

— Un accident, je crois.

Mathias avait l'air sceptique. Il pensait à un assassinat politique perpétré par les hommes du major Adelezo mais, étant donné qu'il venait de se payer une Mitsubishi neuve après moult privations, il n'était pas question qu'il dise de telles choses à haute voix. De plus Mathias avait toujours franchement détesté Fadel. De ce point de vue, et cela dit sans cynisme aucun, ce n'était déjà pas si mal que Fadel eût été écrasé par un chauffard. Mais j'ai de bonnes raisons de croire que Mathias aurait été moins frustré si Fadel avait été tué au cours des événements de Wissombo, vous savez, ces fameux événements dont chacun parle à voix basse en évitant même d'être entendu par sa propre ombre. Mathias y aurait vu à coup sûr une certaine forme de justice et je l'entends d'avance dire, triomphant, le cœur rempli de haine : « Il l'a bien cherché, hein ! »

Ndella m'a dit, un jour où elle était en veine de confidences :

— Tu sais, mon homme, Fadel et moi on s'est séparés parce que j'étais jalouse.

J'ai souri :

— Toi, jalouse ?

Je la croyais incapable d'éprouver un tel sentiment et comme cela m'arrangeait bien, je l'encourageais à persévérer dans cette juste voie.

— Je parle très sérieusement. J'ai fini par comprendre que toute sa vie Fadel n'aimerait jamais une autre personne que Johanna.

J'ai senti le sol se dérober sous mes pieds. Est-ce qu'ils avaient décidé de me rendre fou, ces deux-là ? Fadel amoureux d'une reine presque imaginaire ? Sans doute ne suis-je pas une lumière mais je suis de ceux pour qui, plus les choses sont carrées, mieux ça vaut.

Ce matin, face à Ndella endormie, je bois lentement mon café et je n'arrive pas à chasser l'image de Fadel me murmurant presque, de sa voix indolente, avec cet air funèbre qu'il avait à certains moments :

— Pour moi, Ismaïla, le monde se divise désormais en deux, il y a ceux qui croient en Johanna et ceux qui n'y croient pas.

Naturellement, je n'ai pas pu résister à la tentation de remplacer « Johanna » par « Dieu ». Fadel s'est contenté d'un haussement d'épaules. J'ai compris qu'il jugeait ma petite cervelle indigne de ses savantes élucubrations, ce qui m'a fortement dépité, je l'avoue. Par la suite, je me suis demandé si je n'avais pas été trop susceptible ce jour-là. Car son geste pouvait tout aussi bien signifier : « Et pourquoi pas ? »

Après le départ de Fadel pour Wissombo, Ndella avait complètement changé. Elle était devenue pour ainsi dire une autre personne. J'ai toujours trouvé bizarre qu'elle n'ait pas suivi son grand homme à Wissombo. J'aime bien penser parfois par vanité que c'est pour moi qu'elle est restée. Car après tout — pourquoi vous le cacher plus longtemps ? — Ndella et moi avions commencé à nous envoyer en l'air plusieurs mois avant que Fadel ne quitte Dakar. Pour dire les choses crûment, elle trompait son demi-dieu avec un pauvre mortel comme votre serviteur. Une sympathique voix intérieure a beau s'efforcer sans cesse de me rassurer (« Ne t'en fais pas, Ismaïla, si elle a décidé de vivre avec toi, c'est parce qu'elle t'aime vraiment »), rien n'y fait, mon malaise persiste. Je ne peux que me résigner à cette tragique évidence : les raisons pour lesquelles une femme méprise l'homme avec qui elle vit sont toujours si profondes et définitives que la moindre protestation peut sembler une remise en cause de l'ordre immuable de l'univers. Ma seule consolation, assez mesquine à vrai dire, c'est de sentir que Ndella est aussi coincée que moi. Oui, souvent comme des convulsions de sa conscience, les jaillissements nostalgiques d'une vie antérieure tel un animal en cage soudain secoué par l'appel de la forêt...

Après avoir pris ma douche, j'ai décidé de laisser un mot à Ndella.

« Mon petit oiseau, j'ai entendu dire qu'il est arrivé quelque chose à notre Fadel. Ne t'inquiète pas, je vais aux nouvelles. » Cela vous fera peut-être frémir, mais je n'ai pas du tout eu honte de mon cynisme.

2

— A quel prix les voulez-vous, ma sœur ?

— Merci, mon frère, n'insistez pas !

— C'est de l'or pur !

Près du terminus du port un jeune homme aux allures de voyou, vêtu d'un simple anango en lagos délavé, venait de proposer à Ndella quatre ou cinq bracelets qu'il faisait cliqueter dans sa main. Tout en parlant il la fixait de ses yeux rouges et terrifiants. Elle regarda sa haute silhouette se faufiler avec souplesse entre les voitures qui avançaient péniblement le long du boulevard au milieu des cris pittoresques des marchands ambulants. Comme elle le faisait souvent, Ndella leva la tête pour regarder droit devant elle, le plus loin possible, tentative émouvante et dérisoire de s'approprier un instant la Ville dans sa totalité. En vain. Pour elle, la Ville, ça ne voulait rien dire, ce n'était qu'un monstre massif et tentaculaire, insaisissable. Des talus poussiéreux et sales, le bruit assourdissant des véhicules et surtout cette odeur obsédante d'essence... Sur les cartes, la Ville était presque entourée de tous côtés par la mer, mais personne ne semblait s'apercevoir de sa présence. Les gens étaient tellement prisonniers de leur quotidien banal et des impératifs de leur survie qu'ils pouvaient rester des années sans voir la mer ni même se souvenir qu'ils ne l'avaient pas vue depuis longtemps. Dès la sortie des bureaux tous se précipitaient dans les bus ou les cars rapides pour aller se réfugier dans la banlieue. C'était comme si à partir de certaines heures ils n'avaient plus le droit de se trouver dans le quartier du Plateau. Les Libano-Syriens et les Européens, du haut de leurs immeubles, comme de farouches sentinelles sur leurs miradors, contemplaient la Ville qu'ils avaient conquise sans que personne ne s'en rende compte ni ne puisse dire comment on en était arrivé là. Seule sa Médina natale résistait encore, mais pour combien de temps... ?

Arrivée sous l'abribus, elle s'assit auprès d'un monsieur en train de lire la page sportive de *l'Indépendant*. Le monsieur se poussa d'assez mauvaise grâce en la regardant à la dérobée. Les cars venaient se garer devant eux, mais il y avait chaque fois une bousculade si terrible que Ndella faillit se résigner à se rendre à pied chez Fadel. Du dehors elle voyait les gens se battre à l'intérieur du car, la lutte pour les places assises prenant les allures d'une véritable corrida. C'était ça le progrès, un pas en arrière d'une certaine façon. Comme on était loin des intrépides guerriers chevauchant sabre au clair et bannière au vent à travers la savane ! Elle se demanda si leurs descendants, qui piétinaient avec une telle férocité et pour si peu les vieillards et les enfants, accepteraient pour quelque raison que ce soit de mourir pour leur patrie. « Mais, c'est vrai, la Patrie est en marche vers toujours plus de liberté et de bonheur, à en croire leur radio de merde, Fadel a eu le tort d'en douter et ils l'ont tué... »

Elle décida d'attendre le car suivant pour tenter une dernière fois sa chance. Les nuages s'assemblaient dans le ciel parfois zébré de timides éclairs. Il allait sûrement se remettre à pleuvoir et dès qu'il tombait un peu d'eau, la Ville devenait un bourbier infect. Ndella ressentait cette incroyable saleté comme une humiliation personnelle mettant à nu son impuissance à changer quoi que ce soit dans ce pays. Elle se voulait détachée de tout mais la veulerie de ses concitoyens lui soulevait le cœur. Elle pensa à Ismaïla. Depuis que deux jours auparavant il lui avait laissé au salon cette note désinvolte lui annonçant le malheur arrivé à Fadel comme s'il s'agissait d'une nouvelle sans importance, Ndella avait cessé de lui adresser la parole. Pour aller chez Fadel comme ce matin, elle boudait la voiture de son mari. Il avait osé écrire : « Notre Fadel ». Quel hypocrite ! Et puis elle avait de plus en plus le net sentiment qu'Ismaïla avait été informé plus tôt qu'il ne le prétendait de la mort de Fadel. Il avait été assez cynique pour lui proposer d'aller voir « Witness » à l'ABC, et la forcer ensuite à faire l'amour toute la nuit, des hurlements et des extravagances sexuelles à n'en pas finir. C'était tout ce qu'il savait faire puis il ronflait comme le tonnerre ; elle était complètement rompue et après il avait le toupet de s'étonner qu'elle ne puisse jamais se concentrer sur son programme de mathématiques... Mais peut-être que c'était mieux qu'il ne lui ait rien dit sur-le-champ, elle aurait sûrement fait une folie. « Mon époux devant Dieu et devant les hommes... Aux yeux des autres en somme... » La première fois qu'elle l'avait vu... Jeune cadre déjà plein d'avenir, bien fait, oui, vêtu avec élégance, tellement à l'aise dans sa peau. Exactement le genre de type qu'elle n'avait jamais pu piffer. Ismaïla trop propre, trop bien peigné, parfumé, elle avait aussitôt pensé à la blancheur froide, luisante et sinistre des pissotières des grands hôtels. Ah ! que n'avait-elle suivi Fadel à Wissombo, ils se seraient mariés. « Je serais une jeune veuve à l'heure qu'il est ou alors nous aurions été tués ensemble. » Ndella évoqua un instant cette possibilité avec un trouble délicieux, ça lui paraissait d'une beauté tragique et fatale. Peut-être que si Déguène, leur petite fille, vivait encore... Fadel s'en était allé seul à Wissombo avec pour tout bagage son éternelle sacoche noire. Après s'être une fois de plus bagarré avec son père El Hadj Madické Sarr, il était venu passer la nuit avec elle dans son studio de la médina ; elle venait juste de s'y installer à côté de ses parents avec plein de sages résolutions pour une vie à deux, décidée à ne plus revoir Ismaïla ; dans son esprit d'ailleurs Ismaïla n'avait jamais été que la toute petite parenthèse de la chair, rien de plus qu'un léger brin de folie, incapable d'atteindre ses relations si vraies et solides avec Fadel, Ismaïla était bien idiot de se faire tant d'illusions. Elle était prête pourtant à mettre la clé sous la porte et à suivre Fadel à Wissombo. Pourquoi ne le lui avait-elle pas avoué ? Au lieu de cela, elle lui avait lancé sur un ton de défi :

— Je ne peux pas venir avec toi, Fadel.

Des mots simples mais l'expression de son visage trahissait l'extrême confusion de ses sentiments. Assis sur le bord du lit, Fadel avait continué à délacer ses chaussures sans même paraître s'apercevoir de sa présence. Avec lui c'était toujours ainsi. Impossible à Ndella de savoir pourquoi il ne daignait jamais expliquer ses faits et gestes. Mais elle le connaissait assez pour savoir à quel point il était ridicule d'espérer le fléchir par des menaces ou des supplications. Après avoir rangé ses chaussures, Fadel s'était étendu, les yeux mi-clos, l'air fatigué et soucieux. Pressé de questions par Ndella, il avait consenti à lâcher quelques grognements incompréhensibles. Ndella devait apprendre beaucoup plus tard que Fadel et le vieux Madické Sarr s'étaient disputés une nouvelle fois au sujet de la reine Johanna Simentho, que le père, pour ne pas changer, avait encore maudit le fils et que ce dernier lui avait annoncé brutalement, au comble de la fureur et avec la perfide espérance (murmuraient les bonnes âmes) que le cœur brisé du vieil homme ne pourrait le supporter : « Père, j'irai demain à Wissombo... », avant de claquer violemment la porte sur lui.

— Tu veux alors que je te réveille à quelle heure ?

Pour te souhaiter au moins bon voyage...

Ndella avait jugé plus élégant d'ironiser ainsi pour détendre l'atmosphère. Fadel fut touché par son air secrètement douloureux. Semblant se rendre brusquement compte qu'ils allaient se séparer pour très longtemps, il se réveilla tout à fait et s'assit au milieu du lit. Ça ne lui coûtait rien de se montrer plus aimable.

— Ismaïla passe me prendre demain de bonne heure, il accepte de me déposer à la gare routière. Je vais essayer de rester éveillé.

Puis après un silence :

— Tu peux m'allumer une Benson ?

— Et nous deux, Fadel ?

Bref moment de flottement; Fadel était véritablement contrarié par cette question inattendue. Que voulait donc Ndella ? Elle ne l'avait pas habitué à ce genre de lamentations. Leur contrat tacite se résumait à ceci : nous sommes ensemble, c'est tout, pas de chichis, pas de grandes phrases. Il eut le sentiment désagréable qu'il était en train de l'abandonner et en voulut à Ndella de chercher coûte que coûte à lui donner mauvaise conscience.

— Nous deux ? Je ne te comprends pas... Je vais à Wissombo pour quelques semaines. Je n'ai même pas dit au revoir à Badou et à ma mère.

Pour quelques semaines ! Il est resté presque sept ans à Wissombo et il n'en est pas revenu vivant. Maintenant c'est fini et on va l'enterrer aujourd'hui. Terre humide. Foule. Longue procession vers le cimetière. Asticots grouillant dans le corps de Fadel, d'où sortaient-elles donc, ces immondes bestioles blanchâtres ?

— Ecoute, Fadel, je n'arrive pas à te comprendre ! Qu'est-ce qui te pousse à t'embarquer brusquement dans cette affaire ? La reine Johanna, c'est Badou et ses camarades qui ont trouvé ça pour emmerder le major Adelezo, et toi...

Fadel sourit et dit avec douceur :

— Et moi comme un petit enfant naïf je saute sur l'occasion pour me donner des sensations fortes ? C'est ça ?

Ndella commença à avoir peur. Derrière le sourire de Fadel, les signes avant-coureurs de lointaines et profondes traces de violence : regard brillant et un peu fou, crispation nerveuse des mâchoires. Elle essaya de battre en retraite :

— Je préfère que nous reparlions de tout cela dans quelques semaines, quand tu seras de retour...

— Dis-moi, Ndella, tu ne crois pas du tout à l'existence de la reine Johanna ? Tu penses vraiment toi aussi que c'est une reine de légende pour gosse de riche ?

Elle hésita :

— Tu ne vas pas m'en vouloir si je te dis la vérité ? Avec toi je ne sais plus !

Fadel dit non de la tête en calant un oreiller sous sa nuque.

— Eh bien voilà, Fadel ! Je te concède que Johanna Simentho n'est pas un être imaginaire. Je sais qu'elle est née en 1920 et qu'il est même possible qu'elle soit encore vivante. On l'a vue pour la dernière fois, paraît-il, à Tombouctou en 1946. Et après ? Elle a mené la vie dure aux Français, c'est vrai, on dit aussi qu'elle a prôné l'égalité entre l'homme et la femme, enfin elle a eu une vie bien remplie, quoi. Ton frère Badou, avec sa manie de distribuer tout le temps des tracts hostiles au major, m'a fait lire des documents sur Johanna ! Sans doute pour que je m'inspire de cet exemple édifiant ; Badou ne peut rencontrer ce qu'il appelle un petit-bourgeois sans essayer de l'aider à sauver son âme ! Bon, mais je te ferai remarquer que ton frère, lui, ne s'est pas monté la tête avec cette histoire ! Il aime bien Johanna mais ça ne l'empêche pas de vivre à peu près comme tout le monde.

Fadel l'avait écoutée sans l'interrompre, se contentant de jouer avec la flamme de son briquet.

— Tu me parles de Badou... Mon frère a le cœur sec car il a perdu la mémoire. Tu connais Thiémoko le Féticheur ? Je suis allé le voir ce matin, ne me demande pas ce qui m'a poussé à le faire, je ne le sais pas ! Eh bien Thiémoko a interrogé les Êtres invisibles sous mes yeux, les djinns, il les a terriblement engueulés parce qu'ils tardaient à se manifester, il les a traités d'ingrats ! « Les Êtres invisibles, m'a-t-il dit, oublient tout ce qui s'est passé la seconde d'avant mais en revanche ils savent dans les moindres détails ce qui va se passer dans mille ans. D'où aussi leur arrogance. » Mon frère est quelque chose comme un djinn, il a exactement les mêmes structures mentales. Il peut te dire avec précision quel jour s'instaurera ici la dictature du prolétariat et de quelle façon le major Adelezo, surpris par l'insurrection au cours d'une réception à l'ambassade de France, s'agrippera sans dignité, en fieffé réactionnaire, à la luxueuse robe de soirée de l'épouse de l'ambassadeur, la suppliant de le dissimuler dans une valise diplomatique, pleurnichant et lui promettant une rivière de diamants et des élections désormais truquées de façon plus juste et décente, comment l'ambassadeur Debrigny fera un discret clin d'œil à Madame l'ambassadrice pour lui dire faut pas déconner, mon amie, ce monstre va juste passer devant les tribunaux populaires et on va le condamner à la rééducation dans un camp de travail, ah, certes, mon amie, une fin trop douce pour un tel enfant de pute de tyran sanguinaire ! Si tu savais quelles belles saloperies il a sur la conscience ! Je l'ai vu égorger des bébés et les jeter avec le sang du bain, ce qui prouve bien qu'il ne respecte ni la vie humaine ni les adages populaires de notre doulce France, ne te laisse surtout pas prendre à ses simagrées, laisse ces jeunes gens l'emmener, ils m'ont l'air du reste tout à fait corrects, ces jeunes révolutionnaires, je vais persuader Paris de ne pas se mettre à dos les nouvelles autorités. Badou peut te dire déjà le délire des foules déferlant dans les rues aux cris de : Vive le peuple !

Mort aux corrompus ! Les Français à la mer ! Liberté pour Mandela ! Liberté pour Mandela ! Liberté pour Mandela ! Le peuple uni jamais ne sera vaincu ! A compter de ce jour, tout pour les langues nationales, vive la culture populaire ! Camarades, ils vous ont toujours trompés, s'égosille le tribun trempé de sueur, jamais la vraie culture ne s'écrit avec un cul, fût-ce celui malodorant et majuscule du gros monsieur qui pérore doctement à l'infini, vautré dans un fauteuil. Badou peut te lire aujourd'hui, des années à l'avance, les textes des premières proclamations de l'Etat révolutionnaire, Badou sait cela et bien d'autres choses encore mais...

— Mais il a déjà oublié que l'illustre reine Johanna Simentho a été votre femme de ménage !

Ils rirent de bon cœur. Fadel était à bout de souffle mais apparemment détendu. Ndella était loin de se douter que Fadel, pour la punir de son scepticisme railleur, et à l'instant même où il semblait le plus follement gai, venait de décider froidement de tout faire pour ne jamais plus la revoir de sa vie...

Ndella descendit du bus et aperçut au loin les hauts murs de l'orgueilleuse villa d'El Hadj Madické Sarr. Une file impressionnante de voitures de luxe. Le fourgon mortuaire était garé juste en face du portail. Le chauffeur était au volant, l'air maussade, la casquette posée de travers sur son crâne rasé et ovale. Ndella ne put s'empêcher de l'observer avec intérêt. « C'est bizarre. Il attend qu'on lui apporte le corps de Fadel. C'est cela son travail. Tout simplement. » Ça lui paraissait incroyable. Badou sortit de la maison, marqua un temps d'arrêt en apercevant Ndella en train de serrer la main d'un air étrange au chauffeur du corbillard. Badou se dirigea vers Ndella et lui entoura avec gentillesse les épaules avec la main droite.

— Ismaïla est dedans. Il commençait à s'inquiéter pour toi. C'est un véritable ami, tu sais, il s'occupe de tout.

Badou paraissait normal. Il parlait avec sa voix de tous les jours. Ndella pensa avec une méchanceté qu'elle se reprocha aussitôt : « Pas la moindre trace d'émotion. Il a peut-être hâte qu'on en finisse au plus vite... Avec tous les tracts clandestins qu'il doit distribuer, toutes ses réunions... » Elle faillit bafouiller : « Mes condoléances, Badou... », mais se souvint qu'il fallait attendre le retour des hommes du cimetière. Autrefois elle y serait allée avec eux, au cimetière, rien ne lui faisait peur, elle se serait bien amusée de leurs airs indignés (une femme déguisée en homme au cimetière !), mais maintenant... Elle se dit que Badou se moquait sûrement de ces interdits. Pourtant elle resta silencieuse, ne sachant quoi faire de sa personne. Après avoir dit quelques mots au chauffeur qui mit le moteur en marche, Badou la prit par la main et la conduisit à l'intérieur de la maison. Il la traitait comme une sœur, lui témoignant pour la première fois de sa vie une affection que, Ndella le sentait confusément, les circonstances seules ne pouvaient pas expliquer. « Il est vrai qu'il a toujours eu cet air sûr de lui et protecteur. »

Soudain des hurlements s'élevèrent vers le ciel. Ndella se demanda si on lui permettrait de regarder Fadel une dernière fois. « Je ne suis qu'une femme et il y a tellement de choses que pour des raisons compliquées les traditions de ce pays interdisent aux femmes... » Les cris redoublèrent. Elle vit les gens se lever. Badou lui dit très vite à voix basse en fuyant son regard :

— C'est le moment d'emmener le corps au cimetière. J'étais sorti pour avertir le chauffeur.

Ndella resta figée au bas de l'escalier. Ismaïla et quelques vieux passèrent devant elle avec le corps de Fadel. Elle s'écarta pour les laisser passer.

3

Le vieux El Hadj Madické Sarr laissa errer longuement son regard sur la magnifique villa qui même dans ce quartier résidentiel de Fann suscitait les commentaires admiratifs des passants. Il éprouva, comme chaque fois qu'il voyait sa propre maison, un sentiment de fierté mais aussi un vague malaise. Les biens de ce monde, surtout un jour comme celui-ci... Mieux valait ne pas y penser. La rumeur publique évaluait la villa « Keur Déguène » à plusieurs centaines de millions. Il laissait dire... Bien qu'il se fût retiré de la scène politique depuis de nombreuses années, l'opposition continuait à le présenter comme le symbole vivant de la pourriture du régime. « Tous ces détails un peu trop précis que ces gens publient sur mes opérations financières... Sûrement l'œuvre de Badou, ce vaurien. Mon propre fils ! Drôle d'époque. »

El Hadj Madické nota avec soulagement qu'aucune voiture n'était garée dans les environs de « Keur Déguène ». Il n'aurait pas aimé trouver chez lui une foule d'inconnus aux visages plus ou moins sincèrement affligés par la nouvelle de la mort de Fadel. Il vit Barry, le gardien, bondir de la chaise où il somnolait comme à son habitude pour ouvrir la porte du garage. Mince, les traits fins, le teint cuivré, la voix chantante, Barry passait le plus clair de son temps à écouter

Radio-Conakry. Bien qu'ayant fui la Guinée, il admirait Sékou Touré et connaissait par cœur beaucoup de ses discours. Madické lui-même avait bien connu Sékou Touré autrefois. On aurait dit plusieurs siècles auparavant, tellement tout cela paraissait loin. C'était un type bien, Sékou, généreux et farceur comme pas un, avec ses éclats de rire tonitruants et ses colères imprévisibles. Chaque fois qu'il rencontrait un Africain, il l'appelait « mon frère » ; ah oui, au syndicat, un bagarreur intrépide, pas commode avec les patrons colonialistes. Madické l'avait vu pleurer une nuit entière parce qu'un camarade des PTT qu'il aimait beaucoup s'était fait acheter : des larmes de rage et de tristesse, il répétait sans cesse : « Pauvre Afrique. » Bien sûr beaucoup plus tard, il s'était plus ou moins emmêlé les pieds dans sa Révolution, mais qui pouvait se permettre de juger ? C'est une machine si compliquée la politique, et bien souvent on se dit qu'un peu de sang de traître et de comploteur va dégraisser les rouages et apaiser comme jadis la colère les Dieux, ça n'effraie que les petites natures, mais voilà, les traîtres et les comploteurs prennent soudain un malin plaisir à devenir des innocents et des martyrs soutenus par la vaste clameur internationale, droits de l'homme et machin, et puis les veuves et les orphelins qui n'y sont pour rien, à devenir fou vraiment ! Malgré tout ce qu'on reprochait à Sékou, lui, il continuait à penser avec tendresse à son compagnon des heures héroïques.

Le jour où Madické avait parlé du Grand Sily à Barry, celui-ci avait littéralement failli s'évanouir. Chaque fois qu'il en avait l'occasion, Barry s'exclamait fièrement : « Moi je suis de Ferkessédougou ! » Apparemment le seul fait d'être originaire de Ferkessédougou constituait à ses yeux un indiscutable titre de gloire. Madické n'avait jamais compris pourquoi.

— Personne n'est encore venu, Barry ?

Il s'aperçut aussitôt que Barry n'était au courant de

rien. De toute façon il ne connaissait pas Fadel et peut-être même n'avait-il jamais entendu parler de lui.

— Ça va, Barry. Laisse le portail ouvert, les gens vont arriver dès qu'ils apprendront la nouvelle.

— Que se passe-t-il, El Hadj ?

— C'est une mauvaise nouvelle, Barry. Mon fils est mort à Wissombo. Nous ne savons même pas si on nous donnera son corps. Tu peux aller te reposer chez toi jusqu'à demain.

Le vieux transistor grésillait sur la chaise. El Hadj Madické Sarr nota mentalement : « Offrir une grande radio neuve à Barry. »

Dans le salon il trouva Khoulé. Khoulé dans son éternel boubou bleu. Son bonnet, ses lunettes noires. L'air toujours humble du chien fidèle, le visage encore plus douloureux que d'habitude. Un vieil homme simple. L'Afrique profonde. Abdoul et Maty, les petits-enfants de Madické, slalomaient sur leurs vélos entre les meubles. Au moment où il se mit à interroger Khoulé, ils lâchèrent leurs jouets et vinrent s'accrocher à la veste de leur grand-père en poussant des cris joyeux. Khoulé réussit à lui dire que Déguène était dans sa chambre.

Déguène était avec Aïda — leur benjamine — et deux autres femmes d'un certain âge. Sans doute des solliciteuses que l'annonce de la mort de Fadel avait coincées là. C'était la période du mois où des quémandeurs de tous poils envahissaient la maison...

Aïda venait d'entrer au lycée et apprenait à se comporter en grande fille avec une application touchante. Madické avait dépensé une fortune pour faire redresser la jambe gauche de sa fille infirme de naissance. En vain. Malgré cela Aïda avait toujours été très gaie. Madické avait pu cependant remarquer qu'en grandissant elle devenait de plus en plus triste et rêveuse. Jusqu'à l'arrivée de Madické, Aïda s'était courageusement employée à consoler sa mère. Mais dès que, levant la tête, elle vit la silhouette de Madické s'encadrer dans la porte, elle éclata en sanglots : la ressemblance entre Madické et Fadel ne lui avait jamais paru aussi saisissante qu'en cet instant précis. Elle avait eu l'impression, l'espace d'une seconde, que Fadel était là devant elle, posant sur elle son regard absent, toujours lointain. Déguène gémissait doucement, se cachant le visage avec un pan de son mouchoir de tête. Pour la première fois depuis longtemps, Madické voyait les cheveux gris de son épouse.

— Ismaïla est venu ici ce matin vers 9 heures, lui dit Aïda en sanglotant.

— Que s'est-il passé ?

— Il a promis de téléphoner.

Ismaïla ! Le seul nom de ce prétendu ami de Fadel suffisait à mettre Madické hors de lui. Garçon trop bien nourri, obséquieux, trop malin et prudent, hypocrite surtout. L'image même du système qu'ils avaient créé. Madické avait compris très tôt que ce jeune homme poursuivait Fadel d'une haine farouche et vigilante, acharné à le détruire lentement mais sûrement. Comment s'étonner dès lors qu'il fût le premier à être au courant de la tragique nouvelle ? A peine son « meilleur ami Fadel » était-il allé à Wissombo que cet ignoble individu faisait une cour assidue à Ndella, s'affichait avec elle dans tous les lieux publics pour ensuite l'épouser très vite, sans doute avant qu'on ne lui pose trop de questions gênantes... « A se demander dans quelle mesure il n'a pas incité Fadel à partir à Wissombo. De toute façon cette Ndella, insolente et perverse, était absolument indigne de devenir la femme de Fadel, jamais je n'aurais permis cela ! »

— Et le corps ? Où est donc Badou ?

Aïda n'avait jamais entendu son père hurler de cette façon ! En toutes circonstances, il affectait une grande sérénité. En réalité, Madické était surtout furieux contre lui-même. Ses lâches — et succulentes

— compromissions avec le régime du major Adelezo et à présent Fadel mort, peut-être assassiné...

Aïda dit seulement :

— Mère a envoyé chercher Badou et les autres.

Les autres : ses grandes filles. Elles allaient débarquer ridiculement pomponnées, parfumées et couvertes d'or, et, bien que n'ayant jamais pu supporter Fadel, elles se mettraient aussitôt à hurler comme des folles, simplement parce que c'était la seule chose à faire en pareil cas. Son regard se voila. Déguène, son épouse, masse de souffrance prostrée au milieu du lit. Il se souvint comme il lui avait toujours paru évident, inévitable, qu'ils seraient tous réunis là un jour comme celui-ci à pleurer la mort de Fadel. Madické avait toujours su, une certitude bizarre, que Fadel mourrait très jeune. Déjà lorsque le garçon avait cinq ou six ans, et même bien plus tard, il lui était souvent arrivé de surprendre dans ses yeux, le cœur serré, les lueurs indéfinissables de la mélancolie et du néant. Madické se disait, terrorisé, que ce n'était sûrement pas par hasard qu'il sentait de façon presque physique la mort rôder autour de Fadel et seulement de Fadel. Parfois, lorsque ses responsabilités politiques ou ses affaires l'éloignaient du pays, il se mettait toujours à un moment ou à un autre à s'imaginer le pire. Alors, de sa chambre d'hôtel, fût-ce à Séoul ou à New York, il téléphonait à la maison, taquinait Aïda, promettait des jouets aux petits-enfants et se sentait soulagé. Parce qu'il le savait vulnérable entre tous, Madické aimait Fadel plus que ses autres enfants. Cependant il était bien trop orgueilleux pour le laisser paraître. Paisible, taciturne (mais d'une manière agressive et presque hautaine), Fadel avait toujours donné à son entourage l'impression de n'avoir aucun but précis dans la vie. Puis brusquement, au moment où tout le monde se demandait s'il allait continuer à tourner en rond (après son refus goguenard et jamais expliqué de travailler dans une des sociétés de Madické), Fadel s'était découvert une vocation tardive pour l'art. Impossible naturellement de lui faire dire ce qu'il entendait par Art. Se voulait-il musicien, poète, sculpteur ? Mystère ! Tout juste s'il avait daigné un jour faire allusion, oh ! fort vaguement, et sur un ton exaspéré, à une statue géante de la reine Johanna Simentho qu'il voulait installer au grand carrefour du marché Sandaga, au mépris de la loi, en précisant : « A la place de celle du major Adelezo. »

C'était peu de temps avant son départ pour Wissombo, sombre période où Madické avait eu l'impression, sans oser se l'avouer clairement, que son fils le haïssait d'une façon implacable, avec encore plus de force que par le passé. Fadel lui reprochait, contre tout bon sens, d'avoir jadis maltraité une de leurs domestiques, une certaine Johanna. Il avait fallu du temps à Madické pour comprendre qu'il faisait ainsi allusion à Johanna Simentho. La fameuse reine Johanna Simentho qui faisait pour ainsi dire se pâmer quelques hallucinés en mal de porte-drapeau révolutionnaire. On la disait morte mais visible, vivante mais invisible, quelles fariboles ! La malveillance politique s'en était mêlée et des opposants minoritaires et bruyants, lâchement tapis dans l'ombre, avaient vite fait d'appeler les populations à la révolte. Résultat : presque chaque année des troubles très graves au sud-est du pays, dans le District n°8 correspondant pour l'essentiel à l'ancien royaume de Wissombo. Madické, au temps où il était ministre de l'Intérieur (c'était le premier gouvernement après l'Indépendance), avait lui-même mis en œuvre ce nouveau découpage territorial. On avait essayé de lui mettre des bâtons dans les roues mais il avait tenu bon. « Des technocrates imberbes formés dans les universités américaines et pour qui les recettes touristiques avaient plus d'importance que l'unité nationale. » Lui au contraire, il avait toujours estimé qu'il était capital, pour forger chez tous le sentiment d'appartenir à une seule et même nation, de liquider froidement toutes les nostalgies archaïques et dérisoires que véhiculaient les noms de ces anciens royaumes. Oui, bien sûr, lui-même descendait d'une grande famille royale et quand les griots chantaient ses ancêtres, il frissonnait de fierté. De douces émotions intimes. Les secrets inviolables de son cœur. Certainement pas une raison de souhaiter un retour au passé. Tous ses efforts n'avaient servi à rien si on en jugeait d'après les événements du District n°8... C'était complètement démentiel... Sous la direction d'un vieil aveugle un peu cinglé, un certain Boureïma, des hordes fanatiques s'étaient retirées dans la forêt, se lançant périodiquement à l'assaut de la République en poussant des cris sauvages, armées de flèches, de haches et de coupe-coupe. Il était difficile à Madické d'imaginer Fadel parmi ces gens, scandant le nom de la reine Johanna Simentho au milieu d'une centaine d'individus hystériques. Fadel qui ne lisait jamais les journaux. Qui ne s'était jamais intéressé à la politique. S'être fait tuer pour une cause à laquelle il ne comprenait probablement rien. On allait l'enterrer, peut-être le lendemain, et ce serait fini. Et encore... Il n'y avait aucune raison de croire qu'il avait échappé à la fosse commune. « Père, j'irai demain à Wissombo... » Sept ans après il entendait à nouveau la voix âpre et intense de Fadel... Ah ! il était donc resté tout ce temps à Wissombo... Comme le temps passait vite ! Sept années entières et pas une lettre, pas le moindre signe de vie. Rien. Image de Fadel lui tournant le dos, la porte qui claque violemment ; tout cela lui était resté dans les yeux et les oreilles, image fondamentale, depuis lors, de son existence. L'impression qu'il avait eue, vivace encore et insupportable, que c'était lui au fond, Madické, le grand El Hadj Madické Sarr, qui avait raté sa vie.

Automate songeur. Fuir la douleur de Déguène. Il ne s'était même pas rendu compte qu'il était revenu s'asseoir au salon, sur ce même fauteuil où sept années auparavant... A ses côtés Khoulé, Khoulé muré dans sa détresse, silencieux, Khoulé, son bras droit depuis toujours, qui lui avait sauvé la vie à l'époque exaltante de la lutte anticolonialiste, quand seuls les vrais durs osaient faire de la politique ! Il était impossible d'imaginer des élections sans échauffourées meurtrières.

Ah ! les temps avaient bien changé ! « Pour quelques urnes bourrées, nos jeunes politiciens émotifs de maintenant, théoriciens comme c'est pas permis et prétendument attachés (comme c'est touchant) à la démocratie, n'hésitent pas à ameuter la presse internationale. » Si on ne pouvait plus salir son linge propre en famille sans que tous ces fumiers de journalistes viennent fourrer leurs nez dedans ! Un jour il revenait d'une tournée électorale dans le fief de son principal adversaire politique. Brusquement, au crépuscule, le cortège somnolent et harassé fut entouré par un groupe d'individus aux mines patibulaires surgis des buissons, armés jusqu'aux dents, l'air menaçant. Presque tous portaient de petits bonnets jaunes, la couleur du parti adverse — couleur stupide, soit dit en passant... Khoulé son garde du corps dirigeait le convoi. Pas un seul instant il n'avait perdu son calme.

Il était allé à la rencontre des assaillants. La tension était extrême car tout pouvait arriver d'un moment à l'autre. Mais au bout de quelques minutes Khoulé et les autres fraternisaient, riant aux éclats comme s'il s'était simplement agi d'une bonne farce ! Bousculade joyeuse à la portière pour serrer la main du député El Hadj Madické Sarr, excuses embarrassées. L'Afrique magnifique. Tout cela parce que Khoulé avait découvert de lointains liens de parenté avec le chef du commando... Confident de Déguène, homme de confiance de Madické, Khoulé se chargeait de certaines besognes assez spéciales : éconduire les importuns, déclarer les enfants à l'état civil, choisir un beau bélier au foirail pour chaque fête de Tabaski : « Sans doute va-t-il faire la toilette des morts pour Fadel, s'il y en a une. Il a vu naître et grandir Fadel ainsi que presque tous mes autres enfants. »

C'était aussi à Khoulé qu'il revenait de lui indiquer les meilleurs marabouts. Madické se souvint que la semaine précédente Khoulé lui avait justement annoncé le retour de l'enfant prodigue : « El Hadj, c'est moi, Modou Fatim Khoulé, qui te l'affirme : Fadel sera bientôt parmi nous. Cependant n'oublie jamais ce que t'a dit Thiémoko le Féticheur. Ton fils et toi vous ne devez plus vous réveiller désormais sous le même toit. » Khoulé avait aussi parlé de flammes et d'herbe sèche, de cendres et de vent, sur un ton grave et plein d'assurance, avec même une sorte de sentiment de supériorité. Il semblait lui dire : « C'est vrai, tu es le riche et tout-puissant El Hadj Madické Sarr, mais moi, le misérable Modou Fatim Khoulé, je sais des choses que tu ne peux savoir, j'ai accès à un monde qui t'est interdit. »

Dehors le bruit d'une mobylette. Badou à coup sûr. Khoulé bondit en direction de la porte. Il revint avec Badou, en effet. Cela faisait bien deux ou trois mois que Madické n'avait pas vu le jeune homme à la maison. Ce dernier portait un blue-jean étroit et sale, des chaussures de sport poussiéreuses et un pull-over à col roulé. Il avait un peu maigri. Badou et son père n'avaient pratiquement jamais été d'accord sur rien. Sans doute lassés par leurs violentes et interminables querelles, ils s'étaient résignés à une sorte de paix des braves, chacun se barricadant dans ses propres certitudes. Chez Madické, mélange subtil de dépit impuissant à l'égard de Badou et de fierté : il admirait silencieusement mais en connaisseur l'opiniâtreté de son fils. « Tel qu'il est en ce moment avec son allure sportive et énergique, son remarquable équilibre intérieur, Badou est bien préparé pour les rudes batailles de la vie. Tout le contraire de Fadel que les gens ont pourtant toujours trouvé plus serein. »

De voir Badou arriver à la maison en ces heures difficiles lui fit grand plaisir : il allait comme à son habitude prendre la situation en main.

Khoulé tenait Badou par la main. Comme aux temps lointains. Il lui sembla que Badou était redevenu un tout petit enfant.

La sonnerie du téléphone l'arracha à son évocation.

4

Je composai le numéro de chez Fadel. A l'autre bout du fil, la voix du vieux Madické Sarr. Je me sentis aussitôt intimidé. Je l'appelais généralement « tonton » en baissant la tête et la voix mais lui s'était toujours montré froid et distant à mon égard. Je bredouillai :

— Ismaïla...

— Quoi, Ismaïla ? aboya littéralement Madické.

— Je vous appelle de l'hôpital du 20-Juillet.

Un moment de silence tendu. Je me rendais bien compte qu'il avait fortement envie de raccrocher. Le désir de savoir ce qui était arrivé à son fils fut cependant le plus fort.

— Ah !... bonjour, jeune Ndiaye. J'avais mal entendu.

Je commençais à avoir envie de lui balancer quelques grossièretés juste pour m'amuser un peu de son indignation. Je gardai cependant mon calme :

— Je suis passé très tôt à la maison pour vous mettre au courant, tonton, mais Aïda m'a dit que vous aviez passé la nuit à Gorée.

— Que savez-vous exactement, monsieur Ndiaye ?

Il n'était pas loin de me soupçonner d'avoir assassiné Fadel ! La seule façon de l'exaspérer, c'était d'ignorer délibérément ses insinuations.

— Les autorités de l'hôpital ont besoin de la famille de Fadel pour certaines formalités administratives. Je vous attends à la morgue.

Là, il oublia complètement, vous pouvez me croire, son cinéma de grand monsieur toujours pondéré et sûr de lui.

— Quoi ? Vous voulez dire que le corps de Fadel se trouve à l'hôpital ?

Je répondis simplement, savourant ma propre sobriété :

— Oui, tonton.

Je pus percevoir un bref remue-ménage. Apparemment un bruit de meubles renversés. Je criai : « Allô ! Allô ! » Aucune réponse. Je devais apprendre plus tard que Madické avait perdu connaissance. Grand événement dans la famille, bien sûr : c'était la première fois qu'il se laissait aller ainsi. Peut-être sa façon de regretter, maintenant que cela s'avérait strictement inutile, de n'avoir pas eu le courage de comprendre son fils. C'est toujours ainsi : avant même qu'on n'ait eu le temps de leur dire ou de leur montrer qu'on les aime vraiment, les gens meurent et vous laissent sur les bras des malentendus définitifs...

Mlle Niang, l'infirmière de la morgue qui m'avait accordé — avec beaucoup de réticence — cette communication téléphonique, commençait à montrer des signes d'énervement. Elle me suppliait du regard d'en finir au plus vite. Son patron ne devait pas être un type très commode, elle n'avait pas eu la chance, comme tant d'autres, de tomber sur un petit vicieux qui la pelotait dans les coins et lui passait en échange tous ses caprices. Peut-être aussi que cette histoire ne lui disait rien de bon. Avouez qu'il y avait tout de même de quoi se poser des questions. Ce n'était pas très courant que des inconnus aux allures mystérieuses viennent presque clandestinement déposer un cadavre à la morgue et disparaissent en laissant l'adresse d'un autre ! Ça ne se voyait que dans les films policiers. D'ailleurs, soit dit entre nous et sans méchanceté, Mlle Niang avait les rondeurs flasques et le sourire avenant de la jeune fille un peu niaise et ahurie que des gangsters sans pitié éliminent pour se débarrasser d'un témoin gênant. La seule différence, c'était que l'innocente infirmière risquait réellement sa vie.

Lorsque je raccrochai, elle se détendit et referma le magazine de mode qu'elle faisait semblant de lire depuis quelques minutes. Le voisinage des morts ne l'émouvait plus, mais elle s'efforçait de respecter ma douleur. Elle désigna du menton la rangée de casiers.

— Votre frère ?

— Non, répondis-je. Mon ami. Sa famille va arriver d'un moment à l'autre.

— Il a dû beaucoup souffrir... Il n'était pas beau à voir. Pourquoi était-il habillé ainsi ?

— C'est-à-dire ? Je n'ai vu que son visage.

— Nous avons enlevé le bandeau blanc et les plumes d'autruche qu'il avait autour du front parce que c'était couvert de sang. Mais il garde encore sa peau de lion et...

L'infirmière hésita un moment, puis :

— Vous pensez, monsieur Ndiaye, qu'il était vraiment normal ? Nous recevons ici beaucoup de fous abandonnés par leurs parents.

— Celui-ci, mademoiselle, était le fils d'El Hadj Madické Sarr.

Elle faillit tomber à la renverse, ce qui ne me surprit guère. Toutes les jeunes filles de son espèce avaient au moins rêvé un jour d'être enlevées sur un magnifique coursier blanc par le richissime et distingué El Hadj Madické Sarr ! Je profitai cyniquement de son émoi :

— Ainsi, aucun des deux hommes qui ont amené le corps ici n'a accepté de décliner son identité ?

— Ils ont simplement dit que le jeune homme a été écrasé par un automobiliste qui a pris la fuite.

— C'est tout ?

Elle sembla hésiter :

— J'ai essayé d'insister mais... Ils avaient l'air de cacher quelque chose et j'ai eu peur. Avant de partir, ils m'ont laissé ce nom et ce numéro de téléphone en me disant qu'ils l'avaient trouvé sur le mort. Heureusement, sinon...

J'avais compris. Sinon c'était la photo de Fadel dans les pages intérieures de *l'Indépendant :* un cadavre non identifié de plus. Prière à ceux qui le reconnaîtront, etc. Suprême horreur. Je me mis à examiner attentivement le bout de papier froissé que l'infirmière m'avait remis à mon arrivée. Je ne pus m'empêcher de murmurer pour la dixième fois en hochant la tête :

— C'est bien mon nom et mon numéro de téléphone mais cette écriture n'est pas celle de Fadel.

Mlle Niang m'avait visiblement pris en sympathie. Espérant me venir en aide, elle voulut me décrire les deux mystérieux visiteurs. Je l'arrêtai avec une brusquerie qui la surprit un peu. Je n'avais nulle envie de m'embarquer dans une enquête policière compliquée et périlleuse. Je voyais très bien où ce genre de curiosité avait mené Fadel. En revanche, je ne voyais pas du tout quel sens cela pouvait avoir de se faire décimer par les tueurs du major Adelezo sous prétexte de se « rechercher » les uns les autres. Ce que je vais dire va sûrement paraître odieux à beaucoup de gens mais c'est la vérité toute simple : je ne me sens pas de vocation spéciale pour le martyre. Je ne vois aucune contradiction entre mon amitié pour Fadel et mon désir de ne pas mourir aussi jeune que lui. Que les amateurs de héros en papier me pardonnent. J'ai la faiblesse de ne pas être de cette race si prospère entre les pages des livres et beaucoup moins dans la banale réalité quotidienne.

De toute façon, plus je pensais à cette histoire, moins je me sentais rassuré. Tout cela sentait le coup monté. El Hadj Madické Sarr n'était pas n'importe qui et l'assassinat de son fils ne pouvait être considéré comme une simple bavure. En fait c'était un message très clair : pour sauver un pouvoir de plus en plus contesté, le major Adelezo allait désormais traquer et éliminer impitoyablement tous ses ennemis. S'il n'avait pas hésité à semer la consternation jusque chez El Hadj Madické Sarr (dont il appréciait les conseils avisés), plus personne ne devait s'attendre à sa clémence. A mon avis, c'était à ce désir des autorités de frapper les esprits récalcitrants que Fadel devait probablement d'avoir échappé à la fosse commune.

Tout le monde avait intérêt à se tenir tranquille, et moi en particulier.

5

Il nous avait fallu un temps fou, à Badou et à moi, pour obtenir des tas d'autorisations administratives. Pendant près de deux jours, nous avions fait la navette entre toutes sortes de bureaux où les employés nous recevaient avec une mauvaise volonté manifeste. Si j'avais été seul, vous pensez bien que les choses n'auraient pas traîné : quelques billets de banque auraient vite fait de ranimer les ardeurs défaillantes. Mais j'étais flanqué de Badou, un révolutionnaire comme on n'en fait plus ! Ce cinglé était décidé à me faire dépasser mes trois jours de permission et, plus grave encore, à laisser pourrir le cadavre de son frère, sous le prétexte bizarre que c'était son devoir « de combattre partout et toujours la corruption » *(sic)*. Hum ! Comme chacun sait, la fortune du vieux Madické avait été acquise le plus honnêtement du monde ! J'avais bien envie de lui demander, sans nommer personne, sur ce ton sarcastique qui me va si bien, ce qu'il pensait de l'enrichissement spectaculaire de certains politiciens à la retraite. Compte tenu des circonstances, je ne pouvais que ravaler mon venin et faire semblant d'approuver son attitude infantile.

Les funérailles de Fadel se déroulèrent dans la plus grande simplicité. Khoulé dirigea la prière à l'entrée même du cimetière. Après que le corps fut mis en terre, nous restâmes un moment face à la tombe de Fadel pour écouter Khoulé. Il remercia l'assistance au nom de Madické. Il voulut parler de Fadel, commença à évoquer son enfance mais dut s'arrêter, la voix étranglée par l'émotion. Peut-être même versa-t-il quelques larmes. Je ne peux me prononcer sur ce point avec certitude : il pleuvait sans arrêt et tous les visages étaient mouillés. J'avais l'impression que cette grisaille, en recroquevillant les gens sur eux-mêmes, rendait plus facile la comédie de la consternation. Il suffisait à un type passablement salaud (comme Mathias, par exemple, qui se tenait à côté de moi) de pousser de petits gémissements distraits entre ses dents pour que le tour fût joué. Les larmes tombaient pour ainsi dire du ciel. Sur le chemin du retour à « Keur Déguène », je me demandai combien parmi ces gens penseraient encore le lendemain à Fadel. Pendant les heures qui suivirent, j'entendis à « Keur Déguène » les commentaires les plus inattendus chuchotés en petits groupes sur la mort de Fadel. Je fus cependant soulagé de constater que presque personne ne paraissait mettre en doute la thèse de l'accident de voiture. De toute façon, les informations en provenance de Wissombo étant systématiquement filtrées, c'était faire preuve d'une stupide témérité que de se poser des questions. Badou et son père étaient-ils dupes eux aussi ? Difficile à dire. Pour des raisons que j'ignore (mais différentes, je suppose), ils avaient jugé inutile de faire durer plus longtemps ce cauchemar. « Pas d'autopsie », avait dit laconiquement Madické après avoir vu le corps à la morgue. La réaction violente de Badou, à laquelle je m'attendais, un peu terrorisé, ne vint pas. De mon côté je n'avais parlé à personne des mystérieux visiteurs de l'hôpital du 20-Juillet. Pour tout le monde, la Brigade mobile de Sécurité routière avait trouvé mon adresse et mon numéro de téléphone sur le corps de Fadel après l'accident : Fadel avait donc souhaité que je sois le premier à être averti s'il lui arrivait un malheur. Je jubilais intérieurement de voir à quel point ce détail contrariait le père de Fadel. Il me déniait jusqu'au droit d'être l'ami de son fils...

Madické avait également interdit toute festivité après l'enterrement. « Tout doit être terminé au coucher du soleil », avait-il précisé. Je n'ai jamais de ma vie vu autant de grosses légumes que ce jour-là. Ces messieurs arrivaient dans leurs voitures rutilantes, daignaient incliner vaguement la tête en direction de la populace, allaient présenter leurs condoléances à leur ami El Hadj Madické Sarr et repartaient presque aussitôt. Parmi eux le député de Wissombo, justement, Jean-Baptiste Niakoly. Il retint un moment mon attention à cause de son physique incroyablement grotesque. Je me souvins aussi en le regardant remonter en voiture que le nom des Niakoly avait toujours été lié d'une façon ou d'une autre aux événements de Wissombo.

Après la prière du crépuscule, Ndella, qui me faisait la tête depuis quelques jours, daigna venir avec moi. Sans m'expliquer bien sûr pourquoi elle avait brusquement cessé d'être furieuse contre moi. Au moment de démarrer je me retournai une dernière fois vers la villa « Keur Déguène ». Je me promis avec une sensation étrange de haine de ne plus jamais y remettre les pieds.

Assise à côté de moi, Ndella, une Benson coincée entre les lèvres, essayait de mettre une cassette des Touré Kunda. Quel idiot j'avais été de m'imaginer, torturé par la jalousie, que Ndella ne se remettrait jamais de la mort de Fadel ! Décidément je connaissais bien mal ma diabolique épouse. Sur la Corniche, assez dégagée à cette heure, je me mis à rouler à vive allure. La brise nous fouettait agréablement le visage et je me sentais détendu après toutes ces fatigues. J'allais prendre une douche réparatrice et me mettre au lit. Ce serait le premier samedi soir où nous resterions sagement à la maison, Ndella et moi.

Avec un peu de chance le dimanche serait ensoleillé.

6

Cela fait aujourd'hui un an, presque jour pour jour, que Fadel nous a quittés. Depuis lors je n'ai pratiquement revu aucun membre de sa famille, à part Aïda, sa petite sœur infirme, qui nous a beaucoup émus Ndella et moi en venant passer une journée entière à la maison. Je sais aussi que Madické Sarr a fait construire pour Fadel un magnifique tombeau. Il paraît qu'il a très mal pris les rumeurs selon lesquelles le cerveau de Fadel, déjà assez mal en point, s'était définitivement détraqué à Wissombo. Personne ne peut dire d'où viennent de tels ragots, ils sont destinés à faire mal, à traîner de respectables citoyens dans la boue. Rien de plus. Mon indignation en surprendra plus d'un : elle n'est pourtant pas feinte, elle est même douloureusement sincère. Ce que vous ne pouvez pas encore savoir, bien sûr, c'est que j'ai beaucoup changé depuis trois mois. Trois mois, c'est à peu près le temps qui s'est écoulé depuis qu'un certain Doumbouya m'a apporté ce colis en provenance de Wissombo. Ma vie en a été complètement bouleversée. J'ai compris beaucoup de choses et d'abord les pathétiques motivations de Fadel. Croyez-moi : ce n'est plus tout à fait le même Ismaïla (aigri, envieux, lâchement prudent, je connais mes défauts, n'est-ce pas ?) mais bien un autre homme qui vous parle à présent.

Un homme dont, chose inestimable pour moi, Ndella est très fière. Ma femme et moi, nous pouvons dire que de l'autre monde Fadel nous a en quelque sorte apporté le bonheur.

Mais voyons comment tout cela a commencé. D'abord, il faut dire que la mort de Fadel n'a pas seulement suscité les ragots malveillants que j'ai déjà évoqués. Les gens de l'opposition, prompts sous tous les cieux à allonger artificiellement la liste de leurs martyrs, ont cherché à présenter Fadel sous un nouveau jour. C'est à peine s'ils ne disaient pas ouvertement que mon ami avait été tué en service commandé pour la bonne cause. En malmenant de façon éhontée la biographie de Fadel, on fit des rapprochements audacieux avec celle de la reine Johanna Simentho. Chaque semaine qui passait apportait son lot de révélations extraordinaires sur le séjour de Fadel à Wissombo. Des tracts demandaient au major Adelezo s'il allait continuer « après vingt années de prétendue indépendance, à assassiner tous ceux qui cherchaient à faire la lumière sur l'intrépide résistante que fut Johanna Simentho ». Au passage on s'en prenait à El Hadj Madické Sarr, « l'ignoble milliardaire notoirement corrompu qui avait livré Fadel à ses bourreaux Niakoly et compagnie, puis froidement couvert leur crime en refusant l'autopsie qui s'imposait ; ce qui prouve que la bourgeoisie n'a qu'une famille, qu'une religion : l'Argent ». Pour couronner le tout, on fit circuler des poèmes sous le manteau : certains étaient attribués à Fadel, d'autres exaltaient son courage, « source intarissable d'inspiration pour les meilleurs fils de ce peuple ». Bref, Fadel devenait un héros. Aucune preuve ne me permet d'incriminer Badou : je peux seulement dire que cette campagne savamment orchestrée lui ressemblait beaucoup.

Moi je suivais tout cela de très loin avec un certain écœurement. Parfois j'étais tenté, par fidélité (le croirez-vous ?) à la mémoire d'un ami, de faire éclater la vérité au grand jour. Mais les risques étaient trop grands et je n'étais pas alors prêt à les affronter. J'ai dit d'ailleurs un jour à Ndella :

— J'ai bien envie de me jeter à l'eau pour leur clouer le bec ! Pourtant...

— Tu es un cynique, Ismaïla, tu ne crois en rien.

C'était sa façon à elle de mettre à nu ma lâcheté. Je me suis senti profondément blessé mais je n'ai pas réagi.

Puis, progressivement les esprits se sont calmés. J'ai pensé que nous en avions fini pour de bon avec Fadel. Eh bien pas du tout !

Comme je vous le disais tout à l'heure, j'ai reçu un colis de Wissombo.

Cela s'était passé à un moment où Ndella et moi avions tant bien que mal réussi à stabiliser notre vie commune. La surface en était calme et lisse. Je n'étais pas dupe de ces apparences, certes, car dans les profondeurs que nous avions désormais choisi de ne pas regarder s'ébattaient allègrement rancœurs et amertumes. Mon travail m'absorbait de plus en plus : notre société d'assurances se trouvait au bord de la faillite. Ndella, après avoir décroché sa licence, avait obtenu un poste de professeur de mathématiques au lycée Lamine-Guèye, heureusement le plus proche de notre domicile. Voici à peu près comment se présentait cette période de notre vie commune. Depuis sa nomination, Ndella menait une existence simple et bien réglée ; dès son retour à la maison, elle se mettait à préparer fébrilement son cours du lendemain et cela me faisait plaisir de la voir se consacrer avec tant d'enthousiasme à son travail. Elle n'arrêtait pas de me parler de ses élèves, des excellents rapports qu'elle entretenait avec ses collègues. Du fait de sa petite taille, on la prenait souvent au début pour une élève de terminale. Le proviseur, qui l'aimait bien, avait réussi à lui faire renoncer à ses jeans délavés et Ndella s'habillait maintenant à l'africaine, avec une coquetterie dont je ne l'aurais jamais supposée capable : boubous amples, mouchoirs de tête savamment posés sur la tête. Elle avait l'air d'une vraie grande dame. Si nous arrivions à avoir un enfant, tout serait parfait, ce serait la réalisation du rêve secret de Ndella persuadée d'être stérile. A force de consultations gynécologiques elle avait fini par connaître tous les grands spécialistes de Dakar... Elle parlait même d'aller à Paris pour se faire traiter.

Ce fragile édifice a failli s'effondrer lorsqu'il y a quelques jours, à mon retour d'une tournée d'inspection de nos succursales de l'intérieur, elle m'a désigné un volumineux paquet soigneusement ficelé :

— C'est un nommé Doumbouya qui te l'a apporté en ton absence.

— Doumbouya ? Ça ne me dit rien. Quel genre...

Ndella m'a paru agacée. Elle m'a interrompu.

— Ecoute, mon grand, je l'ai à peine regardé. Il a refusé de s'asseoir parce que, disait-il, il devait retourner à Wissombo le soir même.

— A Wissombo ? Qu'est-ce que ça signifie ?

Mais Ndella ne m'écoutait plus. Elle s'est aussitôt replongée dans ses fiches, évitant de croiser mon regard. Je me suis aperçu que sa voix avait légèrement tremblé. Malgré ses efforts pour paraître naturelle ou peut-être à cause de cela même... J'ai immédiatement pensé avec amertume : « Il y a un rapport entre ce paquet et Fadel. » Puis : « Ndella n'a jamais cessé de penser à Fadel... »

J'ai ouvert le paquet sur-le-champ. En effet : Fadel revenait pour ainsi dire me tourmenter, se glisser à nouveau silencieusement, insidieusement, entre Ndella et moi. Tous ses papiers intimes étaient là : le brouillon d'une longue lettre (non expédiée probablement) à son frère Badou, des notes de voyage, de surprenantes notations philosophico-historiques, etc. On verra plus loin qu'il y était bien entendu constamment question de la reine Johanna. Mais aussi hélas de Ndella et de moi-même. Du vieux Madické Sarr, son père. De tout le monde en réalité. Je commencerai par faire mon *mea culpa :* moi qui ai toujours tourné en dérision les choses de l'esprit, je dois avouer que pour la première fois de ma vie, j'ai éprouvé dans toute son intensité le réel pouvoir d'évocation de l'écrit. Par la magie de ces innombrables phrases hâtivement griffonnées sur des cahiers d'écolier, Fadel s'installait parmi nous et nous contraignait à prendre en compte sa présence physique, présence d'autant plus tyrannique qu'elle était silencieuse, immobile, définitive. J'ai senti que plus rien ne pouvait être comme avant. Par exemple, j'ai brusquement senti que je n'avais plus peur ; et pourtant, si la police venait à découvrir ces documents, je n'aurais même pas droit à un simulacre de procès : on me conduirait directement au peloton d'exécution. Le major Adelezo avait fait tuer des gens pour bien moins que ça. Rien ne m'empêchait évidemment de brûler les papiers de Fadel. Mais je voulais me montrer à la hauteur de la confiance et de l'amitié de Fadel. Entre tous, il m'avait choisi pour témoigner. Je le ferais, quoi qu'il pût m'en coûter. Je ne pouvais sans indécence continuer à être M. Ismaïla Ndiaye, directeur général de la SGAN, bon salaire, bon standing et je ne sais plus trop quoi. Par amitié pour Fadel, oui. Mais aussi par amour pour Ndella. Jusqu'à présent je me suis montré sous mon vrai jour. Aussi dur que cela puisse être pour moi, je vais m'en tenir à cette attitude. Qu'aurait pensé de moi Ndella si j'avais fui mes responsabilités ? Je n'ose même pas l'imaginer ! Ce n'était peut-être pas très clair dans mon esprit, mais je sentais que je tenais là une occasion inespérée de me racheter à ses yeux. D'une façon ou d'une autre mon comportement allait décider de nos relations. Qu'auriez-vous fait à ma place ? Question peut-être absurde car, après tout ce que je vous ai dit sur Ndella, vous vous demandez sans doute avec horreur comment j'ai pu perdre la tête pour une fille pareille !

Ce qui a été décisif cependant, c'est, je crois, le choc que j'ai reçu en découvrant à mon tour la reine Johanna Simentho. Par rapport à son propre combat mais aussi par rapport à la tragédie personnelle d'un ami.

Je me souviens du reste d'avoir demandé un jour à Fadel :

— Mais enfin, que crois-tu avoir de si important à dire sur la reine Johanna ?

— Rien, me répondit-il sobrement, sinon qu'elle a réellement vécu et risqué sa vie pour nous tous. Et que peut-être même elle vit encore.

C'était l'époque où Fadel avait commencé à sombrer dans une sorte de mysticisme crépusculaire, se repliant chaque jour un peu plus sur lui-même. Il avait maigri, ses yeux brillaient d'une étrange lueur et lorsqu'il regardait les gens, surtout ceux qu'il voyait pour la première fois, il semblait chercher à lire je ne sais quels signes sur leurs visages.

Nous avions passé de longues heures à discuter ce soir-là. Il avait débarqué chez moi à l'improviste vers 21 heures. Dès que je l'ai vu, je me suis aperçu que depuis notre dernière rencontre, plusieurs semaines auparavant, j'avais beaucoup pensé à lui. J'ai aussitôt fait allumer le fourneau pour le thé, dont Fadel raffolait. Vers minuit il a voulu s'en aller :

— Ndella va s'inquiéter.

— Allons, aie le courage d'oublier ta Ndella pour une nuit !

Il a souri gentiment et a reposé son sac. Notre discussion s'est prolongée jusqu'au petit matin. Nos propos étaient entrecoupés de longs silences. A un moment donné Fadel a plongé son regard dans le mien et a laissé tomber :

— Ismaïla, j'ai trouvé une réponse à toutes les questions que je me suis toujours posées !

Comme il avait l'air malheureux soudain ! Je l'aimais bien, mais c'était le temps où j'étais le plus bêtement terrestre possible. Ces exercices de haute voltige intellectuelle m'exaspéraient :

— Pourquoi t'intéresses-tu tant à la reine Johanna, Fadel ? Pour elle-même ou pour toi ? lui demandai-je.

J'avais touché un point sensible.

— Ma vie et celle de Johanna sont désormais si étroitement confondues que je ne sais plus à quel moment je parle d'elle et à quel moment de moi-même. Or j'ai tout à dire sur la reine et rien sur moi.

En disant cela Fadel ne posait pas. Il était absolument sincère. Lui d'habitude si doux se montrait très irritable dès qu'il s'agissait de Johanna. C'est ainsi qu'il avait cessé de fréquenter certains de nos amis communs. Lorsqu'il les rencontrait dans la rue, il refusait de leur serrer la main. Leur crime : s'être permis quelques plaisanteries — souvent de fort mauvais goût, il faut le dire — sur Johanna, ou avoir ironisé sur les fixations de Fadel surnommé pour la circonstance le Fou de la reine.

J'avais promis de faire la lumière sur mes relations avec Ndella. Que n'a-t-on pas dit à ce sujet ? J'aurais, selon d'infâmes insinuations, encouragé Fadel à s'éloigner de Dakar dans le seul but de séduire Ndella et de l'épouser ! De telles inepties sont colportées comme par hasard par ceux-là mêmes qui ont poussé Fadel au désespoir et à la mort. A commencer par sa propre famille, Badou excepté, car sa générosité le met au-dessus de ces bassesses. Ce qui s'est réellement passé est infiniment plus simple. Voici cet épisode.

Je ne sais plus de quelle maladie fut victime Fadel à

l'époque. Je me souviens seulement que tout le monde craignit pour sa vie. J'avais hébergé Fadel et Ndella en attendant qu'ils trouvent un autre logement. Le propriétaire du studio qu'ils occupaient à la Patte-d'Oie avait fini, comme d'autres avant lui, par se lasser des excentricités de la jeune fille. Fadel est donc resté alité chez moi. Il refusait toute nourriture et faiblissait à vue d'œil. Informé par je ne sais qui, El Hadj Madické Sarr s'était précipité à la maison. Je revois Fadel essayant de s'asseoir au milieu du lit, le pyjama entrebâillé laissant voir son corps décharné.

— Je t'emmène à la clinique « L'Ecureuil ». Le Pr Mbaye est un ami, tu le connais bien d'ailleurs, il s'occupera de toi.

Madické ne pouvait parler que sur un ton de commandement. Et ça, Ndella ne l'avait jamais supporté. Elle a ouvert à fond la radio pour manifester son mécontentement. La voix rauque du major Adelezo a envahi la pièce. Madické a fait semblant de ne s'être aperçu de rien, élevant à peine la voix.

— Khoulé et le chauffeur nous attendent dehors, Fadel. Tu ne peux pas rester ici. Habille-toi.

Fadel fit non de la tête. Le vieux ne s'attendait visiblement pas à ce refus. Lorsqu'il nous demanda d'un geste de la tête plein de dignité de les laisser seuls, nous sortîmes sans mot dire. Ndella parut s'exécuter à contrecœur mais je voyais bien qu'elle était fascinée par les manières aristocratiques de Madické.

A partir d'ici mes souvenirs sont un peu confus... Ou alors est-ce peut-être parce que je préfère oublier tout cela ? Ce qui se passa fut si extraordinaire ! Ndella portait pour tout vêtement un pagne qu'elle avait, à son habitude, noué juste au-dessus de ses seins. Elle a toujours aimé jouer je ne sais quels jeux mystérieux avec son propre corps. J'étais sous la douche. Ndella a brutalement poussé la porte de la salle de bains. Je n'ai même pas eu le temps de comprendre.

Elle s'est emparée de mon sexe et l'a littéralement enfoncé dans son corps. Nous sommes restés collés l'un à l'autre. Deux ventouses haletantes. Et le bruit d'enfer de ses perles. Je les entends encore. Cela aurait pu s'arrêter là : par malheur Ndella ne l'entendait pas ainsi. Elle avait pris goût à cette drôle d'histoire, je ne dis pas ça pour me vanter, je vous assure, je n'ai plus du tout le cœur à ces fanfaronnades. Nous avons continué à faire les idiots longtemps après la guérison et le départ de Fadel pour Wissombo. Ensuite notre mariage. Tout cela n'est pas très beau et je me serais volontiers dispensé d'en parler. Les accusations malhonnêtes portées contre moi m'y ont hélas contraint.

A présent que de telles fables ont été réduites à néant (de façon définitive, je l'espère), nous pouvons revenir à l'essentiel. A Fadel, cet ami trop tôt disparu. Il m'arrive de penser qu'au fond il est simplement retourné au siècle futur dont il s'était échappé un instant pour nous annoncer, avec quelle lucidité solaire, les temps à venir. Les signes de son passage sur terre (comme un oiseau traversant le ciel, comme la reine Johanna a traversé l'Histoire) étaient là, sous mes yeux. Il m'appartenait de les interpréter sans les trahir. Ndella, ma douce moitié, m'a aidé à mener à bien cette mission délicate. Sur de nombreux points où ma mémoire vacillait elle est venue à mon secours. Nous avons toujours travaillé dans la plus stricte clandestinité, conscients des risques que nous prenions. Cela nous a rapprochés l'un de l'autre. En attendant l'enfant que nous appelons de tous nos vœux.

Par souci d'objectivité nous avons préféré mettre en forme les cahiers posthumes de Fadel. Plus précisément, nous avons mis au propre le brouillon de ce qui aurait sans doute été son autobiographie. Les indications données par Fadel ont été respectées aussi scrupuleusement que possible. Je me suis permis de supprimer certains passages incompréhensibles — pour moi en tout cas — ou sans rapport direct, visible, avec la reine Johanna ou les problèmes familiaux de Fadel. Je n'ai pas suivi Ndella qui préconisait une restitution intégrale.

Malgré notre inexpérience l'ensemble me paraît assez cohérent pour donner à travers la vie et la mort de Fadel une idée de l'âpre lutte menée par la reine Johanna pour une véritable indépendance nationale.

Ndella et moi ne pouvons certes pas prétendre au statut enviable de romanciers, n'ayant rien inventé, ni une histoire ni des personnages. Malgré le soin que nous avons mis parfois à brouiller les pistes, il serait hautement grotesque de faire insérer au début du récit un « Avertissement » dans le genre : « Tous les personnages étant le fruit de l'imagination des auteurs, etc. ». Ce serait tout à fait comique parce que nous avons conservé tous les noms, à commencer par les nôtres. Et Dieu sait pourtant si mon épouse et moi nous sommes malmenés ici ! S'il arrivait donc à quelqu'un de se reconnaître dans ce texte, qu'il fasse preuve de dignité et de retenue. Que les gens comprennent que la survie de Fadel (qu'ils ont tous prétendu aimer plus qu'eux-mêmes, les larmes aux yeux, le jour de son enterrement) justifie amplement que soit écorché leur misérable amour-propre !

Voici donc le résultat de notre modeste reconstitution. Nous avons voulu proposer un sens, promener un rayon d'amicale lumière à travers la vie obscure de Fadel, ce labyrinthe hostile et presque illisible, enchevêtrement d'hallucinants hasards et de phantasmes péremptoires.

DEUXIÈME PARTIE

7

Plus que des frères, Fadel et Badou étaient des amis. Des complices ; leur amitié, comprenne qui pourra, était d'autant plus sincère qu'ils avaient pris la mesure de leurs différences et acquis la certitude de ne jamais pouvoir s'entendre sur rien au monde. En cette soirée d'avril, la chaleur les avait obligés à rester dans la cour pour prendre leurs trois verres de thé quotidiens. De bruyants éclats de rires leur parvenaient parfois du salon où les femmes et les enfants suivaient le feuilleton télévisé du dimanche. Au moment où la discussion commençait à tourner au vinaigre, la petite Aïda vint à eux en courant. Aïda était venue au monde avec une malformation de la jambe gauche, mais cela ne l'empêchait pas d'être vivante et joyeuse. Agée de six ans seulement, elle inventait toutes sortes de clowneries pour amuser les gens. Avec force mimiques, Aïda entreprit de raconter une scène particulièrement cocasse du film qu'on projetait. En ces moments Aïda était vraiment irrésistible. Les deux frères rirent aux larmes. Badou posa la fillette sur ses genoux.

— Tu vas rester avec nous, ma chérie ! Je vais te raconter des histoires encore plus belles que celles de la télé. Ou bien est-ce que tu préfères que nous chantions d'abord ?

Aïda fit oui de la tête. Badou se mit à chanter :

« Toutes les femmes de la famille ont entendu dire qu'un idiot a pris la charge du fétiche.

Le voilà très content,
Tout à coup on entend le tonnerre en haut du ciel
Nous sommes très pressés de prendre notre pirogue
Le Français approche,
Voilà que le riz est jeté de tous côtés
Voilà l'oiseau qui vole entre les nuages et le ciel.
Oh ! Dieu ! Pardonne-nous,
Donne-nous de l'eau grâce à notre "charité"
Car les Français nous ont plongés dans la faim. »

Aïda était aux anges. Elle dit :

— Je veux apprendre ça par cœur.

Fadel ne put s'empêcher d'ironiser :

— J'espère que tu ne vas pas faire ça. Tu ne vas pas endoctriner cette gamine avec tes foutus chants militants.

— Tu te trompes. C'est un des chants composés par la reine Johanna Simentho. C'est plus expressif dans la langue d'origine. Ecoute !

Badou reprit le chant en zombo, battant cette fois la mesure avec un pot en fer qui traînait par là.

— C'est très beau, dit Fadel. Mais tout de même je trouve bizarre que cette Johanna s'exprime presque exactement comme toi. Tu es sûr de n'avoir pas glissé tes propres vers à certains endroits, question d'épicer la sauce anticolonialiste ?

Badou paraissait s'amuser beaucoup de la surprise de Fadel.

— Mais non, mon gars ! Johanna a composé un tas de poèmes de ce genre ! Et il y en a qui sont encore plus virulents. Comme celui-ci :

« Voilà les Français qui arrivent !
Attention, préparez-vous.
Que chacun s'arme de son fusil.
Agissons, nous aussi, comme les Européens.
Que leur avons-nous fait ?
Pourquoi venir nous maltraiter ? »

— Le chant continue comme ça, dit Badou. Tu vois que Johanna n'a pas besoin de mes modestes lumières pour montrer la voie à suivre. C'est plutôt nous qui devrions apprendre auprès d'elle. La reine Johanna composait elle-même ces chants. Les jeunes filles de tous les villages du royaume venaient régulièrement à Wissombo pour en prendre connaissance et les enseigner à leur tour.

— Comment ça se fait que personne ne parle jamais de cette femme ? s'étonna Fadel qui ressentait une sorte d'indignation confuse.

Badou parut surpris :

— Ça dépend... J'ai une bonne documentation sur elle, il y a plein de gens que ça intéresse. Par exemple le major Adelezo, mais lui c'est pour éviter à tout prix qu'on en parle ! Le tyran ne veut pas qu'on fasse la relation avec les troubles qui ont éclaté au sud-est !

Aïda fit semblant de lui donner une gifle :

— Et moi, on m'oublie ?

— Bon, dit Badou en riant, je vais te raconter l'histoire d'une reine du nom de Johanna Simentho !

Il fit un clin d'œil entendu à Fadel en lui remettant Aïda. Badou avait de réels dons de comédien. Toutes ses paroles étaient accompagnées par les gestes appropriés.

« Il était une fois... Il était une fois une petite orpheline du nom de Johanna Simentho. La nuit où elle vint au monde, il y eut un violent orage et la pluie tomba jusqu'au matin sur tout le royaume de Wissombo. Les Anciens dirent que selon les signes elle serait une femme féconde et indomptable, qu'elle aurait des enfants et encore des enfants, qu'elle soumettrait des pays et encore des pays. Alors qu'elle n'avait que quelques mois, son père et sa mère furent emportés par les eaux du Kwazékélé. La petite Johanna fut confiée à sa tante. Cette femme très méchante la battait continuellement. Un jour, n'en pouvant plus, la jeune fille se rendit sur les rives du Kwazékélé et supplia ses parents de la laisser venir à eux. Ils ne lui répondirent pas, mais, au moment où elle tourna le dos au fleuve, le cœur serré, pour rentrer au village, elle entendit une grosse voix derrière elle :

— Johanna, n'aie pas peur ! Cependant ne te retourne pas, tu ne dois pas voir mon visage ! Tu as le cœur aussi vaste que le monde et tu auras un royaume aussi vaste que ton cœur ! Va droit devant toi, rassemble ceux de Tabanka et ceux de Madingha, ceux de Kelete et ceux de Bandialan, dis-leur à eux tous et à ceux de tous les villages de Wissombo, le royaume des Limites Ultimes du Monde, que le sacrifice voulu par les Dieux est un taureau noir. L'eau descendra du ciel, un vent frais et pur balaiera le monde. Et toi Johanna tu seras reine et tu apporteras à ton peuple éprouvé la prospérité et la justice.

« Il en fut ainsi. On vint de partout, des villages voisins comme de lointains pays. Des hommes et des femmes de tous âges, de toutes conditions et de toutes religions se placèrent sous l'autorité de la reine Johanna. Elle disait : "Les chemins qui mènent à la montagne sont nombreux, parfois tortueux, et Baliba est la plus haute des montagnes, venez à moi mais gardez vos croyances, cependant ne laissez pas les étrangers vous imposer leurs croyances." Les récoltes furent abondantes, il n'y eut plus de guerres intestines. On surnomma Johanna la Grande Unificatrice. Hélas les forces du mal veillaient ! Johanna n'avait que vingt ans, l'âge où de nos jours les jeunes filles ne pensent qu'à danser au son du tam-tam ou dans les night-clubs. Elle n'avait donc pas une grande expérience de la vie. Préoccupée par le seul bien-être de la collectivité, elle n'avait pas remarqué qu'une morbide jalousie répandait son venin dans le cœur de la marâtre. Celle-ci, malgré les largesses de Johanna, complotait dans l'ombre pour l'éliminer et donner le pouvoir à sa propre fille. Elle se paya les services de Karamba Diaby, un féticheur réputé. Bientôt l'étoile de Johanna commença à pâlir : le maléfique Karamba Diaby ridiculisait Johanna en lui faisant par exemple faire des prédictions qui ne se vérifiaient jamais. Ses agissements réussirent à semer le doute dans les esprits. Le nombre des partisans de la reine diminuait au fil des jours. Ses ennemis en profitèrent pour la livrer aux étrangers. Depuis, nul ne sait ce qu'elle est devenue. Aucun regard humain ne s'est plus jamais posé sur le visage de Johanna. Elle avait régné trois ans seulement mais là-bas, au royaume des Limites Ultimes du Monde, personne ne doute qu'elle soit encore vivante. Les gens disent : Johanna reviendra. Nous l'attendons. C'est ici, ajouta Badou, que le conte est allé se jeter dans la mer ! »

— Mais elle n'a pas eu d'enfants ! dit Aïda d'un air indigné. Les Anciens ont menti !

En guise de réponse Badou la souleva et se mit à tournoyer avec elle.

— Vous en ferez demain une héroïne nationale, je suppose ? demanda Fadel pour se moquer de lui.

A quoi Badou, redevenu subitement sérieux, rétorqua sur le ton pénétré qu'il affectionnait en certaines circonstances (« exactement comme s'il s'adressait aux membres de son Comité central », pensa Fadel) :

— De cela notre peuple décidera lorsqu'il sera véritablement indépendant. Permets-moi d'ajouter que je trouve déplacées de telles plaisanteries.

— Tu ne vas quand même pas te vexer pour si peu !

Badou se radoucit :

— Bon, j'ai un peu déformé l'histoire de Johanna pour distraire Aïda, mais je t'assure, Fadel, la reine Johanna a réellement existé ! Mieux, elle vit peut-être encore. Aujourd'hui encore, si tu vas à Wissombo, tu verras que des dizaines d'années après le passage de Johanna les gens sont encore sous le choc. Tu trouveras à Wissombo de nombreux protagonistes de ces événements. Et tous te feront le même récit, et ce récit tu le sentiras sans cesse rongé par une obsédante et cruelle perplexité. Ces vieillards efflanqués et miséreux n'arrêtent pas de se demander si voilà quarante ans, ils n'ont pas tous ensemble rêvé d'une jeune fille qui, surgie de la nuit de leur oppression, les exhortait à refuser la domination étrangère et leur insufflait le courage de prendre en main leur destin ! Il faut comprendre ces pauvres paysans, Fadel ! Où donc cette jeune fille, presque une enfant, que sa condition, son âge et son sexe prédisposaient à la soumission, avait-elle bien pu trouver la force de se dresser ainsi contre l'envahisseur ? Ce qui leur reste de cette fantastique épopée, c'est l'impression d'avoir vécu des événements qui tout en étant réels, ne paraissent avoir aucun rapport avec la réalité.

Badou s'était progressivement échauffé. Il s'arrêta, essoufflé. Mais rayonnant de joie. Il savait par expérience à quel point il était difficile de susciter le moindre intérêt de Fadel pour quoi que ce soit. Or il se rendait bien compte que cette fois-ci son frère était littéralement envoûté par ce qu'il venait d'entendre. Badou était loin de se douter qu'il venait de faire basculer la vie de Fadel...

8

Au service des Archives il eut beaucoup de mal à se procurer les documents dont il avait besoin.

— Les archives sur cette femme ne seront disponibles, monsieur, que cinquante ans après sa mort, avait expliqué l'employé avec un large sourire.

C'était un jeune homme d'une trentaine d'années, de grande taille, myope et chauve.

— Et quand la reine Johanna est-elle morte, s'il vous plaît ? lui demanda Fadel sèchement.

L'autre paraissait éprouver un plaisir sadique et profond à le contrarier.

— Monsieur, vous m'avez dit que vous rédigez une thèse sur elle. Vous devez donc savoir ce qu'il en est. Après tout, je ne suis pas un chercheur, moi !

Tout ce que ce type méritait, c'était qu'il lui crache à la figure.

— Je vous supplie de m'aider, mon frère, dit Fadel d'une voix suppliante. Je ne peux plus changer de sujet.

L'employé le regarda d'un air soupçonneux :

— Ça vous intéresse, on dirait ! Qu'est-ce qui me prouve que c'est pour un simple travail universitaire ?

— Je vous apporterai les preuves écrites, mentit effrontément Fadel.

— Et si vous êtes un étudiant sérieux, pourquoi avez-vous choisi précisément ce sujet et pas un autre ?

Une reine, mon œil ! Prétexte à semer la confusion dans les esprits, plutôt !

L'employé jubilait presque et Fadel se sentait impuissant. Il pensa que tant qu'il n'y aurait pas une loi autorisant à étrangler à tout moment, jusqu'à ce que mort s'ensuive, après une atroce agonie, les archivistes arrogants et paresseux, cela ne servirait à rien de parler de justice sociale.

— Tout ce que je veux, c'est prendre quelques notes. Vous seul pouvez m'aider. Demain je vous apporterai une attestation du doyen de la faculté.

— Avec signature et tampon, hein ! Je me suis assez fait rouler par vous autres étudiants !

Lorsque Fadel commença à éplucher les documents qu'il avait daigné lui fournir, l'employé trouva encore le moyen de le torturer :

— Il est possible que ce soient des faux, monsieur, mais c'est tout ce que nous avons ici ! lui glissa-t-il à l'oreille avec une diabolique affabilité.

Et comme Fadel le regardait bouche bée, presque au bord des larmes, il lui lança dans un ricanement :

— Mais le plus grave, monsieur, c'est que les faux que vous avez sous les yeux ont été eux-mêmes un peu truqués çà et là par la suite !

« Si jeune et déjà complètement dingue », songea Fadel avec tristesse.

Il avait fallu plusieurs mois à Fadel pour s'apercevoir un jour presque par hasard et avec stupeur qu'il menait en fait une enquête en règle sur Johanna. Il avait commencé par dévorer une brochure que lui avait offerte Badou. C'était un texte assez riche sur la vie et l'œuvre de Johanna. La rencontre entre le colonel Léonidas Vézélis et la reine Johanna retint particulièrement l'attention de Fadel. Voici ce passage : « Muni de ses jumelles, le colonel put la voir s'avancer sur la piste, accompagnée de ses fidèles. C'était une femme de constitution assez faible et boiteuse depuis un accident de jeunesse qui avait provoqué une luxation du genou droit. Elle était cependant fort jolie femme, âgée de vingt-cinq ans environ, avait le teint clair, le geste élégant et la parole facile. Quand elle arriva près du colonel, ce dernier, la haine et la rage au cœur, excédé d'avoir été si longtemps défié par une femme infirme, se rua sur elle, la brutalisa si férocement que l'interprète lui-même ne put se retenir... »

Le document était naturellement émaillé d'attaques d'une rare violence contre le major Adelezo, accusé de cacher la vérité au peuple pour complaire à ses maîtres français.

> « ... Les archives, dans l'état actuel de nos informations, ferment hermétiquement leur bouche : conspiration du silence oblige ! Certains avancent qu'elle fut transférée [déportée ? *Note de Fadel*] au Gabon, d'autres au Congo, d'autres encore à Madagascar. Respire-t-elle encore sous le vaste ciel ? Est-elle morte, est-elle vivante ? En tout cas il est fort significatif que le gouvernement réactionnaire du Sénégal n'ait pensé à aucun moment à la ramener — elle ou ses restes — dans sa terre natale, ni même à parler de ses hauts faits. »

Enfin cette péroraison en forme de profession de foi lyrique, qui amusa beaucoup Fadel : « A l'intrépide qui s'offrit en captivité pour le seul bien de son peuple, nous disons : le flambeau est tombé entre de bonnes mains, nos mains puissantes et sûres, les mains des briseurs de toutes chaînes. Car aujourd'hui que le prolétariat s'est dressé, debout, tel ce mât inébranlable qui ose défier la mer houleuse, aujourd'hui qu'il s'arme de son idéologie scientifique — le marxisme-léninisme et la Pensée-Mao-Zedong —, notre résistance à coup sûr vaincra... » Fadel avait souvent demandé à Badou pourquoi ses camarades et lui, en essayant de parler d'une chose, se retrouvaient toujours brusquement, comme sous la pression d'une invincible fatalité, en train de parler aussi d'autre chose...

La lecture du document permit par ailleurs à Fadel de s'apercevoir que la reine Johanna y était constamment appelée Aliin Sitooye Jaata. Il ne s'en formalisa pas outre mesure. Du reste, cette erreur n'en était peut-être pas une : le propre des êtres exceptionnels n'était-il pas de pouvoir se réincarner à l'infini, traversant ainsi l'épaisseur des siècles avec des noms et des visages différents ?

9

A force de harceler de questions tous ceux qu'il rencontrait, Fadel finit par entendre parler d'une sœur de Johanna vivant encore dans la banlieue. Il s'y rendit en car rapide. C'était un des quartiers les plus pauvres de la ville. Il s'engagea dans une longue ruelle sablonneuse et légèrement en pente, rasant parfois les clôtures des maisons pour éviter les flaques d'eau sale ou les tas d'ordures qui lui barraient le passage. Dès qu'il franchit le seuil de la petite maison, il éprouva une sensation étrange : qu'est-ce qui le poussait donc à s'occuper de cette histoire avec tant d'acharnement ? C'était si saugrenu — et même suspect dans un sens — de débarquer sans crier gare chez de paisibles citoyens pour leur demander des nouvelles de leurs parents disparus près d'un demi-siècle plus tôt... Ce malaise, Fadel allait le ressentir encore plusieurs fois par la suite et même à Wissombo...

Simbalé, la sœur cadette de Johanna, vivait seule dans une baraque en piteux état. Fadel, qui l'avait trouvée dans la cour en train de récurer une calebasse, entra s'asseoir sur un tabouret en attendant son arrivée.

Dès le premier regard de Simbalé, Fadel comprit qu'il ne tirerait rien d'elle. La manière dont elle l'avait dévisagé signifiait : encore un de ces jeunes gens qui viennent me parler de Johanna... C'était une femme trapue, à la peau claire et à l'allure énergique malgré ses soixante ans. Son visage parut à Fadel triste et doux, d'une gravité sereine.

Au bout d'un moment elle rejoignit Fadel dans la pièce et s'assit au bord du lit après avoir secoué le sable humide qui collait à ses pieds nus. Pendant les salutations, longues et embarrassées, Simbalé garda la tête baissée, le regard obstinément fixé sur le sol. Fadel devina avec tristesse qu'elle était gênée par la pauvreté des lieux. L'attitude de Simbalé lui rappelait l'air brisé et humble des innombrables quémandeurs venant assaillir son père El Hadj Madické Sarr qui les méprisait ouvertement.

— Qu'attendez-vous de moi, mon fils ?

Fadel eut envie de répondre : « Rien. Je voulais simplement voir de mes yeux la sœur de la reine Johanna Simentho. » Il sentait bien qu'au fond il n'était pas là pour autre chose. Il dit cependant :

— Je veux faire connaître votre sœur Johanna au monde entier.

Sa voix était mal assurée. Simbalé ne manifesta aucune surprise. Tout au plus quelque chose comme de la lassitude, l'air de dire, découragée : « Voilà que ça recommence ! » Elle s'était contentée de murmurer des propos inaudibles, refusant, même à ce moment, de lever la tête.

— Mère, tout le monde veut savoir ce que la reine Johanna est devenue. Vous, les vieux, devez aider les jeunes à savoir.

— C'est le passé, mon fils. Oublie-le !

« Ah ! si je pouvais trouver les mots qu'il faut pour lui faire comprendre que ce passé-là c'est justement l'avenir ! » songea Fadel.

Simbalé reprit :

— Mon fils, connais-tu Niakoly, le député de Wissombo ?

— Niakoly ? J'ai entendu son nom à la radio.

Fadel avait menti. Il connaissait très bien Jean-Baptiste Niakoly, un ami de son père, politicien ventripotent et cynique, au rire gras, au regard étincelant de cruauté.

— Le député nous a formellement interdit de parler de ces événements à qui que ce soit. Selon lui, des ennemis du gouvernement veulent se servir du nom de Johanna pour semer le désordre.

Simbalé ne l'avait pas dit, mais Fadel était convaincu que le gros Niakoly avait ajouté : « Ce sont les étrangers qui sont derrière toutes ces histoires. » Une véritable obsession chez le député de Wissombo. Seulement, Niakoly ne précisait jamais de quels étrangers il parlait.

— Mère, dit Fadel, ce sont les Français qui ont fait du mal, il y a longtemps, à Johanna. Maintenant les Français sont partis et notre pays est indépendant. Même le gouvernement actuel veut connaître la vérité, nous allons mettre ça dans les livres.

Simbalé ne se laissa pas impressionner.

— Nous sommes de pauvres gens, mon fils. Ne nous mêlez pas à ces choses-là. Si tu veux, tu peux aller demander au député.

Au moment où, vaincu, Fadel s'apprêtait à prendre congé, une jeune femme fit irruption dans la chambre. La nouvelle venue salua Fadel avec entrain et laissa tomber lourdement sa masse sur le lit. Fadel éprouva immédiatement de l'antipathie pour elle : il lui trouvait quelque chose de vulgaire. Aussitôt l'inconnue s'exclama gaiement :

— Mon frère, personne ne te dira rien, tu peux en être sûr ! Et nous, les jeunes, nous avons encore plus peur d'évoquer ces terribles événements ! D'après les Anciens, cela risque d'attirer le malheur sur nous et nos descendants pendant quatre-vingt-dix-neuf ans !

Fadel faisait de grands efforts pour dissimuler son agacement : « Pourquoi précisément quatre-vingt-dix-neuf ans, hein ? »

On voyait bien à son excitation et à ses gestes désordonnés qu'elle était très fière de l'intérêt de Fadel pour Johanna. « Il ne me reste plus qu'à m'en aller », se dit Fadel. Pourtant il préféra rester encore un peu pour parler de tout et de rien avec les deux femmes. Exactement comme s'il était de la famille de Johanna. Jouissance ambiguë d'être là, ce matin, dans cette baraque misérable et sans lumière, et pourtant au cœur de l'Histoire, avec le secret espoir de voir la vérité triompher de tous les silences.

Simbalé et la jeune femme (elle se disait secrétaire chez un avocat) ne pouvaient pas se douter que sa seule satisfaction, Fadel la tirait d'être là...

Simbalé se plaignit de fréquents maux d'estomac depuis quelques jours. « Une façon de me dire : tu peux rester à condition de ne plus parler de Johanna. » Fadel lui promit de revenir le lendemain avec un médecin :

— C'est un ami. Il n'y aura rien à payer.

Elle refusa gentiment avec un sourire malicieux.

— Tu es têtu, toi ! Mais tu as un bon cœur. Comment dis-tu t'appeler encore ?

— Fadel Sarr.

— Eh bien, Fadel, je te considère comme mon fils. J'en ai un qui est peut-être plus âgé que toi. C'est pourquoi je te demande de ne pas t'occuper de ces choses. Ce n'est pas bien pour toi.

Fadel sentit brusquement, à un subtil changement de ton de Simbalé, qu'elle avait envie de l'aider.

— Et ce que Johanna a fait, Mère ? Ce n'était pas bien pour elle ! Pourtant nous en sommes tous fiers aujourd'hui.

— Ça, c'est vrai ! s'écria la jeune femme en éclatant de rire.

Simbalé dit lentement :

— Fadel, si tu veux savoir, il te faudra aller à Wissombo. Moi-même, j'y retournerai bientôt, je ne peux plus vivre ici. Surtout ne dis rien à personne, cette maison m'a été offerte par le député Niakoly et s'il venait à apprendre... S'il sait que je veux partir, il est capable de me faire tuer. Ils veulent tous que nous restions ici, mais moi je ne peux plus. On m'attend là-bas.

10

Ils allèrent danser au « Terminus ». Karim, le patron, un Libanais au visage rond et luisant, toujours silencieux et comme aux aguets, fascinait Fadel. Comme tous les vendredis le night-club était plein à craquer. Après s'être installés dans un coin, ils commandèrent à boire. Fadel se sentait heureux et léger. Ndella et lui étaient ensemble depuis bientôt deux ans : un amour solide et sain, sans vaines effusions et qu'aucun nuage ne pouvait assombrir. Juste pour lui faire plaisir il fit danser Ndella plusieurs fois, au grand étonnement des habitués du « Terminus ». En général Fadel essayait plutôt de se faire tout petit dans son coin. Entre eux, les gens l'appelaient « le fils d'El Hadj Madické Sarr » sans même se donner la peine de préciser — car cela allait de soi — qu'ils faisaient allusion au riche homme d'affaires. Pour eux Fadel était un rejeton de la haute société, taciturne, à vrai dire un peu sinistre (nul ne pouvait dire s'il était timide ou hautain) qui fréquentait assidûment le « Terminus » avec cette Ndella un peu timbrée, sans adresser la parole à personne. Ils ne pouvaient donc qu'être ébahis de le voir brusquement gesticuler de façon désordonnée au milieu de la piste en hurlant comme un Indien sur le sentier de la guerre. Ndella, dont tout le monde connaissait le goût du scandale, était manifestement comblée. Tout en continuant à danser, ils riaient tous les deux de bon cœur, heureux de cette merveilleuse et imprévisible solidarité qui soudain les dressait contre les autres.

Lorsqu'ils sortirent du night-club vers trois heures du matin, l'air frais venant de la mer toute proche leur fouetta agréablement le visage. Ils attendirent longtemps un taxi sans en trouver. Un ivrogne vint vers eux en titubant et brandit le poing dans leur direction, criant d'une voix éraillée et avec beaucoup de conviction :

— Oh my friends I am a crocodile ! Oh yes I am a crocodile !

Lorsqu'il s'éloigna, Ndella prit Fadel par la taille :

— Marchons un peu. Ce sera plus facile de trouver un taxi du côté de l'Université.

Ils passèrent devant les urinoirs municipaux, juste à l'entrée du boulevard de la Nation, qui coupait la ville en deux et Fadel lui raconta l'histoire de Vespasien.

— Un empereur romain, bon et doux. Il n'a jamais gagné une bataille.

— Pas une seule ?

— Pas une seule, mon amie, parce qu'il se faisait accompagner à la guerre de plus de maçons que de soldats !

— Je vois, dit Ndella avec une ironie dédaigneuse, c'était un bâtisseur !

— Tu n'y es pas, ma grande ! La vérité est que l'empereur aimait tellement pisser contre les murs sentant le ciment frais qu'il lui fallait toujours des maçons pour lui en construire au fur et à mesure que son armée avançait !

— Pourquoi n'arrêtes-tu pas de te moquer de moi, Fadel ?

— Mais je ne plaisante pas ! Certains de ces murs sont des monuments historiques protégés. Des voyages sont organisés pour les touristes. Et puis il y a des études très sérieuses sur ça.

— Sur quoi ?

Ndella avait hurlé sans le vouloir. De plus en plus bizarre, Fadel, depuis quelques jours. Aujourd'hui exalté et joyeux, demain sombre. Ses colères contre de lointains empereurs... Et si agité la nuit, tout le temps à dire des incohérences pendant son sommeil. Que se passait-il donc dans sa tête ? Il aurait peut-être mieux fait de ne pas s'occuper de cette Johanna. Ça ne lui réussissait pas...

— Tu ne te rends pas compte, Ndella, s'écria Fadel avec un ricanement funèbre qui fit tressaillir la jeune fille presque de douleur, tu ne te rends pas compte que grâce à la conservation de ces monuments, de braves pères de famille italiens gagnent leur vie en expliquant aux touristes que, plusieurs siècles auparavant, la veille même de l'affrontement décisif entre les Romains et je ne sais plus trop qui, l'empereur avait pissé ici, ici et là !

Impossible de savoir où il voulait en venir. Ndella choisit cependant de ne pas le heurter et fit semblant de trouver son histoire vraiment tordante.

— Moi, je trouve que c'était un empereur très sympa, Vespasien.

Le lendemain, Fadel se fit un café très fort et s'installa à sa table de travail. Il avait décidé de consacrer toute la journée du samedi à faire par écrit le point de ses recherches sur la reine Johanna. Avant même qu'il ait écrit un seul mot, Ndella vint se planter devant lui. Elle était entièrement nue. Une façon, disait-elle, de se faire plaisir avec son propre corps. Lorsque des visiteurs arrivaient, elle consentait à mettre un pagne toujours noué au-dessus de ses seins.

— Tu es de plus en plus bizarre, Fadel. Tel jour, tu es euphorique, puis le lendemain...

— Oh ! Je ne sais pas... Les gens ! Je n'arrive plus à les blairer. Ils sont hypocrites.

Ndella n'avait jamais vu Fadel dans un pareil état. Il était tout simplement pitoyable. Naguère plein d'assurance et de force, maintenant il jetait de furtifs coups d'œil de tous côtés, ses mains tremblaient et il paraissait demander anxieusement à ses interlocuteurs : « Suis-je aussi fou qu'ils le prétendent, uniquement parce que je veux faire la lumière sur la reine Johanna ? »

— Ne te laisse pas abattre, mon grand. Sois fort, sinon ils t'auront !

— Qu'est-ce que tu crois ? hurla Fadel en repoussant sa chaise. Ils ne m'impressionnent pas et je ferai éclater la vérité sur Johanna !

« La meilleure façon de l'aider : faire mine de le trouver normal. Sinon il va s'effondrer. Parler le moins dramatiquement possible de Johanna. »

— Tu sais, mon homme, je devrais être jalouse de Johanna !

— Je parle très sérieusement, dit Fadel d'une voix qui avait retrouvé sa sérénité. Par moment tout cela me fait penser à un orage qui se prépare. Au loin, comme dans un autre monde, les grondements du tonnerre, des nuages qui s'amassent dans un ciel zébré d'éclairs, le vent qui se précipite sur la Ville, renversant tout sur son passage. Puis la pluie, douce, bienfaisante. Voilà : devant moi il y a toi, les autres et leurs sarcasmes ignobles, les reproches de mon père qui me demande sans cesse quel genre d'artiste je suis, bref, ma vie de tous les jours. Mais aussi tous les jours je vois réellement Johanna. Une femme qui passe. Son ombre projetée sur le sable... Je m'approche pour regarder et cette ombre, c'est celle d'un jeune homme du nom de Fadel, moi avec ma chevelure en désordre, mon sac en bandoulière !

— Le mec de Mame Ndella Sy, quoi !

En proie à une rage froide et silencieuse, Fadel se demanda si entre la jeune fille et lui ne venait pas à cet instant précis de se produire le premier craquement. Ne voulant rien laisser paraître de ses sentiments, il sourit et lui posa avec affection un doigt sur la bouche :

— Chut !

Mais Ndella avait eu le temps de voir avec inquiétude une lueur étrange passer dans son regard.

— Bon, dit-elle, je vais faire un saut au supermarché. Le congélateur est vide. Si j'ai le temps, j'irai aussi dire bonjour à mes vieux à la Médina.

— Permission accordée. N'oublie pas, Ismaïla et sa copine viennent déjeuner demain.

— Sa copine du moment, tu veux dire ! Je penserai à acheter de quoi faire un bon « Yassa ». Fatou Kiné et lui adorent ça.

Resté seul, Fadel nota dans son carnet ce qui suit :

« Johanna. Mon intention en m'installant à cette table, c'était d'ordonner un peu la masse d'informations que j'ai pu recueillir, difficilement certes, ces derniers mois sur la reine Johanna. Au moment de commencer, mon enthousiasme est retombé. Vide. Solitude. Tout est parti — ou reparti — de ma petite discussion de tout à l'heure avec Ndella. Elle ne s'est probablement pas aperçue du mal qu'elle m'a fait. Ndella soudain de l'autre côté, elle aussi parmi les railleurs infâmes. Saurai-je jamais pourquoi ils prennent tant de plaisir à me tourmenter ? Les enfantillages de Fadel. Tu n'es pas au courant, mon vieux ? Badou, son frangin, le pseudo-révolutionnaire, l'a jeté dans les bras de cette reine encombrante et, depuis, le pauvre garçon est tout chose. Ah ça, tu peux dire qu'il s'en est amouraché, de sa Johanna, une reine du siècle dernier ou même d'avant. Ha ! ha ! c'est dur d'être fils de milliardaire, on veut toujours décrocher la lune, mais au fond c'est peut-être ce qui pouvait lui arriver de mieux, il va enfin fonder une famille et travailler comme tout le monde, etc.

« Parfois les doutes qui m'assaillent, leur tourbillon dévastateur. Fétu de paille — je me dis froidement : mon cher ami, tu exagères, ils ont raison... Pourquoi tant d'histoires pour une reine au fond si incertaine ?

Allons, qu'a-t-elle fait de si extraordinaire, ta fameuse Johanna Simentho ? Facile d'impressionner soixante-quatorze paysans frustes et crédules en annonçant un orage au moment opportun ! Et son royaume, parlons-en, de son royaume... Sans doute quelques ridicules hectares de forêt avec çà et là des cases au voisinage des rizières. Sa vie vagabonde et fertile... Sa résistance à l'occupation française... Hum !

« Mais douter pour mieux croire. "Je crois parce que c'est absurde." Moi aussi. Au seul nom de Johanna, cette houle puissante ! Son royaume n'est pas sur cette terre, mais dans les esprits, mais dans les cœurs. Johanna surgie lustrale de mes grimoires nocturnes et j'ai maintenant le dos voûté du saint Erudit, et je suis rongé par les veillées ardentes.

« Ce que fait dire Umberto Eco à un de ses personnages dans *le Nom de la rose :*

"La beauté du corps se limite à la peau. Si les hommes voyaient ce qui gît sous la peau, ainsi qu'il advint avec le lynx de Béotie, ils auraient un frisson d'horreur à la vision de la femme. Toute cette grâce se compose de mucosités et de sang, d'humeurs et de bile. Si l'on songe à ce qui se cache dans ses narines, dans sa gorge et dans son ventre, on ne trouvera que tas d'ordures. Et s'il te répugne de toucher la morve ou la merde du bout des doigts, comment donc pourrions-nous désirer étreindre le sac même qui contient l'excrément ?"

« Affirmation de haute portée politico-militaire. Puisqu'en somme si César avait osé observer d'un autre point de vue le nez de Cléopâtre et, disons-le carrément, s'il avait osé y fourrer son doigt, il aurait su raison garder. Peut-être n'eût-il pas envoyé à la mort tant de jeunes Romains innocents. Meurtrière, la passion sénile des empereurs. »

11

Fadel referma le livre qui lui avait tenu compagnie toute la matinée. Pendant quelques secondes il ne put s'empêcher de caresser du regard, rêveusement, la couverture rouge qu'il connaissait si bien et de murmurer : « Beautiful ones are not yet born. » Il aimait le roman âpre de Ayi Kwei Armah. Cet « Homme » sans nom du roman, simple, candide même mais indomptable, il aurait aimé vraiment pouvoir en faire un ami. Sa pureté inaltérable. Fadel se sentait aussi incompris que « l'Homme ». « C'est vrai, songea-t-il amèrement, l'âge d'or n'est pas pour demain. Ils m'en veulent tous à mort à cause de Johanna. Ils se trompent s'ils croient que je vais lâcher prise. Je ne me laisserai pas faire. Les écraser sous mon talon comme des insectes malfaisants. » De quoi les gens avaient-ils donc peur ? C'était d'une telle simplicité, l'histoire de Johanna... Une jeune fille avait disparu. Sa famille avait envie de savoir ce qu'elle était devenue. Quel homme sensé pouvait y trouver à redire ? A la limite, il était raisonnable d'imaginer un avis de recherche dans *l'Indépendant,* quelque chose dans le genre : « Une jeune femme répondant au nom de Johanna Simentho a quitté le domicile de ses parents, etc. En cas de découverte, prière d'aviser... » Il manquerait certes l'essentiel : la photo. Aucune image connue de Johanna. Quelque chose à voir avec Dieu, cette femme. « Ceux qui y croient et ceux qui n'y croient pas. » Fadel éprouva une violente colère en songeant comme il était incroyablement facile pour les grands de ce monde de faire disparaître jusqu'à la moindre trace de ceux qui les gênaient. Au fond, sa seule raison de se battre c'était ça : hurler à la face du monde l'existence exemplaire de la reine Johanna Simentho.

Personne ne voulait l'écouter. Ulcéré, il s'était barricadé dans sa chambre à « Keur Déguène », refusant obstinément de voir qui que ce soit. Même Ndella.

[A ce propos Ndella a tenu à donner la précision suivante : « Pendant treize jours Fadel n'est pas sorti une seule fois de ''Keur Déguène''. Contrairement à ses habitudes il lisait beaucoup et pas seulement des textes sur Johanna ou le royaume de Wissombo. Il avait beaucoup maigri et paraissait très malheureux, s'emportant avec véhémence contre Jules César ou d'autres empereurs. »]

En fait, Ndella avait eu toutes les peines du monde à voir Fadel. Le gardien lui disait invariablement d'un air hargneux : « Fadel est en ville. Il vient de partir à l'instant même. » Elle savait que c'était faux, mais elle ne pouvait rien faire : tout le monde la détestait à « Keur Déguène ». Le cinquième ou sixième jour, elle avait réussi à forcer le passage et s'était dirigée tout droit vers la chambre de Fadel. Ce dernier n'avait manifesté ni surprise ni mauvaise humeur en la voyant arriver toute essoufflée. Au contraire il avait paru heureux de sa présence inattendue.

— Pourquoi n'ouvres-tu pas les fenêtres ? Il fait aussi chaud et noir ici que dans un four !

Elle entreprit d'aérer la chambre sous l'œil amusé de Fadel.

— Et cette pagaille ! Bon, dis-moi à présent ce qui t'a poussé à me fuir !

« Lui parler de Johanna ? Elle va se moquer de

moi. Ne pas retourner le couteau dans la plaie ! »

— Je n'ai pas fui, Ndella. Je voulais me recueillir quelques jours. Mettre de l'ordre dans mes idées.

— Tu en as des façons ! Tu me rappelles toi-même que Fatou Kiné et Ismaïla viennent manger à la maison. Ils arrivent le dimanche, monsieur a disparu !

« Voilà qu'elle me fait une scène de ménage à présent ! Je suis foutu. »

— Sois gentille, Ndella, je suis terriblement fatigué.

— Qu'est-ce qui te dérange donc brusquement à la Patte-d'Oie ? Je ne t'empêche ni de travailler ni de te reposer.

— Tu comprendras plus tard. Mais je t'assure que je n'ai rien contre toi.

Ndella se détendit un peu. Fadel lui faisait pitié.

— Je vais donner un petit coup de balai à ton trou. Ça ne fera pas de mal.

— Quand j'étais petit, Johanna faisait ma chambre chaque matin, je suis sûr que tu ne la vaux pas, dit Fadel sur un ton enjoué.

Ndella évitait soigneusement d'aborder ce sujet délicat. Mais là, elle était coincée.

— Et tu la faisais bosser durement, j'imagine !

— Tu ne me prends pas au sérieux. Pourtant c'est un fait historique : Johanna a été domestique à Dakar avant de devenir reine de Wissombo.

Ndella s'assit sur le rebord de la table :

— Tu sais, mon homme, tu es au centre de toutes les conversations en ville !

— Laisse-les parler. Tu vois bien que je suis parfaitement normal. Pas vrai ?

[Ndella ajoute ceci : « Je le connaissais bien, Fadel ! De l'entendre me parler avec cette douceur et cette courtoisie me fit peur. Quand il se dédoublait ainsi, on pouvait craindre le pire. Et ce jour-là je retournai à la Patte-d'Oie seule et inquiète. »]

12

Ndella ne pouvait certes pas deviner que, chaque fois qu'elle avait le dos tourné, Fadel retombait aussitôt dans une sombre apathie. On lui apportait à manger dans un petit bol auquel il ne touchait presque pas, ayant progressivement perdu tout appétit. Et puis il avait l'impression que sa chambre où livres et habits traînaient par terre était chaque jour un peu plus poussiéreuse et sale.

C'était avant qu'ils ne deviennent ses Amis. Dès qu'il soulevait le couvercle du bol de riz, ils surgissaient de sous la table basse en bois rouge où ils restaient sagement tapis pendant de longues heures. Il les chassait d'un geste de la main, ils s'éloignaient vivement puis revenaient l'importuner. Un jour, après des efforts répétés et vains pour les intimider, il en avait écrasé un, le plus petit, entre le pouce et l'index. Un peu de liquide blanchâtre sur les doigts, comme du pus. Sensation d'écœurement. Pourtant la mort d'un des leurs semblait les avoir enhardis : c'était quelque chose, leur opiniâtre familiarité, leur obstination à essayer de prendre leur part du repas, esquivant ses coups, inlassables bestioles ! Alors il accepta leur amitié, cet autre jour, impossible de se souvenir quand c'était exactement. Il posa sur la table un morceau de poisson. Ils se précipitèrent dessus et le dévorèrent rapidement. Puis ce fut au tour du morceau de manioc. Finalement il les laissa manger dans le même plat que lui, leur servant à boire dans le creux de sa main après les repas. Le matin, puisqu'ils boudaient le café, même accompagné de lait, il leur servait du kinkéliba arrosé de quelques gouttes de citron. Contrairement à ce que Fadel avait toujours supposé, ses Amis n'avaient pas tous les mêmes goûts, il lui fut très facile de s'en rendre compte dès qu'il réussit à les identifier. L'un d'eux (il l'appelait Balalaïka parce que c'était beau et parce que ça lui rappelait une complainte de Myriam Makeba) faisait tout particulièrement la fine bouche et s'imposait pour de mystérieuses raisons un régime strictement végétarien.

Lorsque au treizième jour il lui fallut retourner auprès de Ndella, Fadel eut peur pour la vie de ses Amis. Une des bonnes allait bien sûr laver à grande eau et désinfecter la chambre : un beau massacre en perspective ! Incompréhensible, cette frénésie stupide et sanguinaire des hommes. Pour eux, rien que de petites choses brunâtres et alertes surgissant des zones d'ombre et se glissant partout. Les emmener avec lui à la Patte-d'Oie ? La meilleure façon de prouver à Ndella que le cas de son type était aussi désespéré qu'on le chuchotait. Réunir alors les domestiques séance tenante et leur expliquer gravement la nécessité de ne pas faire du mal à ses Amis ? Une mise en garde sévère dans le style « c'est vrai que mes Amis ne parlent pas et qu'ils n'enterrent pas comme vous leurs morts avec des larmes et tout le cirque, mais ce n'est quand même pas une raison car quelques semaines avant le Néanderthal vous étiez dans la même situation ». Pas question de ça non plus. Pour les domestiques aussi ce serait une preuve de plus de sa démence. Tous le regardaient de travers avec leur petit air sournois. Et puis dès qu'elle serait au courant, Adja Déguène, sa mère, consulterait Thiémoko le Féticheur !

— Ils veulent me dévorer mon fils ! C'est pour cela qu'ils l'ont mis dans cet état, fais quelque chose !

— Exterminez sans pitié la vermine ! dira Thiémoko.

Précisant même :

— Adja, ce sont bien les Ennemis de votre fils ! Versez ceci aux quatre coins de la chambre. Ils se montreront, alors écrasez-les, acharnez-vous sur eux. Vous entendrez untel et untel hurler de douleur. Ce sont eux !

Fadel sentit qu'il ne pouvait rien faire d'autre qu'abandonner ses Amis à leur sort. De même sans doute qu'il n'aurait jamais le courage de se mettre enfin à la recherche de la reine Johanna. Il raterait toujours tout.

Dehors il eut une sensation de profond bien-être : le ciel était bleu et pur, le soleil brillait de tout son éclat. Comme s'il se moquait de lui.

13

C'était la première fois que Fadel se rendait chez Thiémoko le Féticheur. Thiémoko était pour ainsi dire le sorcier particulier de son père. Voulant être sûr de l'avoir constamment sous la main, El Hadj Madické Sarr lui avait acheté une maison dans le quartier populeux de Grand-Dakar, à proximité du cinéma El-Mansour. Thiémoko avait une réputation bien établie d'infaillibilité. Il parlait peu, mais avec lenteur et assurance. Ce vieillard rachitique et toujours enturbanné donnait l'impression de n'avoir peur de personne ni de rien au monde. Il ne se déplaçait que très rarement et lorsqu'il venait à « Keur Déguène » (pour ce que Badou et Fadel appelaient avec insolence « les opérations spéciales du père »), Thiémoko ne faisait guère attention au luxe insolent des lieux, dont le but était justement d'intimider les visiteurs. Au contraire, il terrorisait subtilement tout le monde. Du plus loin qu'ils l'apercevaient, El Hadj Madické Sarr, Déguène, Khoulé et les domestiques se précipitaient à sa rencontre, enlevaient prestement leurs chaussures et lui renouvelaient avec fébrilité leur allégeance. Badou, mû par son grand appétit de savoir, discutait volontiers avec Thiémoko, lui tendant sans cesse des pièges diaboliques. Thiémoko se contentait en ces moments de sourire amicalement. Il aimait bien Badou, son courage inouï, la manière dont le jeune homme le harcelait pour trouver le défaut de l'armure. Mais dans l'ensemble ils entretenaient des rapports de puissance à puissance et s'en trouvaient bien tous les deux.

Fadel, lui, pour défier le féticheur, affectait systématiquement d'ignorer son existence. Il n'allait pas s'en laisser conter par un vulgaire charlatan ! Rien de plus qu'un vieillard rachitique et toussotant, aux gestes lents et tremblants... Avec quelle exaspération Fadel l'entendait proclamer de sa voix comme venue d'une autre planète, et le petit doigt en l'air :

— Que le cœur soit pur et vraies toujours les paroles !

Les propos du sage : banalités sentencieuses. Un matin, après avoir donné à manger à ses Amis, il s'aventura jusqu'au salon en vue de ce raid meurtrier, longuement préparé et sans cesse différé par lâcheté, contre le père. Thiémoko était assis sans façon sur la moquette bleue, adossé au canapé du salon des hôtes de marque. Dès que Fadel le vit, son sang ne fit qu'un tour. C'est vrai que pour savoir y faire, tu sais y faire, ce n'est pas à un vieux sage qu'on apprendra à faire des grimaces, très fort vraiment, grand-père, pour ressembler à un squelette, côtes saillantes, visage ridé et ces flammes ardentes et claires jaillissant on ne sait comment de ton regard et cette voix savamment saccadée ! Un doigt, accusateur, restait pointé sur le féticheur.

Madické, qui de sa chambre avait entendu les hurlements de Fadel, se demanda si le moment n'était pas venu de faire quelque chose. Khoulé n'arrêtait pas du reste de lui dire depuis un certain temps :

— El Hadj, bientôt il sera trop tard.

Déguène surgit au salon, épouvantée :

— Fadel ! Fadel ! Pourquoi parles-tu ainsi ? Ce n'est pas bien ! Tu finiras mal ! Qui a fait cela à mon fils ?

Elle tremblait de peur, redoutant la réaction foudroyante de Thiémoko. Mais le visage de Thiémoko s'illumina d'un sourire indulgent, il fit un geste noble de la main :

— Adja, je vais me fâcher contre toi, tu n'as pas le droit de te mêler de mes relations avec Fadel !

Plus tard Thiémoko le fit appeler. Il renvoya sans ménagements l'émissaire. Pendant plusieurs nuits pourtant il dormit mal. Il s'aperçut à sa grande honte qu'il était plus troublé qu'il ne l'eût souhaité par l'appel de Thiémoko. Ses velléités de sédition spectaculaire s'évanouirent un matin à son réveil et il prit le chemin de Grand-Dakar, furieux contre lui-même.

Lorsqu'il arriva, Thiémoko lui dit simplement :

— C'est ce matin que je t'attendais, mon fils.

Fadel s'accroupit sagement sur une vieille natte rugueuse et trouée. Il faisait déjà chaud et les mouches se mirent à le harceler aussitôt. Thiémoko lui tendit son propre éventail. Malgré la chaleur suffocante, le féticheur avait gardé son immense turban. Fadel fut presque touché par le mal fou que Thiémoko se donnait pour ressembler à un sorcier digne de ce nom, c'est-à-dire vraiment terrifiant. Peut-être même regrettait-il de ne pas avoir le visage labouré de complexes scarifications et de n'être, hélas, ni bossu ni aveugle. Thiémoko était penché sur une écuelle remplie d'un liquide noir et épais où surnageaient des morceaux de bois. Fadel pensait, quasi pétrifié d'admiration : « Thiémoko serait intéressant s'il ne croyait pas à ses propres simagrées. Et si cet homme, seule supposition féconde, se moquait de tout le monde ? » Il n'était pas donné à n'importe qui d'arriver à une telle maîtrise de soi. La véritable puissance spirituelle de Thiémoko, que ce dernier ignorait, c'était selon Fadel cette aptitude toute poétique à suggérer d'autres forces, d'autres relations, un autre univers. Et en plus c'était aussi la lutte pour la vie. Les temps étaient durs et Thiémoko tenait le bon créneau. Le tout-puissant El Hadj Madické Sarr accourait comme un petit garçon lui livrer ses secrets les plus honteux et le supplier de venir à son secours. Des ministres, de hauts fonctionnaires s'agenouillaient humblement devant lui et Thiémoko, s'il daignait les regarder, leur cachait à peine son mépris. « S'il n'avait pas investi dans le surnaturel, Thiémoko serait peut-être déjà mort de faim dans son lointain village », pensa Fadel. Un village au nom si compliqué qu'il n'arrivait jamais à s'en souvenir. Le dur labeur sous le soleil, sécheresse et misère. Le député qui vient faire son numéro de clown et qu'il faut aller applaudir pour avoir sa part des misérables kilos de vivres qu'il n'avait pas encore réussi à détourner ! Il n'y avait pas à dire : le vieux renard avait bien joué le coup et ça, pour Fadel, c'était plutôt sympathique.

Thiémoko continuait à marmonner des propos incompréhensibles. A un moment il sembla de fort mauvaise humeur. Après un geste d'énervement il dit en effet :

— Certains jours ils sont insupportables ! Je leur pose des questions précises sur Fadel Sarr et ces voyous me tirent la langue et font des cabrioles !

Il se remit aussitôt à faire tourner l'écuelle, changeant à chaque rotation la position de la corne recouverte d'un tissu rouge qu'il tenait à la main droite. L'oreille tendue, les yeux plissés, Thiémoko faisait penser à un technicien au milieu d'appareils compliqués et essayant laborieusement de rétablir la communication avec Rawalpindi ou Yokohama ou n'importe quelle autre ville du bout du monde. Boutons qu'on manipule. Voyants qui s'allument. Grésillements narquois. Tension. Attente déçue. Recommencer encore et encore... Thiémoko rugissait à intervalles réguliers.

— Allez-vous enfin m'écouter ? tonna brusquement Thiémoko. Demain c'est vous qui aurez besoin de mes services et soyez sûrs que vos lamentations ne me feront pas fléchir ! Bande d'ingrats !

Fadel hésitait encore à lui demander quel contrat le liait aux Êtres invisibles quand il leva à nouveau la tête :

— Impossible d'être plus ingrat que les Êtres invisibles, mon fils ! Vous avez beau les combler de vos bienfaits, la seconde d'après ils l'ont oublié. Le djinn est un être totalement dépourvu de mémoire. Autant le commun des mortels est incapable de savoir ce qui va se passer dans quelques secondes, autant le djinn est incapable de se rappeler ce qu'il vient de manger ou de boire... Je vois que tu es étonné, mon fils ! Ils mangent, ils boivent, ils font des enfants. Ça se voit qu'on ne vous apprend rien à l'école ! N'aie pas peur cependant, ils ne vont pas surgir de cette écuelle pour exécuter je ne sais quelle danse mystique ! Des charlatans racontent de telles âneries pour masquer leur incompétence. Les Êtres invisibles ont comme toi et moi une vie normale. Ce que tu dois surtout retenir, mon fils, c'est qu'ils peuvent te dire dans les moindres détails ce qui se passera dans plusieurs millénaires. Ils ont toutefois besoin de moi pour savoir ce qui s'est passé hier. Sans l'avenir le passé perd tout son sens et sans le passé les horizons de l'avenir restent invisibles.

Thiémoko ajouta de nouveaux ingrédients à son mélange et secoua le récipient encore plus énergiquement, soudain il s'excita :

— Mon fils, ils me font des signes ! Les figures qu'ils tracent disent : la vérité est amère. Si le nommé Fadel Sarr a peur de la vérité, qu'il remette ses chaussures, qu'il serre la main de Thiémoko et qu'il se dirige vers la porte pour s'en aller.

Il attendit une réponse. Fadel se contenta de hocher la tête.

— Parle avec ta bouche et non avec des gestes, dit sèchement Thiémoko.

Fadel était subjugué. Il murmura, la gorge serrée :

— Oui, je veux savoir.

Thiémoko se pencha vers l'écuelle :

— Vous avez vous-mêmes entendu sa voix !

Puis il écouta longuement les Êtres invisibles, hochant la tête sans arrêt comme pour dire : « C'est bien cela. J'ai compris... Parfait... »

Fadel flottait dans un univers irréel. Il eut soudain le sentiment que le monde n'était plus le même. Difficile d'imaginer qu'à quelques pas de là, la vie ordinaire continuait à se dérouler bêtement, normalement : des gamins qui jouent au ballon ou qui reviennent de l'école, deux marchands ambulants qui se disputent un client, les choses vraiment simples de la vie de tous les jours...

— Mon fils, tu iras loin...

A ces mots, Fadel se détendit légèrement.

« J'ai failli me faire avoir ! Je sais déjà ce qu'il va me sortir. Destin exceptionnel. Une belle jeune fille. On se marie malgré l'opposition des parents, on a beaucoup de gosses et on est heureux comme il se doit quand on désobéit à ses parents et qu'on fiche en l'air tous les préjugés ! Les mêmes salades, quoi... »

— Mon fils, tu iras loin d'ici, comme cette flèche. Très loin d'ici. Ils disent (mon fils, ce n'est pas moi qui parle), ils disent que la flèche se brisera avant de retoucher terre. Ils disent aussi : les ennemis de Fadel Sarr sont nombreux et puissants, ils sont patients.

— Qui ? s'écria Fadel.

Une question arrachée à ses entrailles. Peut-être ne se rendait-il même pas compte d'avoir ouvert la bouche.

Thiémoko répondit avec une lenteur étudiée :

— Je ne te donnerai pas de noms.

Toujours le même doux vertige. L'envie de traiter Thiémoko d'imposteur et de se prosterner devant lui, la haine et la crainte. C'était à peine croyable, ce vieux zèbre qui faisait de la pub pour ses petits copains surnaturels. Puis : « C'est vrai, ma passion pour Johanna me vaut plus d'ennemis que je ne peux en supporter. Pourquoi m'en veulent-ils tous à ce point ? Oui, aller loin d'ici, mourir à Wissombo, en finir avec... » Au milieu du bourdonnement des mouches, une obsession : « Pourquoi tous me haïssent-ils tant ? »

— Oui, s'entendit-il dire. Ils me haïssent tous. Que

leur ai-je donc fait ?

— L'herbe sèche et le feu. Si tu n'es pas le feu, ils le seront et Fadel Sarr sera l'herbe sèche que vite ils réduiront en cendres. Flammes. Cendres. Vent. Néant.

Fadel réfléchissait. Qui étaient ses ennemis ? Est-ce que le fait de ricaner dans son dos à propos de Johanna méritait d'être puni de mort ? Il voyait ses ennemis foudroyés les uns après les autres par la main sûre de Thiémoko. Avec joie. Et avec peine. Car c'étaient aussi ses amis. Comme tout cela était compliqué...

— Voici ma main gauche et voici ma main droite. Si tu le veux, tous tes ennemis périront avant le prochain hivernage. Noyades. Maladies mystérieuses. Accidents de la route. Incendies. C'est le travail de la main gauche. Si tu préfères, je peux également placer un cordon de sécurité autour de toi. Jamais ils ne t'atteindront. Comme une sagaie qui tournoie autour de sa cible sans pouvoir la toucher ! C'est le travail de la main droite. Que préfères-tu, mon fils ? Si tu me le demandes, la sagaie retournera corrompre les entrailles de celui qui l'a lancée !

« Impensable que ce vieux fou ne plaisante pas ! Ne plus savoir où j'en suis... Ni même où je suis... Complètement marteau, ce vieillard ! »

— Je ne veux de mal à personne !

— Je t'ai toujours bien observé, mon fils ! Ta bonté te perdra. Si les Toubabs n'étaient pas venus dans ce pays, ton père serait aujourd'hui sur le trône ! C'est un vrai noble, et comme toutes les âmes fortes il se bat, il ignore la pitié ! Vois comme il est riche et respecté. Mais toi...

— Tout ce que je veux, c'est que leurs maléfices ne m'atteignent pas. Je vous supplie...

— Ne me supplie pas ! trancha Thiémoko. Il en sera ainsi.

Fadel se sentait totalement à sa merci.

— Ce voyage est dangereux pour toi. Pourtant tu

partiras, que tu le veuilles ou non. S'ils l'ont dit, c'est que cela ne peut pas ne pas se faire. C'est ton destin.

Thiémoko se racla ensuite sept fois la gorge et cracha dans l'écuelle. Sept puissants jets d'une glaire épaisse et jaunâtre. Il ajouta à sa mixture une nouvelle pincée de poudre, du sable, des écorces, tout ce que lui suggérait, sembla-t-il à Fadel, son imagination sublime. Il remua le tout avec la corne, murmurant d'obscures paroles.

— Tu trouveras derrière cette pièce un petit espace spécialement aménagé. Enlève tous tes habits et même ta bague et ta montre. Tu dois être nu comme au jour de ta naissance. Verse-toi le contenu de cette écuelle sur tout le corps. Surtout n'utilise pas de serviette pour t'essuyer après : laisse faire les rayons du soleil. Ils te sécheront, ce liquide protecteur te pénétrera et se mêlera pour toujours à ton être. Après cela, prononce sept fois le nom de chacun de tes ennemis en plantant ton index droit dans le sable.

Fadel s'exécuta avec docilité, faisant même à vrai dire un peu de zèle, se pourléchant les lèvres pour ne laisser échapper aucune goutte de l'infecte mais précieuse mixture.

Puis il attendit longtemps au soleil.

Lorsqu'il revint, Thiémoko lui dit :

— Maintenant tu vas tendre la main et formuler tous tes souhaits. N'ouvre pas la bouche, je t'entendrai quand même. Les battements du cœur sont aussi des paroles.

Les mots se bousculaient dans la tête de Fadel : « Wissombo... Johanna... loin de leur haine... que leurs maléfices... »

— Ton destin est de partir. Sois sans crainte. Ils ne pourront rien contre toi. Tu es mon fils et je veillerai sur toi nuit et jour.

Fadel s'en alla sous l'œil satisfait de Thiémoko. La rue et ses rumeurs innocentes. Un autre monde. L'au-delà, presque, de l'univers démentiel de Thiémoko.

14

Torse nu, Fadel est couché à plat ventre sur un matelas de mousse posé à même le sol. Il est 4 heures du matin. Le quartier de la Patte-d'Oie est plongé dans l'obscurité et le silence. Ndella s'est endormie après l'avoir affectueusement importuné.

— Hé, mon homme, on ne peut pas dire que ton retour au bercail nous a porté bonheur ! Dès qu'il a appris ta présence ici, le propriétaire a recommencé à voir rouge. Maintenant il est tout à fait décidé à nous foutre dehors. Ce salaud ne veut rien savoir.

— On peut se faire héberger par Ismaïla, le temps de trouver autre chose. Il y a une chambre de passage chez lui et puis il m'aime bien, Ismaïla.

Ndella ne paraît guère enchantée. Elle n'a jamais apprécié cet ami de Fadel. Conformiste, soucieux des apparences, hanté par la réussite sociale, persuadé qu'aucune femme ne peut lui résister...

— Bon, si tu veux, mais à condition de ne pas y rester trop longtemps.

— Tu détestes Ismaïla, toi ! Sais-tu seulement à quel point tu fais peur à ce brave garçon ? Il est fasciné par ta liberté, je crois... C'est pour ça qu'il te craint tant.

Ndella se contenta d'un geste de mépris agacé.

— Je ne te parle pas de ça ! Le logement, nous allons le chercher ensemble cette fois-ci, je ne peux pas tout faire toute seule pendant que monsieur se prélasse ! Ça serait bien qu'on voie du côté de la Médina, c'est tout près de la fac et de chez mes vieux.

— Tout à fait juste, ma grande.

Il ferme ensuite les yeux, question de décourager Ndella. Peine perdue. Elle continue à le harceler sous les prétextes les plus divers. Elle lui avoue à quel point elle a eu peur pendant ces treize jours.

— J'ai vraiment pensé que c'était fini pour toi. Ce que tu devrais faire, à mon avis, c'est t'inscrire en lettres. Ça t'intéressera peut-être puisque maintenant tu passes tout ton temps à lire et à écrire.

Façon habile de ne pas dire à Fadel tout en le lui laissant entendre : « Tu ne peux pas vivre éternellement aux crochets de ton père ! » Phrase mille fois entendue. De quoi se mêlent-ils donc ?

Il lui lance avec ironie :

— Très réaliste, Ndella, malgré ses airs de petite folle. Elle parle exactement comme El Hadj Madické Sarr. Une honte !

Ndella ne lui répond pas. Ils rient tous les deux.

Il arrive à Ndella d'évoquer la passion de Fadel pour Johanna. Mais avec de véritables ruses de Sioux car ce sujet... Elle parle de Johanna comme d'une jeune fille de leur entourage qu'elle soupçonnerait d'avoir une liaison avec Fadel. Fadel sait pourtant que Ndella ignore la jalousie et qu'elle est plutôt ravie de le voir écrire nuit et jour, enfin prisonnier d'une entreprise de longue haleine.

« Pourtant, songe-t-il, comme c'est fascinant de l'entendre parler avec tant de familiarité de la reine Johanna Simentho... Preuve, s'il en était besoin, qu'elle n'est ni une reine de légende ni le fruit de mon imagination. » Si proche, peut-être même encore vivante, la vieille inconnue rencontrée hier près de la boutique du Maure et qui m'a demandé cent francs pour retourner à Guédiawaye ou une anonyme vendeuse de légumes au marché, si proche et si lointaine.

Immatérielle et réelle, nulle trace d'elle comme si elle se trouvait partout et nulle part. Les maîtres du monde avaient voulu la punir d'avoir osé dire non, d'avoir refusé d'être la petite paysanne bête et gentille, sans horizon.

Fadel se souvient qu'à l'école on lui rebattait les oreilles des petites manies des rois de France, des reines qui se faisaient pincer les cuisses, de froids matins d'hiver, par des philosophes gouailleurs et sans façons, Diderot et compagnie... M. Berger, son prof d'histoire au lycée. Petit homme sec et noueux, des lunettes noires qui lui donnent un air plus sévère encore, grillant cigarette sur cigarette. Admiré et craint de tous ses élèves. Lorsque M. Berger évoque Anne Boleyn, pulpeuse maîtresse d'il ne sait plus quel monarque, les images les plus chaudement sensuelles se bousculent dans sa petite tête d'adolescent. Cette façon presque voluptueuse dont le professeur prononce le nom d'Anne Boleyn... Un type très bien, M. Berger. Il ne disait certes pas un mot sur Johanna, mais ce n'était pas de sa faute, ce n'était pas au programme. Rien non plus sur le roi Sihalébé que les Français avaient fait mourir de faim.

[Ismaïla fait remarquer à ce propos : « Fadel manque ici de précision : il serait plus exact de dire que le roi Sihalébé s'est laissé volontairement mourir de faim. En effet, Jean Girard, un spécialiste de renom, décrit ainsi cet épisode : "Les militaires français l'emmenèrent (le roi Sihalébé) à Kanobeul puis, par la suite, à Sédhiou et Kolda. Ils avaient non seulement pris des otages parmi les adeptes du Kahat mais également parmi ceux du Bukut. A tous, ils firent passer la nuit en commun avec le roi. C'était là une première violation de l'interdit selon lequel on ne peut voir dormir le souverain. Le lendemain, ce dernier refusa de prendre le pain, la viande et l'eau qu'on lui présentait, car à part ses épouses et les initiés à la loi d'Eban, personne ne doit voir le roi manger. Ensuite, on les conduisit tous à Sédhiou, où Sihalébé, ne pouvant davantage accepter d'absorber en public nourriture ou boisson, mourut.'' »

Après le rappel de ces faits historiques absolument authentiques, il faut ajouter pour une information plus complète que cela se passait en 1903 et que le squelette du roi Sihalébé est exposé au musée de l'Homme à Paris sous le n° 19822 : taille 1 m 68, musculature moyenne. C'est ainsi que le présente le Dr Maclaud qui selon L.V. Thomas s'est intéressé aux caractères somatiques de Sihalébé. Ismaïla conclut : « Il est loisible aux sceptiques et aux bonnes âmes qui croient encore que tout ce qui est incroyable est faux de vérifier ce qui précède. »]

Fadel se lève sans bruit, va se coucher par terre et ne laisse allumée que la veilleuse, afin de ne pas gêner Ndella. Lorsqu'elle dort, elle fait penser à une petite fille paisible. Un ange attendrissant.

Personne ne sait à quel moment précis ni d'où est venue à Fadel, avec une ravageuse brutalité, la certitude que la reine Johanna Simentho avait jadis été leur femme de ménage. Apparemment aucun membre de sa famille n'a gardé le moindre souvenir d'une domestique du nom de Johanna. Certes — il faut avoir le courage de le dire —, les domestiques sont rarement considérés comme de véritables êtres humains. Ombres furtives glissant en silence dans les maisons, laborieuses, écrasées par l'indifférence de leurs semblables. Vite oubliées. Pour Fadel il est donc parfaitement possible que personne (sauf lui-même) n'ait fait attention à l'existence de Johanna. Ni El Hadj Madické Sarr, ni Déguène, ni Khoulé. Même Badou, qui dans un certain sens a ouvert la porte de la maison à Johanna, n'hésite pas à trancher brutalement :

— Fadel a froidement décidé d'installer le Mythe

au cœur du Réel, quitte à faire grincer et grimacer celui-ci au-delà du raisonnable.

C'est un fait que l'affirmation de Fadel pose problème. Sa crédibilité se heurte à de nombreux obstacles. Tout la contredit : la vraisemblance autant que les dates historiques, pour ne rien dire du fait, mille fois éprouvé, que le hasard, trahissant toujours avec une stupide allégresse sa vocation aventureuse, cherchant sans cesse selon l'horrible sagesse populaire à « bien faire les choses », a toujours singulièrement manqué d'imagination. Fadel, on l'a sans doute déjà deviné, n'a cure des réserves des uns et des autres. L'essentiel lui paraît être moins l'ordinaire lucidité que le vagabondage métaphysique de la mémoire, ses roulements de tambours qu'il n'est pas donné à tous d'entendre, de même qu'en pays Malinké, nous dit Keita Fodéba, nul ne danse le Douga, la danse sacrée du Vautour, s'il n'a accompli une action d'éclat. En vérité Fadel concéderait aisément à ses coriaces et tâtillons contradicteurs qu'ils ont raison, puisqu'ils y tiennent avec une si sauvage opiniâtreté ! Mais il n'arrête pas de se demander, perplexe : qu'ont-ils donc tous à penser que pour se souvenir de la reine Johanna il est absolument nécessaire de l'avoir connue ? Voici ce qu'écrit Fadel :

« J'ai entre huit et neuf ans. Mon père Madické Sarr n'est encore qu'un simple aide-comptable dans une maison de commerce appartenant à un Français du nom de Jacques de Beauregard. Un nom mélodieux et inoubliable pour un enfant comme moi. Mais aussi déjà l'incarnation de l'injustice sociale : mon père s'estimait très mal payé et rendait ce Français responsable de tous ses malheurs. J'entends souvent le vieux se plaindre de lui et le traiter de raciste et de colonialiste rétrograde. A la fin du mois, quand il faut payer les factures d'eau et d'électricité, il se fait nettement plus incisif et demande à ma mère d'un air sombre ce qu'elle pense vraiment de ce bâtard mal blanchi. Un jour, après l'école, je suis allé à la Somancoa (c'était le nom de la maison de commerce) : j'ai trouvé mon père dans un vaste bureau, totalement anonyme et perdu au milieu de nombreux autres employés. Il m'a regardé avec tristesse, comme si je l'avais surpris dans une activité honteuse. J'ai eu aussitôt envie de pleurer sans savoir exactement pourquoi. Je me revois sagement assis sur une chaise trop élevée pour moi, mon sac sur les genoux. Tout d'un coup on pousse violemment la porte et M. Jacques de Beauregard apparaît. Trapu, de taille moyenne, il porte un simple short gris qui laisse voir ses jambes velues, une ample chemise et un casque. En me voyant il reste figé sur le seuil du bureau, visiblement abasourdi, la main encore sur la poignée de la porte comme pour ne pas tomber à la renverse. Avec une lâcheté que je n'oublierai jamais, mon père et ses collègues, têtes baissées, font semblant d'être absorbés par leur travail. Je crois avoir été le seul à bouger pendant ces minutes interminables.

— Qu'est-ce que ce gamin vient foutre ici ? a demandé M. de Beauregard en détachant bien ses mots.

« Il était partagé entre la rage d'avoir été désobéi et la satisfaction d'avoir enfin pris quelqu'un la main dans le sac. Très sensible à l'extrême intensité émotionnelle du moment, je dévisage le Blanc avec une voracité toute enfantine. Personne n'a osé lui répondre. Je m'aperçois avec angoisse que les autres jettent des coups d'œil furtifs vers mon père, qui est tout en sueur. M. de Beauregard a sans doute compris car il a laissé tomber sur un ton méprisant :

— Holà ! Sarr, pour un syndicaliste aussi remuant, t'as pas assez de couilles à ce qu'on dirait ! Viens me trouver à l'instant dans mon bureau !

« Il est reparti en laissant la porte ouverte. Mon père s'est levé en évitant mon regard. Sa chemise collait à sa peau tellement il avait sué ! Madické tremblait, et à mon grand désespoir je sentais que ce n'était pas d'indignation. Je me suis souvenu avec colère des griots, ces fumiers aux visages épanouis, qui venaient à la maison lui raconter que ses royaux ancêtres n'avaient jamais montré le dos aux lances de l'ennemi. Arrivé à ma hauteur, il a posé la main sur ma tête avec une expression d'indicible souffrance. Le plus jeune de ses collègues, qui paraissait très accablé, m'a donné une pièce de dix francs en me demandant de filer. Je peux dire que jamais je n'ai ressenti aussi vivement les morsures de la haine et de la honte. En rentrant chez moi le cœur lourd, je me disais qu'il était décidément difficile de comprendre les grandes personnes. Si à l'école un garçon d'une autre classe avait fait irruption dans la nôtre pour nous donner des ordres, mon Dieu comme nous l'aurions malmené ! Pourquoi mon père et ses collègues laissaient-ils ce Blanc leur dicter sa loi alors qu'un seul d'entre eux pouvait lui régler son compte ?

« Et Madické Sarr pourtant, comme il nous terrorisait à la maison ! J'ai toujours connu à mon père le même air soucieux et renfrogné. Dès que nous entendons le vieux car poussif de la Somancoa qui le ramène du travail, nous nous précipitons sur nos cahiers et livres. Le vieux ne badine pas avec les études. Je me rappelle avoir eu très jeune de sérieuses dispositions pour les mathématiques. Un jour, cependant, que j'avais loupé un exercice, mon père s'est acharné sur moi en hurlant entre deux coups de cravache : "Espèce de vaurien ! A seize ans Pascal était un grand mathématicien et toi, pauvre cancre, tu n'es même pas capable de résoudre ça !" Il était sincèrement mortifié que je ne fusse pas sur le point d'émouvoir, par mon précoce génie, l'humanité tout entière. On comprend mieux maintenant pourquoi mon père ne me pardonnera jamais d'avoir interrompu mes études universitaires ni de me préoccuper autant de Johanna. Me considérant comme un raté, Madické n'est pas loin de s'imaginer Johanna comme une jeune fille débauchée qui m'aurait tourné la tête par les sortilèges d'une incomparable virtuosité sexuelle.

« Les rares moments où mon père consent à ouvrir la bouche — en dehors de ses tonitruantes inepties —, c'est pour parler, avec ses amis de passage à la maison, de leurs luttes au syndicat, des Français qui seront tous jetés à la mer et des lendemains qui vont chanter. Parfois ils organisent le soir, en grand secret, des réunions politiques dans l'arrière-cour et moi, l'oreille collée contre le mur, je les entends souvent parler d'Indépendance.

« Je devine à quel point il sera difficile à certains esprits fâcheusement critiques d'admettre que j'aie gardé des souvenirs si précis d'événements remontant à une trentaine d'années. Le désir pervers de confondre cette sinistre engeance justifierait amplement que je me donne un âge "acceptable". Cela ne me semble pas nécessaire. Là-bas à l'horizon, les injonctions pressantes du grand large ! Pourquoi dès lors daigner seulement croiser le fer avec ces raisonneurs crispés, rivés à la terre étroite ?

« Johanna donc, la bonne. Une grande jeune fille, belle, vigoureuse, à la peau claire et lisse, aux yeux purs. Elle est arrivée un jour vers midi en compagnie d'une de ses amies. Avec le même air timide dont elle ne devait se séparer que beaucoup plus tard, Johanna a dit en se grattant la nuque :

— Yaye, je suis une domestique. Je viens chercher du travail.

« Adja Déguène Sylla, ma mère. Une femme effacée, pleine de douceur et de bonté. Pourtant, avec quelle brutalité elle a demandé à Johanna ce jour-là :

— Que sais-tu faire ?

— Je sais tout faire, la cuisine, le linge...

— C'est ce que vous dites toutes ! Sais-tu repasser ?

« La question fondamentale en quelque sorte. Une semaine plus tôt Madické Sarr avait failli la répudier parce que la bonne précédente — mise à la porte séance tenante — avait brûlé son plus beau grand-boubou.

« Puis d'âpres négociations sur le salaire de Johanna. Ma mère se bat pied à pied avec la jeune fille pour quelques sous de plus ou de moins. Le marché conclu, Johanna laisse repartir seule sa compagne et se met aussitôt au travail.

« Grâce à son charme, à sa gentillesse et à son extraordinaire intelligence, Johanna ne tarde pas à se faire aimer de tout le monde. Seul mon père, bien entendu, ne daigne jamais lui adresser la parole ou lui accorder le moindre regard. Trop occupé, Madické Sarr, à l'instar de tous ceux de sa génération, à hâter les lendemains qui vont chanter, les jours heureux de la libération de la patrie. Sans s'apercevoir un seul instant qu'ils allaient complètement se tromper de libération, que le chant des lendemains allait au cours de certaines aubes épouvantables être rythmé par d'écœurantes marches militaires et qu'ils étaient seulement les fourriers de régimes sanguinaires et archicorrompus.

« Les après-midi, assises sous le grand manguier, Johanna et ma mère jouent infatigablement au wouré. Johanna est devenue beaucoup moins timide. Elle passe la nuit dans une petite pièce qui faisait auparavant office de débarras. Elle se sent maintenant tout à fait chez elle et ma mère l'encourage à nous réprimander comme si nous étions ses propres frères et sœurs.

« Je n'ai jamais été envieux et je reconnais aujourd'hui très sportivement que Johanna avait une affection toute particulière pour Badou. Celui-ci s'intéressait à la langue parlée au Wissombo, le zombo, et enseignait lui-même un peu de français à Johanna.

« Jamais, en dépit de tous mes efforts, je n'ai pu me souvenir si j'étais ou non amoureux de Johanna. Le fait que notre ancienne domestique soit devenue — surtout dans les cercles politiques que fréquente Badou — un être quasi mythique, le porte-drapeau de l'authentique libération de la patrie (Badou *dixit*), n'est sans doute pas étranger à cette opportune imprécision. J'ai un peu peur, je l'avoue, qu'on ne pointe sur ma frêle personne un doigt accusateur, pour me reprocher de tirer la couverture à moi tout seul en profitant abusivement des aléas de la biographie de la reine Johanna. Mais au fond, lequel des jeunes adorateurs de la reine serait assez malhonnête pour me jeter la première pierre ? N'en sont-ils pas tous amoureux, et chacun à sa façon ?

« Malgré ma grande mémoire des couleurs, il m'est impossible de dire aujourd'hui si Johanna a jamais porté autre chose que cette robe élimée qui fut peut-être bleue, recousue en maints endroits. Le fait est que je n'arrive pas à me la représenter dans une autre tenue.

« En revanche, et c'est pourquoi malgré tous les sceptiques et tous les abjects ricaneurs je n'ai jamais vacillé, tenant ferme le cap de ma plus poétique et arbitraire mémoire, j'ai encore le vif souvenir des soirées où Johanna nous enchantait de ses merveilleux contes. S'il est à ce propos une chose qui m'exaspère, c'est bien l'ingratitude de Badou qui prétend sans ambages que je raconte des conneries *(sic)*. Il m'est difficile de m'expliquer une telle mauvaise foi de la part de mon frère dont je respecte les opinions et admire le courage physique et la rigueur morale. Je crois cependant avoir compris que Badou essaie de me protéger contre moi-même. Par-delà sa désinvolture et l'impression de violence qu'il donne au premier abord, Badou est d'une immense bonté et déborde d'affection pour moi. Ayant un tour d'esprit nettement plus positif que le mien, il est surpris et effrayé par mon obsession pour la reine Johanna et veut me faire prendre un peu de recul :

— Je te l'ai dit dès le premier soir où nous avons parlé de la reine : la seule chose importante, c'est son message. Il s'agit moins, Fadel, de passer sa vie à chercher Johanna que de savoir la trouver chaque jour au fond de soi pour s'inspirer de son exemple. Pourquoi tiens-tu absolument à ce qu'elle ait lavé les carreaux ou balayé la cour de la maison de notre enfance ?

— Mais je ne tiens à rien, Badou ! Il y a aussi les faits ! Cela va bientôt faire deux ans que je mène une enquête approfondie ! Ce n'est tout de même pas toi, Badou le militant révolutionnaire, qui va nier l'existence de Johanna ? Pourquoi donc cherchez-vous tous à la faire oublier ?

« Badou m'a regardé avec étonnement :

— Dès qu'il est question de la reine Johanna, tu deviens méconnaissable. Pourquoi cries-tu si fort ?

— Pourquoi voulez-vous tous faire oublier Johanna ?

— Oh je ne sais pas, Fadel, avec tes questions bizarres ! Disons que je n'ai gardé aucun souvenir de mon enfance. Ça te va ?

« J'ai eu le sentiment désagréable que Badou voulait se débarrasser de moi. Un gamin que l'on ne veut pas peiner. Ou un fou qu'on évite de heurter à cause de ses réactions violentes et imprévisibles. Dans les deux cas une intolérable humiliation. De toute façon Badou n'a jamais jugé utile de discuter avec moi de choses sérieuses. Je suppose que je ne lui parais pas tout à fait à la hauteur, ce qui, je dois le reconnaître honnêtement, est vrai. C'est à peine croyable, le nombre de livres que Badou dévore par semaine ! Des livres épais ou minuscules, tous présentés de la même manière ! Parfois je me dis que mon frère, à force de lire tout le temps le même texte, va finir par perdre la raison. Il faut le voir annoter rageusement son bouquin, l'insulte à la bouche... Et le lendemain s'exclamer de joie, gambader littéralement autour de la maison tellement il trouve justes, irréfutables et salvatrices pour le prolétariat les thèses exposées ! J'espère sincèrement pour Badou que la ressemblance entre ses livres se limite à leurs couvertures. La grande qualité de Badou c'est sa générosité. Tout le monde reconnaît qu'il pense plus aux autres qu'à lui-même. Ce n'est pas le gars mesquin, pour vivre il se contente de ce que, paraît-il, lui paie son Organisation, il ne touche pas un sou du vieux. Ce n'est pas mon cas, je suis malheureusement loin d'être parfait... J'avoue sans difficultés mes faiblesses, ça peut toujours faire plaisir aux gens qui me détestent. La générosité de mon frère, je la vois aussi dans l'immensité de ses horizons. Badou est sincèrement tourmenté par la condition des paysans du Sri Lanka ou des ouvriers de Hong Kong. Et que dire de cette vaste fraternité qui l'unit à des inconnus dispersés à travers le monde ? Avec quel naturel, quelle aisance il parle de ses "camarades nicaraguayens" ou de la "douloureuse expérience des camarades indonésiens" ! Avec eux il peut discuter car ils se comprennent par-delà les frontières et les races. Ça m'a toujours fortement impressionné, ce puissant univers affectif, cette toile d'araignée en quelque sorte transcontinentale : solidarité et amour du prochain. La fermeté de Badou. Sa sérénité. Il semble tout savoir et ne s'étonne plus de rien. Ce qu'il cherche : moins les réponses que les questions à poser... dont il connaît d'ailleurs à l'avance les réponses !

— Mais Badou, si tu n'as gardé aucun souvenir de ton enfance, de notre enfance, c'est peut-être parce que tu ne fais aucun effort...

— Et toi, tu en fais trop, des efforts, justement ! Il est vrai que tu ne veux rien faire d'autre ! m'a-t-il répondu sèchement.

« Cette remarque m'a profondément blessé. Badou s'en est aperçu et a essayé de se faire pardonner.

— Bon, tu es libre de faire ce que tu veux et moi aussi ! On ne va pas s'entre-tuer pour si peu. Tu sais, nous avons tous les nerfs à vif ces temps-ci ! Le major Adelezo nous mène la vie dure ! Il vient de faire arrêter des gens à nous à la frontière mauritanienne et...

« Badou s'est soudain interrompu. Il en avait déjà trop dit, contrairement à ses habitudes. Par principe il se méfie de tout le monde. Moi j'ai souri avec gentillesse pour le mettre à l'aise. J'ai même eu un peu honte, je l'avoue : risquant à chaque instant sa vie et sa liberté, il est normal que Badou soit agacé par mes états d'âme d'intellectuel petit-bourgeois. Cependant la vérité est la vérité. Mon frère a tort de ne voir dans ma passion pour Johanna qu'un moyen de faire de la reine le précaire alibi de mes délectations d'esthète morose et oisif.

« Les merveilleuses soirées de notre enfance ! Après une journée de jeux et de cris, nous sommes assis sur le sable dans la vaste cour. La lune se balance lentement dans le ciel. Nous sommes bien une dizaine d'enfants — dont Badou ! — suspendus aux lèvres magiques de Johanna. Il m'arrive souvent de me demander si mon hypersensibilité n'est pas née par brutale illumination au cours d'une de ces séances nocturnes où Johanna mettait le feu aux poudres de mon imaginaire. Chacun de nous a son conte préféré. Moi je ne me lasse pas d'écouter l'histoire de Youmané, la jeune fille désobéissante dont l'extraordinaire beauté avait fini par tourner la tête à un Être invisible. Johanna parle de Youmané et moi je pense à Maïmouna, une élève de notre classe dont je suis follement amoureux. Qu'est-elle devenue, Maï, au moment où j'écris ces lignes ? Mes missives enflammées et presque quotidiennes puisées sans vergogne dans un vieux livre : "Maï, peux-tu compter les grains de sable du Sahara ? C'est le tiers de mon amour envers toi..." Johanna parle et je vois Youmané seule dans les rues désertes, au cœur de la nuit, à l'heure où, dit Johanna, "la terre est froide". Malgré l'obscurité profonde Youmané n'a peur de rien. Elle revient d'une séance de "Ndawrabine" et entend encore les applaudissements frénétiques de ses admirateurs lorsqu'elle s'est avancée au milieu du cercle. Elle esquisse un pas, puis un autre, découvre le temps d'un éclair sa cuisse claire, tourne ses yeux vers le ciel. Tout le monde est en extase. Elle ne sait pas, la pauvre innocente, que les batteurs de tam-tam, les spectateurs venus là soi-disant pour draguer, cigarette au bec, avec leurs roulements d'épaules de voyous du cinéma

El-Malick, les autres danseuses et même les enfants qui n'arrêtent pas de faire du chahut, que tous sont en réalité des Êtres invisibles qui l'ont attirée dans ce piège infernal. Pourtant les parents de Youmané l'avaient suppliée de ne pas s'éloigner de la maison. Mais dès que la belle jeune fille entend le son du tam-tam, elle devient presque folle et son sang ne peut plus rester en place. Youmané ne sait pas que ce soir le djinn, amoureux transi, l'attend au détour d'un chemin, le cœur allumé d'un désir irrépressible. Il se précipite soudain sur Youmané et lui barre le passage. Que va faire le djinn ? Je me souviens de l'exquise délicatesse avec laquelle Johanna suggérait leur union charnelle. "Le djinn, dit Johanna, déclenche un violent coup de vent, le pagne de Youmané se défait brutalement, tourbillonne un moment comme une feuille morte et vient lui couvrir la tête, la lune, vieille dame pudibonde, ne veut pas voir ça et se cache derrière les nuages à moins que ceux-ci, complices, ne soient venus d'eux-mêmes épaissir les ténèbres en voilant la lune ; à vrai dire, quand les éléments se déchaînent ainsi à seule fin de semer la confusion, personne ne peut dire qui fait exactement quoi. Youmané ne comprend rien à ce qui lui arrive. Tout ce qu'elle sait, c'est que cet ébranlement cosmique lui apporte des sensations jusque-là inconnues. Elle revient chaque soir, tam-tam ou pas, le djinn la couvre d'or et d'argent, elle n'a aucun mal à amadouer ses parents, de pauvres hères qui vivent maintenant dans un magnifique palais avec plein de pierres précieuses, une armée de serviteurs, un lac magnifique et un vaste parc verdoyant." Youmané finit naturellement par tomber enceinte. Ensuite.. J'ai complètement oublié la suite, mais quelle importance ? Depuis cette lointaine époque j'ai acquis la conviction que la façon dont se terminent les histoires est sans réel intérêt.

« Je crois que Johanna est restée chez nous deux ans, peut-être même un peu plus.

« Un jeudi matin... Nous n'avons pas été en classe. Tout en jouant au langa-bouri nous guettons le retour du marché de Johanna. En général, dès qu'elle ouvre le portail, nous nous ruons joyeusement vers elle de toute la rapidité de nos jambes grêles pour lui arracher les friandises qu'elle nous a apportées. Ce jeudi elle est en retard, ce qui ne lui est presque jamais arrivé. Ma mère commence à s'affoler : à 12 heures 30 pile, selon un rite tyranniquement imposé par Madické, le déjeuner doit être servi. Madické Sarr, elle le sait, n'a jamais toléré la moindre dérogation. Je revois Mère. Elle se prend la tête entre les mains, écrasée d'avance par la honte d'avoir désobéi à son seigneur et maître. Elle l'entend déjà lui hurler des insultes en français, les yeux flamboyants, les lèvres tremblantes et le visage défiguré par la colère. Quand Madické veut vraiment lui faire mal, il utilise cette langue à laquelle elle ne comprend rien, "salope, idiote, bonne à rien, femelle à la cervelle d'oiseau", ne cesse-t-il de tonner, possédé par la mystérieuse et obscure jouissance de s'entendre brailler de blessantes insanités dans la langue des élites ! Ma mère pense avec effroi à tous les voisins qui vont prendre d'assaut la paisible maison pour calmer Madické Sarr. "Pourquoi Johanna n'est-elle pas encore là ?" demande Adja Déguène sans arrêt, l'air hébété, nous prenant à témoin. Moi-même, je commence à en vouloir à Johanna de l'avoir mise dans un tel état. Puis un peu avant midi — exactement, me semble-t-il, à l'heure où Johanna vint pour la première fois à la maison —, il s'est passé quelque chose de tout à fait extraordinaire. Nous avons vu une calèche s'immobiliser devant le portail. Mon père en est descendu le premier. Aidé du vieux Khoulé, un voisin, et d'un de ses collègues de la Somancoa, il fait sortir Johanna d'une deuxième calèche garée derrière. Johanna est inconsciente, totalement inerte. Les trois hommes parviennent avec beaucoup de difficultés à la déposer sur la véranda où elle reste étendue de tout son long. En nous approchant, Badou et moi, nous

nous apercevons qu'elle a été solidement ligotée et qu'elle gémit sans ouvrir la bouche, comme dans un rêve. Un mince filet de bave coule des commissures de ses lèvres.

« Le hurlement poussé par ma Mère me fend encore le cœur, au moment où j'écris ces lignes. Un vrai cri de bête blessée à mort, profond et inhumain, un cri assurément tel que je n'en ai plus entendu depuis lors. Chaque fois que je rappelle cette scène à ma mère, elle se contente de faire allusion aux forces maléfiques qui s'acharnent sur moi, mais je la comprends parfaitement : elle veut oublier à tout prix cet instant où pour la première fois de sa vie elle a, en présence de son époux, osé extérioriser ses sentiments. Adja Déguène, l'épouse modèle, c'est-à-dire docile et terrorisée, assise du matin au soir sous le grand manguier au centre de la cour. Et en vérité, chaque fois que je vois aujourd'hui encore un manguier sans la mère figée sous son feuillage dans une attitude hiératique, le regard triste et perdu dans le vague, j'ai comme l'impression qu'il manque quelque chose à ce manguier, que ce n'est pas un manguier pour de vrai. Je crois d'ailleurs que Mère n'est pratiquement jamais sortie de la maison. Sauf pour aller en pèlerinage à La Mecque.

« Madické Sarr, qui cultivait le laconisme, a expliqué qu'il avait trouvé Johanna au marché Sandaga en train de haranguer les passants, les exhortant à s'unir pour chasser les Français du pays. (En réalité mon père n'avait pas prononcé le nom de Johanna. Il ne semble pas que cela lui soit arrivé une seule fois pendant tout le temps où la jeune fille a été à notre service.) Il a ensuite ajouté d'une voix glaciale et pleine de mépris :

— Je vais la faire examiner par le médecin de la Somancoa. Si elle est aussi folle que ses comportements le laissent supposer, il n'est pas question de la garder ici un jour de plus.

« Quelle insensibilité ! Sa bouche faisait souvent

claquer des paroles meurtrières : nous l'écoutions en silence et c'était comme si brusquement il faisait plus froid dans la maison. Après avoir donné quelques ordres secs à Khoulé qui s'affairait avec ma mère auprès de Johanna, il est remonté dans la calèche en compagnie de son collègue. Sans prêter la moindre attention au regard douloureux et suppliant de ma mère. Je ne l'ai jamais détesté autant que ce jour.

« Johanna est restée prostrée plusieurs jours de suite dans sa petite chambre. Je tiens à dire que Déguène, n'écoutant que son cœur, s'est constamment occupée d'elle, lui préparant diverses bouillies (de maïs, de mil ou de riz) et de la viande grillée, faisant aussi défiler à son chevet les guérisseurs les plus réputés. Je me rappelle avoir quant à moi perdu tout appétit durant cette sombre période. Mère nous avait formellement interdit d'entrer dans la chambre de Johanna lorsque Madické se trouvait à la maison. A vrai dire, au début, nous ressentions une peur diffuse : silences lourds, visages préoccupés. Tout démontrait que l'univers venait de s'effondrer sous nos yeux. Nous sentions avec l'instinct sûr des enfants que par-delà la maladie de Johanna il se passait des choses très graves. Notre maison avait été mise en quarantaine. Les voisins chuchotaient toutes sortes de monstruosités et avaient jugé plus prudent de garder leurs enfants chez eux. Ayant perdu nos camarades de jeux, nous restions, Badou et moi, aux côtés de Johanna. Nous lui étions totalement dévoués. Emue et reconnaissante, elle nous rassurait par de petits sourires douloureux et arrivait à surmonter sa douleur pour nous parler de sa vie. J'ai été très touché d'apprendre ainsi que Johanna avait perdu très tôt son père et qu'elle n'avait jamais eu de frères. "Vous serez mes frères", disait-elle d'un air malicieux et plein d'affection. Ce que j'en retiens aujourd'hui, c'est que pour une jeune fille de son âge Johanna avait déjà eu une existence particulièrement riche. Avant de venir travailler à Dakar, elle avait d'abord été commerçante ambulante, puis domestique à Dinkera, chef-lieu de ce qui s'appelait à l'époque le Cercle de Wissombo.

— J'ai vu beaucoup de choses et j'ai rencontré beaucoup de gens. Il m'est arrivé de dormir sous la pluie, presque mourante de fatigue. J'ai été attaquée en pleine forêt, une nuit, par un léopard. Mais je voulais toujours aller plus loin devant moi. Même quand mes jambes étaient lourdes, mon cœur restait encore assez fort. Je me reposais parfois dans un village, reprenant ma route au bout de deux ou trois jours. Partout j'ai discuté avec mes frères et sœurs. On a souvent essayé de me retenir mais j'ai toujours refusé, car j'avais soif de découvrir d'autres mondes. Au fur et à mesure que je m'approchais des villes se forgeait en moi la certitude que les hommes venus des mers lointaines avaient complètement pris possession du pays. C'étaient les mêmes que j'avais connus là-bas à Wissombo : des étrangers qui ne nous ressemblaient en rien et qui nous disaient : "il faut faire ceci, cela il ne faut pas le faire", personne ne connaissait ni leur père ni leur mère et pourtant tout le monde leur obéissait, la peur au ventre. Je me disais : y a-t-il des peuples élus et des peuples maudits ? Tous ne sont-ils donc pas égaux ? Je pensais qu'en continuant à aller droit devant moi, je finirais par trouver une réponse à mes questions. Mais partout sur la terre de ce pays où je posais mes pieds nus et endoloris je trouvais les étrangers déjà installés. Ils semblaient véritablement avoir surgi tous ensemble des abîmes de la mer avec la puissance des arbustes sauvages. Quand je suis arrivée ici à Dakar, la mer, justement... J'ai vu ces grandes maisons de pierre qu'éclaboussait le soleil, j'ai vu à quel point ces maisons ressemblaient aux étrangers (murs froids et blêmes comme leurs visages, la pierre dure de leurs regards) et j'ai compris qu'il me fallait continuer à marcher. Pendant plusieurs jours j'ai erré dans la ville, cherchant à en sortir coûte que coûte. J'étais comme un animal sauvage enfermé dans une cage. Hélas la ville était fermée de tous côtés par la mer ! Alors je me suis résignée à rester ici provisoirement. J'ai appris un peu votre langue. Et voilà, maintenant j'ai trouvé du travail.

« Johanna hésitait à poursuivre son récit. J'étais tendu. Mon regard implorant avait sans doute fini par lui faire pitié :

— Je crois que je vais retourner à Wissombo. Je dois partir. Depuis que je suis ici, ils me suivent, troublent mon sommeil, me harcèlent sans repos. Cette fois-ci ils m'ont dit : "C'est notre dernier avertissement, si tu ne retournes pas à Wissombo, tu mourras ici dans cette chambre et ton peuple ne pourra plus relever la tête." Ils me disent aussi tout le temps : "Johanna, tu dois devenir la reine de Wissombo. Ton peuple t'attend. On t'appellera la Grande Unificatrice. Johanna Simentho, ton nom, signifie : celle dont la venue au monde figea même l'éclair de stupeur. Nous sommes envoyés auprès de toi, mais nous sommes vieux et fatigués d'aller et de venir, jeune fille têtue ! Tu les rassembleras et tu leur diras qu'ils doivent faire des offrandes sur la colline face au Kwazékélé et que le sang des taureaux noirs sera versé dans un trou creusé dans le sable. Ainsi ils auront la pluie et commencera pour Wissombo une ère de justice et de prospérité." Voilà pourquoi ils me tourmentent, et voilà pourquoi je dois partir. Fadel, je ne serai pas aussi désobéissante que ta belle Youmané !

« De parler ainsi pendant quelques minutes la fatiguait énormément mais elle trouvait malgré cela la force de plaisanter pour dissiper notre chagrin. Nous ne savions pas encore que Madické s'apprêtait à la chasser de la maison.

« Il m'est impossible d'évoquer ce soir le vieux Modou Fatim Khoulé tel qu'il m'apparaissait à cette lointaine époque sans parler de son dandinement, de ses airs visqueux de comploteur, de ses yeux vitreux qui faisaient vaguement penser à de la boue. Khoulé m'a toujours inspiré la plus vive répugnance sans que je sache exactement pourquoi. J'ai appris beaucoup plus tard par Badou qu'il avait toujours été un agent particulièrement efficace de la police secrète. Selon Badou, "les prétendues *(sic)* activités anticolonialistes de Madické avaient suffisamment inquiété les Français pour qu'ils lui collent un type en permanence". Mon frère n'hésite pas à affirmer qu'après l'Indépendance, Khoulé s'est mis au service des différents régimes, civils ou militaires, qui se sont succédé. Je ne sais pas d'où Badou tient ses informations mais j'ai l'impression qu'il se sent littéralement suivi à la trace par Khoulé depuis le berceau. Chaque fois que je l'interroge, il se contente de me faire sentir que mes questions sont indiscrètes. Tout se passe comme si, ayant découvert le jeu de Khoulé, Badou et ses camarades s'apprêtaient à lui régler son compte. Je sais bien que leur révolution n'est pas un dîner de gala avec tenues de soirée froufroutantes, grandes dames langoureuses, sourires hypocrites, serveurs stylés et invisibles, et je sais aussi que je n'ai jamais aimé Khoulé. Mais je m'imagine mal Badou lâchant froidement une balle dans la nuque du vieil homme dans quelque endroit désert après lui avoir fait avouer tous ses crimes par des tortures raffinées. Si Badou avait autant de mémoire que moi, je pourrais dire que ses soupçons contre Khoulé ont été éveillés par un épisode précis de notre enfance... Voici de quoi il s'agit. Johanna travaille chez nous depuis quelques jours seulement. Deux de ses amies sont venues lui rendre visite et elles discutent avec animation en zombo.

« Personne ne sait ce qu'elles sont en train de se dire. Pendant qu'elles parlent, Khoulé m'attire dans un coin et me demande de transcrire discrètement tous leurs propos. Une sale besogne qu'il me confiait là mais j'ai quand même accepté. Khoulé a fait traduire le texte : Johanna et ses amies se moquaient de Madické et de ses allures d'aristocrate constipé. Elles disaient textuellement : "Regardez cet homme semblable à Niakoly, il est laid comme le cul d'un mortier et il demande l'indépendance !'' Ma mère qui déjà avait beaucoup de sympathie pour Johanna — et qui peut-être approuvait in petto ses critiques — a enjoint à Khoulé de ne plus parler de cette affaire...

« J'ai dit l'autre jour à Badou :

— Tout de même, tu exagères, Père m'a expliqué comment Khoulé lui a sauvé la vie au cours d'une campagne électorale particulièrement chaude !

« Badou, qu'il n'est pas facile de désarçonner, m'a souri avec une commisération presque vexante :

— Ah ! c'est que toi, Fadel, tu crois à cette histoire à dormir debout de subite fraternisation entre adversaires politiques ! Je te savais naïf, mais à ce point quand même...

« Le vieux Khoulé, indicateur ou pas, venait souvent tenir compagnie à ma mère. Dès qu'elle le voyait arriver, elle lui faisait apporter une chaise ou un banc. Au bout d'un moment Khoulé, qui était au courant de tout ce qui se passait dans la ville, demandait à ma mère :

— Adja Déguène, sais-tu ce qui est arrivé à untel aujourd'hui ?

« Sans même lui laisser le temps de répondre, il lui racontait cette histoire et bien d'autres encore. Il parlait tant et à une telle allure que dans ma naïveté enfantine je me demandais à quel moment précis il respirait. Nous n'avions pas vu Khoulé depuis plus d'une semaine. Il avait disparu pendant la maladie de Johanna. C'est pourquoi ce jour-là, dès que je l'ai aperçu, je suis allé vers lui avec un grand sourire hypocrite. Je sentais que je tenais là l'occasion unique et inespérée de savoir ce qui était arrivé à Johanna. Et bien sûr, comme par hasard, Khoulé se trouvait à Sandaga à l'instant même où Johanna avait commencé à ameuter la foule. Ma mémoire, comme irradiée par les lumières d'un tout autre univers, a conservé dans les moindres détails le récit que Khoulé fit à ma mère. Le voici :

— Adja Déguène, j'ai toujours senti que cette

jeune fille n'était pas une personne ordinaire, comme toi et moi... Je te le dis, Déguène, je tiens de mon arrière-grand-père Massaer Ndéné Khoulé l'art de voir ce qui se cache derrière les apparences ! Et pourtant malgré tous mes efforts et toute ma patience je n'ai jamais pu percer vraiment le secret de Johanna... Parfois quand nos yeux se rencontrent, mon corps frissonne, mes cheveux se hérissent, j'ai peur ! Je me demande souvent : quel puissant fétiche la suit partout, éclaire et balise sa voie ? Confiance en soi, rayonnement, intelligence, volonté indomptable et, as-tu remarqué, Adja, cette façon de faire consciencieusement les travaux les plus dégradants tout en donnant à penser avec une infernale subtilité que tout cela est bien au-dessous de sa condition ? Mais ce que j'ai vu l'autre jour au marché dépasse assurément tout ce que j'avais pu imaginer... Je me trouvais avec mon ami Médoune Sène, le marchand de légumes, que tu connais bien. Soudain nous avons vu du côté des vendeuses de poissons un attroupement qui grossissait de minute en minute. Les gens couraient dans tous les sens en criant. Jamais le marché Sandaga n'avait connu une telle effervescence. Calebasses de lait caillé roulant par terre, étalages renversés, calèches barrant toutes les issues... Et les chevaux, Adja, quels hennissements puissants tout d'un coup ! et comme d'allégresse !... A force de voir ces pauvres bêtes trotter mélancoliquement à travers la ville, j'avais fini par croire qu'ils avaient perdu leur voix en même temps que leur liberté. Eh bien, Adja, je les ai vus soudain danser de joie en hennissant comme lors d'une fantasia, à travers les rues noires de monde ! Impétueux et fiers tout d'un coup ! Suivi de Médoune, je me suis dirigé vers l'attroupement. La foule formait un cercle si dense qu'il m'a fallu un bon quart d'heure pour accéder au premier rang. Et là, Adja Déguène, qu'ont vu mes yeux étonnés ? Johanna, ton innocente et douce petite Johanna, le regard halluciné, le poing dressé vers le ciel, la voix forte et profonde, appelant à la lutte contre les Français ! Elle était là sous le soleil et elle chantait des chants de guerre en zombo et elle n'était pas seule, Adja ! Nous tous qui étions présents, nous avons entendu des Êtres invisibles chanter avec Johanna ! Ils parlaient d'une voix caverneuse et autoritaire à la jeune fille et lui disaient (*bilahi,* nous les entendions tous distinctement, Adja !) de retourner à Wissombo, le pays de ses Ancêtres, pour apporter à son peuple le bonheur et pour chasser les Français. Parfois Johanna semblait se disputer avec ses interlocuteurs invisibles et grâce à mon oreille exercée, j'ai aussitôt compris que ces derniers étaient excédés par l'entêtement de Johanna. Je me disais : cette jeune fille, qui défie publiquement les autorités et veut se mêler de changer le monde, est-ce vraiment Johanna la bonne de Madické Sarr et Déguène Sylla ? Ne voit-elle donc pas comme l'univers est grand et elle-même insignifiante ? A vrai dire, c'était Johanna et ce n'était pas Johanna. Elle criait en tournant autour d'elle-même : "Moi, Johanna Simentho, qui auprès de vous représente Baliba, je tiens mon fusil solidement entre mes mains et je fais feu tout en chantant !" On entendait alors ses compagnons invisibles lui répondre : "Oh, Johanna, ne les entends-tu pas te demander pourquoi, sans même qu'ils ouvrent la bouche ?" Et Johanna s'adressant à la foule : "A vous qui sans même ouvrir la bouche me demandez pourquoi, je réponds : c'est pour que les Européens ne viennent plus gaspiller nos terres, pour que Baliba retienne leurs esprits en sa main afin qu'ils n'aient plus l'idée de revenir en Afrique !" Johanna disait des choses bizarres et beaucoup demandaient à voix basse à leurs voisins ce que signifiaient les mots Baliba et Afrique. Adja Déguène, où va le monde ? Voilà que Satan s'ingénie à attirer la colère des Français sur nous comme si nos malheurs de tous les jours ne suffisaient pas ! Dès que les gens ont entendu Johanna parler de lutte contre les Français, ils ont commencé à se regarder avec inquiétude. On voyait qu'ils avaient vraiment peur et qu'ils ne voulaient pas d'histoires. Certains ont commencé à se retirer sur la pointe des pieds. Parmi ces fuyards mon ami Médoune Sène, naturellement. Johanna, avec une vigueur que je ne pouvais lui soupçonner, a empoigné mon gaillard et l'a promptement soulevé de terre à l'aide de sa seule main gauche : "Répondez-moi, mes frères ! disait-elle, cet homme jeune et fort qui laisse un étranger s'installer dans sa propre maison et donner des ordres à sa femme et à ses enfants, cet homme jeune n'est-il pas un lâche ? A quoi lui sert sa force ?" Médoune restait suspendu en l'air, gigotant lamentablement, la tête rentrée dans les épaules, il faisait penser à un pendu balancé par le vent sur la plus haute branche d'un arbre géant. Personne n'a osé faire le moindre geste qui aurait pu ressembler à une réponse à Johanna, autant par stupeur que pour ne pas se faire repérer par les agents secrets qui, comme tu le sais, pullulent aux environs du marché. Quelqu'un dans l'assistance a fini par rompre le silence :

— J'ai déjà vu cette jeune fille. Je ne connais pas son nom, mais je sais que c'est la domestique de Madické Sarr le syndicaliste.

A ces mots tout le monde a éclaté de rire. Quel soulagement ! C'était lisible sur tous les visages. Tous avaient maintenant honte d'avoir eu si peur. Une vulgaire bonne qui voulait chasser les Français du pays ! Les gens riaient, Adja, les gens riaient, certains se tenaient même les côtes à force de rire ! Johanna est alors entrée dans une colère terrible. Elle a laissé tomber mon pauvre Médoune et a chargé la foule. Ça a été de nouveau une belle pagaille ! "Attention à la folle !" hurlait-on en courant à toutes jambes. Puis brusquement Johanna s'est mise à se tordre et à se rouler par terre, ses yeux étaient devenus tout blancs et son corps était secoué par de violentes convulsions. Lorsque Madické, alerté par je ne sais qui, est arrivé en compagnie de Biram Sow, le planton de la Somancoa, je les ai aidés à ligoter Johanna. A la vue de

Madické elle est devenue encore plus furieuse, le traitant de complice des étrangers qu'il faisait seulement semblant de combattre : "Le voici, eh ! le voici, l'ombre noire de son maître blanc ! Cet homme est très mauvais, il parle d'Indépendance mais ne l'écoutez pas, il vous perdra ! Je vous le dis, si vous écoutez cet homme, il vous perdra ! Vous resterez l'esclave des Français et vous deviendrez aussi ses esclaves à lui !" hurlait Johanna en se débattant comme une forcenée alors que nous essayions à grand-peine de l'immobiliser. Nous y sommes finalement parvenus et la foule s'est écartée respectueusement pour nous laisser passer, surtout à cause de Madické. Tu sais que Madické, hum, il est très connu, tout le monde dit que les Toubabs ont peur de lui car il leur mène la vie dure. Enfin, toi, Déguène, tu ne sors jamais de ta maison, mais avec cette Johanna qui appelle à la révolte, les Toubabs vont croire que c'est lui qui a mis de telles idées dans sa tête. Allah est grand, Déguène, qu'Il protège Madické et éloigne de nous Satan ! Cependant moi, Modou Fatim Khoulé, arrière-petit-fils de Massaer Ndéné Khoulé, je dis que demain, Inch Allah, ce pays sera entre les mains de Madické ! Voilà ce que je dis, et mes paroles n'ont jamais été vaines ! J'ajoute à présent ceci pour toi, Adja : cause avec ton mari à propos de cette Johanna. Dis-lui de faire très attention... Tu es son épouse et tu es une femme exemplaire, Adja : tu es la seule à pouvoir écarter certains obstacles de son chemin...

« Adja Déguène, ma mère, avait écouté Khoulé avec calme, sans l'interrompre une seule fois. J'avais l'impression que pour elle le récit de Khoulé lui rapportait des faits dont elle savait tout avant même qu'ils n'eussent lieu. »

15

Pour El Hadj Madické Sarr, le moment était venu d'avoir une explication définitive avec son fils. Il n'était plus question de laisser Fadel continuer à en faire à sa tête. Déjà pendant sa grave maladie, quelques semaines auparavant, il avait presque fallu recourir à la force pour le décider à quitter le domicile d'Ismaïla et à se faire hospitaliser à la clinique « L'Ecureuil ». Et, à la clinique, le Pr Mbaye avait été formel : une petite semaine de plus et la situation devenait complètement désespérée.

[Selon Ismaïla, il est permis de supposer que le fait d'avoir frôlé la mort de si près a poussé Fadel à se lancer précipitamment à la recherche de la reine Johanna Simentho. « Personne, souligne-t-il, ne sait exactement à quel moment et pour quelles raisons précises Fadel a pris la décision d'aller à Wissombo. Est-ce à la suite de sa visite à Simbalé, la sœur de Johanna ? De son entretien avec Thiémoko le Féticheur ? Ou sur un coup de tête comme on peut le penser à la lecture du présent chapitre ? » Cette dernière hypothèse est intellectuellement séduisante en ce qu'elle accroît le coefficient d'imprévisibilité de Fadel mais — tant pis pour l'intensité émotionnelle ! — Ndella et moi avons pris le ferme parti de nous en tenir à la vérité toute nue. Quand nous ne savons pas, nous disons : nous ne savons pas ! Pas question d'inventer des trucs poétiques ! Je dois ajouter ceci : Fadel a effectivement séjourné à la clinique « L'Ecureuil », un machin drôlement huppé comme il se doit. J'y suis même allé plusieurs fois quand Fadel y était. Si nous avons choisi de ne pas en parler, c'est parce que Fadel n'y fait aucune allusion dans ses cahiers. L'eût-il voulu, d'ailleurs, que son état d'affaiblissement physique extrême ne le lui eût peut-être pas permis.]

Lui couper les vivres ? « Tout l'argent que je lui fais verser à la fin du mois, il le remet à sa Ndella, cette fille mal éduquée qui n'arrête pas de le tromper avec le premier venu. Absolument impossible de comprendre les jeunes gens d'aujourd'hui... » Déguène avait raison : il fallait secouer énergiquement le jeune homme avant qu'il ne soit trop tard. Ramener Fadel à la vie, au besoin l'obliger à travailler, l'aider à mûrir. Si Fadel avait choisi la solitude hautaine des grands incompris, prétendant au mépris de tout bon sens que cette Johanna avait été leur domestique avant d'aller diriger la résistance anticolonialiste à Wissombo, c'était uniquement parce qu'il ne voulait pas affronter les dures réalités de la vie. Facile de rester en enfance, de se bercer des récits mélodieux de sa propre mémoire... Vraiment trop facile. Par son refus de devenir adulte, Fadel apparaissait à son père comme le contraire de Badou. « Plus jeune de trois ans mais on dirait que c'est lui l'aîné ! Un monstre, certes, Badou, car il n'hésiterait pas à tuer ou à mourir pour ses idées fumeuses, mais je préfère encore ça. » Secrètement fier de Badou, Madické Sarr éprouvait, sans oser se l'avouer, d'autant plus d'affection pour Fadel qu'il le sentait très fragile. On peut aussi se demander si, au fond, Madické Sarr ne se sentait pas vaguement coupable de n'avoir jamais réussi à comprendre son fils.

En face de lui, le dominant de sa haute taille, Madické Sarr, son père... Sur son visage grave et dur

Fadel peut lire l'étrange résolution de crever enfin l'abcès. Quel abcès ? Ces lunettes qui lui donnent un air de vieil intellectuel myope. « Pourquoi vient-il se planter ainsi devant moi sans rien me dire ? Fatigant, à la fin, ce vieux... Dieu seul sait ce qu'il va encore trouver à me reprocher... » Envie de bondir de sa chaise pliante, de piétiner le transistor en poussant des cris rauques et incohérents, de lui hurler n'importe quoi, puis tout aussi brutalement un bizarre sentiment de lassitude et d'indifférence, l'impression d'être tellement en dehors de tout ça, de leur immonde micmac ! Non, ce n'est pas à lui que cet homme mince et distingué, aux cheveux argentés, est en train de parler. Lui, Fadel, il vient d'ouvrir à l'improviste le portail du vaste jardin, il se voit lui-même étendu sur une chaise pliante, jouant avec les boutons d'un petit poste radio, il voit aussi Madické, le père de Fadel, debout face à son fils, épervier prêt à fondre sur sa proie, Madické ne sait pas qu'un autre Fadel, le vrai, se tient derrière lui, observant avec détachement et ironie son tête-à-tête avec l'ombre étendue sur une chaise pliante, très intéressé assurément par ce tableau immobile, image même, ô combien frustrante, de la mesquinerie de son existence... Où donc son destin de Rebelle ? Où les chevauchées absolues et somptueuses sous le soleil éclaboussant les sabres clairs à travers savanes et déserts ? Etre coincé comme un rat dans l'infect égout de sa vie, dans ce rôle mille fois joué ailleurs, par d'autres, du Fils indigne...

— Fadel, tu es mon fils, et il est de mon devoir de discuter avec toi.

« Le désarmer par mon silence. Il finira par se décourager. »

— Tu sais très bien ce que je veux dire, Fadel. Et tu me répondras. Cette maison...

« D'habitude il me mettait à la porte et il pleurnichait auprès de ses amis pour qu'ils me fassent revenir au bercail ! Mais maintenant que je vis avec Ndella, on va voir comment il va se débrouiller. Il ne peut quand même pas me chasser de chez Ndella ! Ha ! ha ! Je l'ai bien eu, hein ! »

— Vas-tu me répondre ? Je sais que tu ne respectes rien ni personne ; mais moi je suis ton père.

« Moi je suis ton père... Et il ose appeler ça un argument ! Pourquoi ne l'as-tu pas dit à Jacques de Beauregard quand il s'est permis de te traiter de syndicaliste sans courage ? Bien sûr tu crois que j'ai oublié... »

— Mais enfin, qu'est-ce que ça veut dire, cette Johanna ? Je te jure que je ne demande qu'à comprendre.

En entendant le nom de la reine, Fadel s'est redressé. Avec quel air de dédain Madické avait dit « cette Johanna » ! « Pourquoi s'acharne-t-il à la poursuivre de sa haine tenace, jamais refroidie, depuis si longtemps ? »

— Père, connais-tu bien Johanna ?

L'intense soulagement de Madické ! Il a quand même réussi à arracher à Fadel ces quelques mots. Sourire intérieur malgré l'austère impassibilité du visage. Sa maxime préférée : point n'est besoin de réussir pour persévérer.

— Je vais répondre à ta question, Fadel. Johanna n'est que le dernier prétexte que les ennemis du major Adelezo, Bienfaiteur de la Patrie, ont trouvé pour troubler l'ordre républicain. Tu en fais toute une affaire parce que tu es sincère et sensible à l'injustice, ce qui t'honore. Ce que tu ignores cependant, c'est qu'il s'agit d'une vaste campagne d'intoxication menée selon les règles de l'art par de vrais professionnels de la subversion ! J'ai lu leurs tracts, ça oui, ils sont forts pour ce qui est d'amalgamer le vrai et le faux. Ce sont des cyniques, ils ne croient pas un traître mot de ce qu'ils racontent et tout ça n'est pas très sérieux. Eh bien, je vais te surprendre : le major Adelezo, qui n'a de leçons de patriotisme à recevoir de personne, a ordonné une enquête sur cette fameuse Johanna. N'en déplaise à certains, le gouvernement de ce pays est souverain, et nous obligerons les Français à s'expliquer à la face du monde ! Nos détracteurs n'étaient pas nés quand nous mettions le colonisateur à genoux pour lui arracher notre indépendance !

Fadel se sent un peu gêné par cette tirade de son père. Il a comme l'impression qu'il ne s'adresse pas à lui.

— Tu me surprends et tu me déçois, Père. Regarde donc autour de toi : nous sommes seuls dans ce jardin. Pourquoi me parles-tu à moi, ton fils, comme si tu prononçais un discours officiel ? Je ne peux pas croire que tu en es arrivé toi aussi au point où même l'ombre du major Adelezo te fait peur. Ce régime est le plus pourri qui se puisse imaginer. Le plus sanguinaire aussi, tu le sais bien, et tu sais que ce sont les Français qui ont installé le major Adelezo au pouvoir. Et pour ce qui est de cette indépendance arrachée de haute lutte, il faut aller raconter ces blagues à d'autres ! Alors il vaut mieux que nous ne parlions pas de politique !

— Par égard pour mes cheveux blancs ? Ce serait nouveau, ça !

Fadel veut lui répondre : « Pas du tout ! Simplement parce que pour vous enrichir, toi et tes semblables, vous avez mis ce pays dans un sale pétrin ! Alors, discuter avec des gens pareils... »

— Regrettes-tu au moins de l'avoir chassée de la maison, Père ?

Madické plonge son regard dans celui de Fadel. « Il faut absolument que ce garçon sache que je ne suis pas dupe, je vais le ramener sur terre, moi ! »

— Nous y voilà ! Qui ai-je chassé, Fadel ? De quelle maison ?

— Johanna, voyons ! Tu l'as mise à la porte, tu ne vas pas le nier à présent. Ce n'est sûrement pas le Bienfaiteur de la Patrie qui va t'en vouloir. Il te décorerait plutôt pour cet exploit !

— Mon fils, Déguène s'inquiète pour toi. Elle est persuadée qu'on t'a jeté un sort.

— Qu'elle se rassure ! Thiémoko veille sur moi jour et nuit ! Il me l'a dit ce matin. Tu ferais mieux de me dire pourquoi tu as chassé Johanna de la maison. On ne se méfie jamais assez de ses propres enfants. J'étais très jeune mais je me souviens de tout !

Madické Sarr, complètement abasourdi, entend Fadel lui rappeler comment un jour, les surprenant Badou et lui en train de tenir compagnie à Johanna alors convalescente, il était entré dans une grande colère, avait traité la jeune fille de tous les noms et demandé à Adja Déguène si, non contente d'appeler à l'insurrection, cette vulgaire domestique à moitié demeurée allait continuer à la défier jusque sous son propre toit en bourrant le crâne des enfants (si impressionnables) de toutes sortes d'âneries au lieu de les laisser apprendre leurs leçons.

— Tu as hurlé pendant près de deux heures, chaque fois que nous croyions que c'était fini, tu repartais de plus belle, oh ! c'était beau à voir, et moi pendant ce temps je pensais à M. Jacques de Beauregard, ton patron de la Somancoa, mais oui, Père, ne prends pas cet air étonné, cela aussi hélas pour toi je m'en souviens impitoyablement, devant M. de Beauregard le leader syndical incendiaire et véhément, l'idole des foules en délire gardait la tête baissée comme un enfant pris en faute, ah ! mais comme il se rattrapait à la maison à coups de : « Ici c'est moi qui commande ! » ou bien encore, en martelant les mots : « J'ai dit et je ne veux pas répéter ! » Ce jour-là, à vrai dire, tu t'es surpassé, tu n'as voulu écouter ni les explications de ma mère ni les supplications de Khoulé, tu nous as privés Badou et moi de déjeuner après nous avoir fouettés jusqu'au sang, puis de ton pas seigneurial de descendant de je ne sais quel roitelet sanguinaire, un de ceux qui vendirent ce pays aux Français pour un peu d'eau-de-vie et quelques miroirs, tu t'es dirigé vers ta chambre en disant que tu ne voulais plus que tes yeux rencontrent cette folle dans la maison. Et c'est vrai, père, tu n'as pas vu Johanna et ma mère dans les bras l'une de l'autre, tu ne les as pas vues, après avoir pleuré doucement, sécher leurs larmes et jouer une dernière fois au wouré, et bien sûr tellement préoccupé par les lendemains qui vont chanter tu ne t'es pas aperçu que depuis ce jour tragique ma mère n'a jamais plus joué au wouré. Comment peux-tu avoir oublié tout ça et comment veux-tu que, d'une façon ou d'une autre, tes enfants n'aient pas été marqués, ainsi que certains animaux, au fer rouge, par tant de violence et de cruauté ?

— Fadel, dis-moi ce qui se passe ! Je suis disposé à t'aider si tu veux te confier à moi. Je t'aime plus que tu ne le crois. Je reconnais que je n'ai pas toujours été commode mais les temps étaient durs ; je devais me battre pour nourrir ma famille et libérer notre pays de la domination colonialiste ! Ce n'était pas facile ! Vous, les jeunes, vous nous accablez sans vous douter des souffrances que nous avons endurées, des humiliations que nous avons acceptées pour nos enfants et pour notre patrie.

— Et le résultat c'est ce pays grotesque qui fait rire le monde entier ! Dans le monde entier, quand les gens ont envie de rire, ils accourent au pays du major Adelezo, Bienfaiteur de la Patrie !

Demander à Fadel ce qu'il entend par « pays qui fait rire le monde entier » ? Une drôle d'expression... Jamais il n'avait entendu une chose pareille. Il hésite, puis :

— Bon, laissons ça si tu veux, tu as bien raison de dire que nous ne devons pas discuter politique ! A présent, Fadel, réfléchis bien à ceci : penses-tu avoir le droit, moralement, de faire ainsi souffrir ta pauvre mère ? Elle est complètement perdue, elle ne comprend rien à ces histoires !

— Je me rends compte, Père, que la malheureuse Johanna hante tes nuits et qu'elle t'empêche de trouver le sommeil. Comme je serais fier de toi pourtant si au soir de ta vie tu te repentais au moins un peu de l'avoir humiliée de cette façon... Hélas, pour rien au monde tu ne voudrais attirer sur toi les foudres du major Adelezo ! Hier M. Jacques de Beauregard, aujourd'hui le major Adelezo !

— Tu es fou ! Complètement fou ! Plus question de ménager un cinglé comme toi. Je vais te faire soigner de force, tu n'es plus responsable de tes actes.

Madické est en proie à la plus grande panique de sa vie. Mais Fadel lui répond avec calme, presque sur un ton de constat ironique :

— La reine Johanna Simentho aussi, tu l'as jadis traitée de folle. C'est vrai, père, j'ai choisi de ne pas être raisonnable. Lorsque le tyran pointe ses baïonnettes sur les poitrines nues et ordonne à la mémoire de se taire, il faut être bien peu raisonnable, oui, fou si tu veux — puisque vous tous tenez tellement à ce mot vide de sens — pour oser se souvenir. Père, j'irai demain à Wissombo.

Madické Sarr reste planté au milieu du jardin. Il regarde Fadel s'éloigner d'un pas lent. Le portail vert qui s'ouvre puis claque violemment. Par-dessus la clôture lui parviennent des voix : Fadel plaisantant avec le gardien comme si de rien n'était. Avant de disparaître. « Bien sûr sans se retourner une seule fois. C'est peut-être moi qui ai raté ma vie... »

TROISIÈME PARTIE

16

Fadel s'étendit par terre. Au début il n'arrivait pas à supporter l'odeur d'urine qui montait du sol humide. Mais maintenant il commençait à s'y habituer. De toute façon il n'avait pas le choix : depuis que l'inspecteur Diarra et Ezzedine l'avaient jeté dans ce cachot, il ne pouvait rien faire d'autre qu'attendre. Le plafond de la cellule, très bas et légèrement incliné vers l'ouest, semblait avoir été spécialement conçu pour que le détenu ne puisse jamais se tenir debout. Combien de temps Fadel était-il resté seul dans ce cachot ? Difficile à dire. Peut-être une semaine. Il sentait bien qu'il n'avait aucun moyen de le savoir. Tout ce que Fadel pouvait se rappeler, c'était que quelques jours auparavant on les avait arrêtés à Wissombo, lui et une vingtaine de villageois. Le commissaire Niakoly hurlant dans un porte-voix : « Habitants de Wissombo, vous venez de refuser la main que je vous ai tendue ! Vous êtes têtus, vous ne voulez pas la paix. A présent je vous dis : dispersez-vous ! Cette manifestation est un défi aux lois de la République ! » Johanna immobile et altière sur son trône donnant avec calme des ordres à Doumbouya et à ses hommes. Non, pas Johanna, Sinkelo, oui Sinkelo, pourquoi donc confondait-il toujours ces deux noms ? Après les sommations du commissaire Niakoly, la première vague de policiers s'était avancée, suivie par d'autres et d'autres encore. Coups de feu. Personne n'avait eu le temps de comprendre quoi que ce soit. Il y avait eu des morts et des blessés des deux côtés. Un massacre ordinaire. Puis on les avait emmenés ici au commissariat principal de Dinkera dans les cars de la police. Voilà. Et puis maintenant cette cellule. Fadel n'avait plus revu une seule fois la lumière du jour. Il ne savait pas non plus ce qu'il était advenu des villageois de Wissombo arrêtés en même temps que lui : sur ordre de Niakoly, Fadel avait été séparé de ses compagnons. Il avait l'impression d'avoir été abandonné sur un radeau en haute mer : de tous côtés à perte de vue le bleu de l'océan aboli par le bleu du ciel. Parfois on lui apportait à manger : en vérité il ne lui restait même plus assez de force pour mâcher sa nourriture. Pour l'aider à digérer, comme ils disaient, l'inspecteur Diarra et Ezzedine venaient l'extraire de sa cellule pour le conduire dans une pièce un peu plus grande au bout d'un long couloir. Là ils le rouaient de coups. Au début il avait pensé qu'ils voulaient le tuer ou lui faire avouer quelque chose. Pas du tout. Leur seul travail consistait à le frapper comme ils le faisaient, avec une application silencieuse, et presque distraitement. C'était terrible de penser que ces gens étaient payés pour ça, mais Fadel savait bien que ça ne servait à rien de s'indigner ; des types tout à fait consciencieux, il n'y avait pas à dire... Quand il arrivait à Fadel de hurler, les coups redoublaient presque aussitôt de violence. La nervosité, sans doute. Plus tard, mais sans jamais lui poser la moindre question, Diarra et Ezzedine s'étaient montrés un peu plus inventifs : chocs électriques, bruits assourdissants suivis de silences prolongés. Et surtout cette trouvaille que l'inspecteur Diarra reconnaissait modestement avoir piquée dans le rapport annuel d'Amnesty International : il faisait plonger le pied droit de Fadel dans un récipient d'eau bouillante et son pied gauche dans un récipient d'eau glacée. Pendant que Fadel criait, l'inspecteur Diarra notait ses observations sur les réactions du supplicié avec un détachement tout scientifique.

Soudain il sentit une présence humaine. Il fit un effort pour se retourner du côté de ce qui devait être la porte. Un policier se tenait devant lui, ombre imprécise. Le bruit du trousseau de clés tressautant entre ses mains. Derrière la portion du couloir encadrée par la porte, une vague tache blanchâtre. De la lumière ?

— Suis-moi.

Il reconnut aussitôt la voix neutre de l'inspecteur Diarra.

— Je ne peux pas. J'ai mal partout.

— Essaie, le patron t'attend.

Diarra n'avait pas besoin d'élever sa voix pour la rendre menaçante. Fadel réussit péniblement à se redresser. Diarra, toujours à la porte, s'accroupit et lui tendit la main.

— Accroche-toi ici et fais attention à ne pas heurter le plafond. J'insiste dans ton intérêt. Le patron a horreur d'attendre.

Le long couloir sombre. Fadel avançait comme un automate derrière Diarra dont il distinguait à peine la silhouette dans l'obscurité. A un moment donné, Diarra s'arrêta si brusquement que Fadel tomba sur lui.

— Fais donc attention, hé ! dit-il simplement en le retenant. C'est ici.

Dès que Diarra poussa la porte, Fadel fut aveuglé par une violente lumière jaune. Il cligna des yeux et porta instinctivement la main à la hauteur de son front. Il ne tarda cependant pas à s'apercevoir qu'on était en plein jour et que la pièce n'était pas éclairée.

— Le voici, commissaire.

Le commissaire Niakoly, qui n'avait pas arrêté d'observer Fadel d'un air faussement absent, fit à peine attention à Diarra.

— Merci, Diarra. Tu peux nous laisser seuls.

Un bureau très simple : une grande table métallique, presque nue, un téléphone. Au mur juste derrière

Niakoly la photo officielle en couleurs du major Adelezo. Fadel resta sagement debout au milieu de la pièce, attendant un signe du commissaire pour s'asseoir. Celui-ci lui désigna une des deux chaises d'un geste rapide de la main. Fadel s'approcha et se laissa tomber sur la chaise qui grinça violemment.

— Vous devriez vous dépêcher de la faire, votre révolution, mon fils ! Comme ça on aura du mobilier de bureau digne de ce nom au commissariat principal de Dinkera !

Niakoly avait parlé sur un ton aimablement bougon. Fadel pensa : « Vieux comédien ! »

— Ce jeune homme semble m'en vouloir, hein ! Pourtant tu me dois d'être encore en vie.

« Le flic qui tourne autour de sa proie, la haine au cœur, pensa encore Fadel. Rien de nouveau sous le soleil, décidément. »

Le commissaire alluma sa pipe, l'observant à travers la flamme du briquet.

Fadel avait le corps endolori. Il portait encore son uniforme de garde du corps de la reine Johanna Simentho : une tunique en peau de lion laissant nue son épaule droite, un bandeau blanc ensanglanté autour du front enserrant des plumes d'autruche et un tissu vert noué autour des reins à la manière des lutteurs.

— Vraiment incorrigible, ce Doumbouya ! dit le commissaire avec un sourire amusé. Tout y est sauf le tissu vert que tu as là autour des reins. Je me souviens qu'à l'époque de votre prétendue reine Johanna ses gardes s'habillaient de feuilles d'arbres. A part ça, oui, parfait.

Fadel s'entendit répondre :

— Pour Doumbouya, seul importe le symbole.

D'avoir seulement ouvert la bouche pour prononcer ces quelques mots lui avait fait ressentir une vive douleur : les caillots de sang asséchés depuis quelques jours entre ses lèvres tuméfiées.

— Toi aussi, tu parles de Doumbouya avec une sorte de vénération...

— Nous tous, nous le respectons.

Le commissaire dit avec jovialité :

— Doumbouya est un malin. Il réussit toujours à nous filer entre les doigts au dernier moment. Mais nous finirons par l'avoir. Nous gagnons toujours.

Puis, après une pause :

— Tu t'es beaucoup attaché à lui, on dirait, hein ?

Fadel commençait à oublier qu'il était en face du commissaire principal de Dinkera, Jacques-Joseph Niakoly, connu, dans tout le pays pour sa cruauté. « Peut-être un brave homme au fond, plus ou moins victime lui aussi de ces événements sanglants », se dit Fadel avec une étrange compassion. Il se détendit :

— J'ai vécu avec Doumbouya une amitié vraie. Je crois que Doumbouya est un être simple et exceptionnel.

Le commissaire se mit à tapoter nerveusement sur le bras de son fauteuil, le visage soudain fermé. Fadel comprit aussitôt qu'il s'était trompé sur le compte de Niakoly. Cet homme n'avait plus qu'un seul objectif dans la vie : mettre la main sur Doumbouya qu'il haïssait de toutes ses forces :

— Mais qu'a-t-il donc de si extraordinaire, votre Doumbouya ? Tous les gens de Wissombo qui passent ici me disent la même chose.

Et redevenant moins sérieux :

— Ça me donne envie de faire sa connaissance ! Tu n'as pas pitié du vieil homme qui veut lui aussi se prosterner aux pieds du Héros ? Hélas, il est encore parvenu à s'échapper... Remarque que tu n'as pas à te plaindre toi non plus. Tu es vivant, c'est une chance...

« Là est toute la question, songea Fadel. Vous aviez pensé que le jeune citadin venu fourrer son nez dans les affaires de Wissombo dirait rapidement où se trouvent Doumbouya et ses hommes. Oui, c'est cela la question : une chance pour qui ? »

— Une chance pour qui, monsieur le commissaire ?

Pour la première fois Niakoly explosa :

— Eh bien mon jeune ami, les questions c'est moi qui les pose, compris ? Et toi tu réponds ! Oh je sais, tu vas nier, il se pourrait même que tu me craches à la figure ! N'oublie pas ceci cependant : nous t'avons trouvé avec un arc et des flèches empoisonnées au cours d'une manifestation illégale. Nous aurions pu t'abattre sur place, conformément aux ordres. Je te dis ça pour que tu saches que ta vie ne vaut pas cher en ce moment et qu'au regard des textes tu n'es plus vivant.

Fadel sourit :

— C'est bien ce que j'ai dit : vous avez évité de me tuer parce que vous comptez sur moi pour retrouver Doumbouya.

Le commissaire Niakoly se pencha vers lui et dit à mi-voix :

— Si tu nous aides, tu ne le regretteras pas. Et je te jure que tout cela restera entre nous. Sois raisonnable : tu as assez souffert et tu n'as rien à voir avec ces sauvages.

Fadel fit non de la tête avec une lenteur qui parut à Niakoly plus exaspérante que le refus lui-même.

— Nous resterons ici le temps qu'il faudra. Si tu acceptes de coopérer, tu retrouveras ta liberté. Sinon je t'obligerai à parler. Puis je t'abattrai comme un chien.

Il désigna sans se retourner la photo du major Adelezo :

— J'ai les pleins pouvoirs pour nettoyer le District. A bon entendeur…

Fadel fut frappé par la ressemblance entre Niakoly et son frère, le député de Wissombo, qui venait souvent rendre visite à El Hadj Madické Sarr. Le même teint d'un noir terreux, le même visage plein et rond, les mêmes yeux rouges et féroces de lion de mer. S'y ajoutait chez le commissaire une calvitie prononcée et ces inquiétantes crispations nerveuses des mâchoires. Il suffisait de l'observer attentivement pour ne plus douter de sa démence. Niakoly avait dépassé la soixantaine mais restait, comme il s'en vantait volontiers, « en parfait état de marche ». On sentait comme il avait dû être fort et vigoureux dans sa jeunesse.

— Regarde-moi bien, jeune homme, dit-il avec calme, moi, commissaire principal Jacques-Joseph Niakoly (il pointa l'index vers sa poitrine), j'en ai maté d'autres que toi. Tu n'es même pas un vrai dur ! Votre fameuse reine Johanna, eh bien, c'est moi qui l'ai arrêtée, en compagnie du colonel Léonidas Vézélis. Et cette fille-là, c'était autre chose que Doumbouya ou toi !

Fadel se demanda, atterré : « Ce salaud veut-il dire qu'il a réussi à faire parler Johanna sous la torture ? » Pourtant Fadel avait pu remarquer que chaque fois que Niakoly parlait de la reine Johanna ses yeux brillaient d'un éclat plus vif et qu'il avait un air tout bizarre. Comme si le vieil homme était lui aussi sous le coup d'une irrésistible fascination.

— Qu'es-tu donc venu faire chez nous ? lui lança brusquement le commissaire Niakoly.

17

« Que suis-je venu faire ici ? » Il n'avait pas cessé de se poser la même question depuis la première nuit passée dans le District. Fouler le sol de Dinkera, chef-lieu du District où Johanna fut commerçante ambulante. Puis Wissombo. Comme à Dakar il avait tenu à discuter avec Simbalé sans avoir au fond rien à lui dire. En réalité l'opacité narquoise des lieux historiques. Rouen. Son ami l'avait conduit place du Vieux-Marché : « Voici le bûcher de Jeanne d'Arc. » Quelque chose comme un long tube noir s'élevant vers le ciel. Rien de plus. Il avait avisé non loin de là une jeune touriste hollandaise, boulotte, avec d'immenses lunettes et un pantalon rouge. Il s'était approché pour la draguer, mais elle avait pris un air drôlement offusqué. Puis, dépité, il était allé avec son ami dans le Mc Donald's qui se trouvait juste à côté. Mordre à belles dents dans un hamburger en regardant les gens passer devant le bûcher solitaire et comme oublié là depuis plusieurs siècles. De même il s'était attendu en vain, en montant dans le car pour Wissombo, à ressentir immédiatement une profonde transfiguration intérieure. « Sept ans déjà... Comme le temps passe vite ! Et maintenant ce Niakoly assis là en face de moi, et il va me tuer peut-être ce soir, peut-être demain... » Qu'il était loin le moment où après lui avoir ouvert la portière de sa Datsun bleue, Ismaïla, apparemment de fort mauvaise humeur, lui avait souhaité rapidement bon voyage avant de démarrer en trombe. Ce matin-là, dans cette gare routière, les derniers instants d'une vie antérieure... La nuit passée chez Ndella à la Médina. Ses lamentations comme si elle était une pauvre vieille femme qu'abandonne son fils unique. Ndella la conquérante ne l'avait pas habitué à cela. Il avait appris que Ndella et Ismaïla s'étaient mariés : « Bien sûr, dès qu'il m'a déposé à la gare routière, il s'est mis en tête de la séduire. A moins que Ndella qui le méprisait tant n'ait décidé d'en faire ce qu'elle veut... » Il aurait bien voulu pouvoir dire quelque chose à Ismaïla au moment de leur séparation. L'impression désagréable que ce dernier lui en voulait sans raison. Alors qu'il cherchait des mots affectueux pour le remercier, le chauffeur du car s'était mis à klaxonner avec impatience pour l'inviter à rejoindre sa place. Il s'était contenté de serrer la main à Ismaïla avec un regard plein d'amitié et de tristesse. Cela n'avait visiblement pas ému Ismaïla. De Dakar à Dinkera, sur près de huit cents kilomètres, un tacot poussif et crachant dans un bruit infernal une fumée âcre et épaisse. Les passagers serrés les uns contre les autres sur de dures banquettes en fer étaient encore somnolents. A chaque village le car s'arrêtait une bonne dizaine de minutes. Beaucoup de voyageurs en profitaient pour aller se dégourdir les jambes ou faire quelques petits achats. A Kolombo, une jeune femme dont Fadel avait remarqué l'air souffreteux et les seins flasques à travers son corsage déchiré lui confia avec autorité son bébé pour, disait-elle, aller acheter une natte. Fadel prit le bébé de bonne grâce. L'enfant se mit aussitôt à hurler et à gesticuler. Ne sachant que faire, il essaya de le calmer tant bien que mal, honteux de sa propre maladresse. Morte à quelques mois la fille qu'il avait eue avec Ndella. Pendant un quart d'heure Ndella faisant téter le petit corps sans vie. Ndella lui disant, hébétée, écrasée par la douleur et en vérité indignée par tant d'injustice : « C'est ma voisine de lit qui me l'a arrachée des mains... Je ne savais pas que

Déguène était déjà morte... » Par la suite toutes les complications gynécologiques que Ndella avait eues à cause d'un stérilet mal placé... Elle lui disait : trompes bouchées, rétroversion de l'utérus, les mots sifflaient à ses oreilles, il ne voulait rien entendre. Après l'enterrement de la petite Déguène il avait pleuré doucement, avec sincérité et simplicité. C'était normal.

— Holà ! Mon frère, pose l'enfant sur tes genoux, la paume de la main comme ça sous la nuque. Il va se calmer.

Fadel s'exécuta et leva à nouveau la tête vers l'inconnu assis en face de lui. L'autre, triomphant :

— Tu vois, il s'est calmé !

Un jeune homme du même âge que lui peut-être, costaud et apparemment très sûr de lui, posé, la voix forte et égale. Fadel le regarda avec sympathie et se rappela que depuis le matin son voisin n'avait rien fait d'autre que dormir en ronflant bruyamment. A Thiès, le chauffeur avait fait un crochet vers la Place de France pour remettre (c'est lui qui le disait) de l'argent à sa troisième et plus fraîche épouse. Le dormeur s'était alors réveillé en sursaut au grand soulagement de Fadel qui supportait de moins en moins ses ronflements. L'inconnu, après s'être longuement étiré, était descendu du car. Fadel l'avait vu acheter *l'Indépendant,* au kiosque situé à une cinquantaine de mètres de là environ. A son retour il s'était mis à lire le journal avec une grande application. Le car était reparti et il avait aussitôt recommencé à dormir. A son réveil il lui dit :

— J'ai essayé de faire les mots croisés mais ce n'est pas facile avec tous ces cahots.

Il tendit *l'Indépendant* à Fadel.

— Tu veux le lire ?

Fadel fut tout heureux de remettre à l'inconnu l'enfant que la jeune femme lui avait laissé. Lire *l'Indépendant,* ça, c'était généralement au-dessus de ses forces. Cette fois-ci il était bien obligé de s'y résigner par politesse mais aussi parce que le paysage monotone et désolant qui défilait sous ses yeux commençait à l'oppresser. A la une de *l'Indépendant,* Mme Adelezo coupant avec des gestes distingués le ruban de la crèche de l'hôpital du 20-Juillet. Drôle de pays. Les stades, les hôtels, l'aéroport, tout avait été baptisé « 20-Juillet » parce que c'était le jour où le major Adelezo avait pris le pouvoir. Fadel pensa avec écœurement qu'un autre militaire allait faire son putsch un 7 novembre par exemple et qu'il allait falloir changer en conséquence les dénominations de tous les bâtiments publics. Et ils osaient appeler ça un pays sérieux, allant jusqu'à prétendre cyniquement que la communauté internationale le citait en exemple. Un pays totalement comique, oui ! Pour une fois il n'y avait pas de photo du major Adelezo dans le journal. Seulement un discours que Fadel parcourut. Le major disait à peu près à une délégation d'investisseurs étrangers éberlués : « Dieu a épargné à notre pays les tremblements de terre et nous sommes en paix avec tout le monde, et s'il est vrai que nous n'avons pas de pétrole, il est à peu près sûr que grâce à l'intelligence bien connue de notre peuple nous aurons peut-être un jour des idées. » Tout le discours sur une pleine page était de la même eau. En s'emparant du pouvoir le major Adelezo avait plus ou moins laissé entendre à la télévision que les militaires ne tarderaient pas à retourner dans leurs casernes. Dans son style musclé et positif qui avait fait grand effet, le major avait dénoncé « les politicards intrigants critiquant chacun dans son petit coin au lieu de se mettre au travail ». Les gens avaient espéré, parce que quand même ce n'était pas possible de se résigner toute sa vie au désespoir. L'armée ne retourna jamais dans ses casernes pour la simple raison qu'il n'y en avait plus vraiment : le major Adelezo avait transformé le pays tout entier en une immense caserne. Fadel se dit qu'au fond ça ne faisait pas une grande différence si on comparait avec le régime précédent. A son avis, avec les politiciens, c'était toujours foutu d'avance : ils faisaient toujours semblant de s'opposer les uns aux autres mais finalement ils se comportaient tous de la même manière. Ils avaient tous un tel air de famille, les politiciens ! Fadel pensait qu'il était temps pour les honnêtes gens d'en finir avec leurs projets de société et leur arrogance.

Voyant que Fadel ne lisait plus, son voisin lui demanda :

— Et l'histoire de cette Chinoise, qu'en penses-tu ? C'est bizarre, hein !

Fadel dut avouer un peu gêné qu'il n'avait pas vu ça dans le journal. L'autre lui indiqua un entrefilet qu'il avait souligné. Une dépêche où il était question d'une paysanne chinoise qui, à près de quatre-vingt-dix ans, redevenait littéralement une jeune beauté : cheveux noirs et souples, peau lisse et fraîche, dents de lait, etc. La dépêche se terminait par une précision : la vieille femme avait recommencé à avoir ses règles.

L'inconnu se laissa aller à toutes sortes d'hypothèses délirantes et salées avec une bonne humeur qui finit par se communiquer à Fadel. Pendant tout le reste du trajet ils causèrent comme de vieilles connaissances. Le jeune homme s'appelait Mohamadou Lamine Doumbouya.

— Je suis magasinier à la division du matériel des Travaux publics. Je vais en congé à Wissombo. C'est là-bas que je suis né.

— On est encore loin de Dinkera ? lui demanda Fadel.

— Ici à Kolombo nous sommes à mi-chemin. Nous avons encore près de quatre cents bornes à nous taper. C'est la première fois que tu viens chez nous ?

— Oui. Je vais moi aussi à Wissombo. Mais je resterai probablement quelques jours à Dinkera.

Doumbouya lui fit un joyeux clin d'œil.

— Dans ce cas on se retrouvera à Wissombo. Tu verras, on ne s'y ennuie pas !

« Un gars vraiment sympathique et chaleureux », pensa Fadel.

Ils arrivèrent à Dinkera vers minuit. De la gare routière au centre de la ville, Fadel ne vit pas âme qui vive. « J'aurais dû demander à Doumbouya de m'indiquer un hôtel... » L'unique station-service était en train de fermer. En voyant arriver Fadel, le gérant laissa suspendue la lourde grille en fer et resta debout sur le seuil du magasin, l'air pourtant guère rassuré par les allures de ce noctambule qui semblait chercher son chemin. Après s'être enquis de ce qu'il voulait, il lui suggéra « Le Tamarinier ».

— C'est le seul hôtel de la ville. Il vous suffira de dire à Ezzedine, le patron, que vous venez de ma part, ça le rendra un peu moins méfiant.

« Une ville typiquement moyenne : un seul hôtel, sans doute une seule pharmacie et un seul gérant de station-service vêtu de jaune et de vert qui à minuit prend les voyageurs attardés sous sa bienveillante protection... »

— Et c'est par où, « Le Tamarinier » ?

Le gérant semblait maintenant avoir moins peur de l'étranger.

— Nous n'avons pas de taxis à Dinkera et les calèches n'ont pas le droit de circuler la nuit. Il vous faudra donc marcher une demi-heure environ. Vous ne pouvez pas vous tromper, avec ses trois étages « Le Tamarinier » est le plus grand immeuble de la ville, c'est en quelque sorte le gratte-ciel de Dinkera !

Tout en donnant ces explications il s'était rapproché de Fadel, le dévisageant avec un intérêt de plus en plus manifeste.

— Vous comptez rester longtemps chez nous ?

« Chez nous... Il a utilisé exactement la même expression que Doumbouya... »

— Peut-être une semaine. En réalité je vais à Wissombo.

« Tiens ! il s'est raidi dès qu'il a entendu Wissombo », pensa Fadel en assurant son petit sac sur ses épaules.

18

Le commissaire Niakoly allait et venait dans le bureau, gesticulant et hurlant sans arrêt comme un possédé.

— Foutaises que tout cela ! Tu es un petit naïf, mon ami... Une femme grande et belle, ah ! comme c'est drôle ! Naturellement, en sa qualité de reine de légende, Johanna se devait presque (par politesse et pour ne chagriner personne) d'être d'une incomparable beauté. Eh bien sache que Johanna Simentho était la jeune fille la plus moche de Wissombo et de ses environs ! De petite taille, aussi musclée qu'un champion de lutte, la poitrine épaisse avec des mamelles comme ça et paralytique par-dessus le marché. Tu parles d'une reine de beauté ! Travailleuse infatigable, ça oui... Je l'ai souvent vue à l'œuvre. Elle abattait de la besogne pour dix ! Le soir, sur la place du village, il y avait des séances de lutte, les jeunes filles chantaient et dansaient, Johanna en faisait autant, elle dansait de façon tout à fait grotesque il faut le dire, ses amies se moquaient méchamment de son infirmité mais elle restait insensible à leurs railleries. Elle riait même de bon cœur. Et pourtant, si elle l'avait voulu, elle n'en aurait fait qu'une bouchée ! Car en dépit de son infirmité Johanna était d'une force telle qu'elle pouvait terrasser n'importe qui, homme ou femme ! Il en savait quelque chose, Kajimeno, le père de Doumbouya, votre grand chef révolutionnaire, paix à son âme de vieil ivrogne invétéré ! Je vais te raconter cette histoire, mon petit, ça te permettra de comprendre beaucoup de choses. Nous avions quinze ans, peut-être un peu plus. Ce Kajimeno était une véritable force de la nature, un taureau jeune et puissant. Il nous terrorisait tous et, je n'ai pas honte de le dire, nous lui obéissions au doigt et à l'œil. Kajimeno n'hésitait pas à insulter les vieilles personnes, bousculant tout sur son passage, et tout le monde baissait la tête. Jusqu'au jour où il s'est avisé de faire un croc-en-jambe à Johanna. Eh bien Johanna a publiquement humilié Kajimeno ! Elle a bondi sur lui avec la violence, l'agilité et la puissance d'un léopard, l'a immobilisé par terre, un genou sur sa poitrine, sa seule main droite lui enserrant impitoyablement la gorge. Cet idiot battait le sol avec ses mains, faisant "hoo hoo" avec sa gorge pourrie, nous étions tous là à regarder, ébahis, ce spectacle, les viscères de Kajimeno ont lâché, il roulait de gros yeux suppliants vers le ciel. Il n'y avait aucune haine sur le visage de Johanna, elle restait sereine et appliquée, comme si quelque chose en elle répugnait à cette besogne que pourtant sa conscience lui dictait. Lorsqu'elle relâcha son étreinte, le colosse n'était plus qu'une masse inerte. Un autre que Kajimeno serait mort de honte. Cet imbécile survécut mais devint un tout autre homme. Il perdit son assurance, fuyant le regard des autres ; quand il entendait les gens rire, il se retournait brusquement l'air inquiet, cela faisait peine de le voir traîner partout le fardeau de son humiliation comme un signe d'éternelle infamie. Par la suite Kajimeno est devenu un ivrogne, une véritable loque humaine, battant nuit et jour sa femme et ses enfants. Et le plus jeune de ses enfants, c'était précisément votre Doumbouya ! Tu comprends maintenant pourquoi ce jeune homme joue au brave ! Pour laver l'humiliation subie par feu son père il y a quarante ans, ce petit fumier vous demande de chasser du pays les Français qui en sont partis depuis longtemps. Johanna, mon petit, moi je l'aimais bien. Nos maisons étaient voisines, tu as pu t'en rendre compte à Wissombo, ma maison familiale qu'ils ont laissée en ruines... Johanna et moi on nous appelait les jumeaux parce que nous sommes nés le même jour. Enfants nous avons joué ensemble, j'étais son ami, son confident. Et quand elle a décidé de quitter le village pour venir d'abord ici à Dinkera avant de continuer à marcher toujours droit devant elle, c'est à moi seul qu'elle est venue en parler. Nous avions vingt ans tous les deux. Sa mère Elobyé pleurait, je l'entends encore me dire : « Niakoly, Johanna n'a qu'un frère et c'est toi. Supplie-la de rester auprès de sa mère et si elle refuse, empêche-la de partir par la force, tu en as le droit, c'est ta sœur ! » Voilà quel langage me tenait la vieille Elobyé à l'époque ; rien à voir avec son comportement ultérieur à mon égard, je t'en parlerai bientôt, quand l'humble vieille femme, par l'effet des intrigues de sa fille et aussi de la naïveté du bon peuple, sera devenue la dédaigneuse reine mère ! Bon, je te parlais du voyage de Johanna, je n'ai pas essayé un seul instant de la dissuader, cela n'aurait servi à rien ; quand elle avait pris une décision, personne ne pouvait lui faire changer d'avis. Je lui ai porté son baluchon, nous avons marché en silence jusqu'à la sortie du village et en nous serrant la main nous avons évité de nous regarder. Je me souviens, avant qu'elle ne me tourne le dos, il y eut soudain sur ses lèvres ce sourire indéfinissable, un peu triste, ou affectueux, je ne sais pas, je n'ai jamais rien compris à ce sourire de Johanna. Puis elle s'est enfoncée dans la forêt. Je vois que tu es tout étonné, jeune homme ! Ce que tu dois savoir, c'est qu'en ce temps-là les quarante kilomètres séparant Wissombo et Dinkera, c'était une affaire ! Nous autres paysans nous ne pouvions les parcourir qu'à pied et au prix de mille dangers. Et c'était pour débarquer deux ou trois jours plus tard dans un autre monde. Celui des Blancs. Maisons en dur. Magasins avec toutes ces marchandises jamais vues auparavant. Le monde de l'argent. Les hommes blancs n'étaient pas nombreux mais on les voyait partout. Ezzedine père était déjà là, tout le monde l'appelait par son prénom, Youssef, tu connais un peu son fils — c'est le patron de l'hôtel « Le Tamarinier » où tu es descendu à ton arrivée ici il y a quelques années, il vient souvent nous donner un coup de main — Youssef Ezzedine était donc là, goitreux lui aussi, les yeux vifs et mobiles, déjà le même sourire faux, les mêmes doigts crochus de rapace, obséquieux et perfide. Un an après le départ de Johanna, le colonel Léonidas Vézélis est venu à Wissombo avec ses hommes. Il a rassemblé tout le monde sur la place du village, moins de cent personnes au total (ça te donne, soit dit en passant, une idée de l'importance du royaume !), et il a dit ceci : « D'après les ordres que j'ai reçus et que je dois faire exécuter dans l'intérêt de tous et de chacun, vous devez me donner une partie de vos récoltes. » Il a parlé de la guerre qui venait de commencer quelque part, mais nous, ça ne nous intéressait pas. Nous avons donné plus qu'il ne nous avait demandé parce que nous savions que tous les villages qui voulaient éviter des histoires avec les Blancs agissaient ainsi. Le colonel Vézélis était très content. Il nous a remerciés et le chef — j'ai oublié son nom — l'a obligé à passer la nuit à Wissombo. Le chef a fait organiser pour eux une grande fête, le vin de palme a coulé à flots, on a mangé et dansé, des chants ont été composés en l'honneur du colonel Vézélis et de ses hommes. Ils étaient venus avec deux camions. A l'aube, alors qu'ils faisaient leurs adieux au chef, je me suis glissé sans bruit dans un camion et je suis resté tapi entre les sacs de riz et de maïs. Heureusement ces gens étaient tous complètement saouls et jusqu'à Dinkera aucun d'eux ne s'est aperçu de ma présence. A Dinkera, le colonel Vézélis m'a tiré l'oreille avec affection en disant : « Ah ! que voilà un jeune homme débrouillard ! Comment t'appelles-tu ? » Je ne comprenais rien à ce qu'il disait. Un vieux soldat noir a traduit pour moi. J'ai répondu : « Je m'appelle Niakoly. » Puis le colonel a dit comme ça : « Eh bien, Niakoly, j'aime les jeunes gens dégourdis ! Tu seras désormais mon ami. » Sa femme Christine, une grande dame pleine de bonté, m'a appris leur langue, elle a fait de moi un bon chrétien, et plus tard je suis devenu l'interprète et l'homme de confiance du colonel Vézélis. A ce titre, j'ai eu à accomplir quelques missions plutôt délicates malgré mon jeune âge, tu comprends pourquoi à plus de soixante ans je reste encore commissaire principal de Dinkera et cela sur la demande expresse du major Adelezo. Le Bienfaiteur me considère comme le policier le plus expérimenté du pays et le seul capable de ramener l'ordre dans le District.

Niakoly était maintenant derrière Fadel. De n'entendre que la voix du vieil homme trempé de sueur, tantôt sarcastique, tantôt grave ou même confidentiel et complice, ajoutait à l'impression d'irréalité qu'il ressentait en l'écoutant. Jamais Fadel n'aurait soupçonné qu'un vil tortionnaire comme Niakoly, surnommé le Boucher de Wissombo, pouvait être aussi pathétique. Il avait presque pitié de lui, ne songeant même pas à lui reprocher ses mensonges et ses incohérences. Ni ses trous de mémoire qui lui en rappelaient d'autres.

— Ha ! Ha ! mon petit, je tiens à te faire remarquer le parallélisme entre le destin de Johanna et le mien ! Très intéressant ! Quand elle était bonniche à Dakar, j'étais moi le boy du colonel Vézélis. Il est vrai que je n'ai pas été assez fûté pour persuader ces rustres que moi, Jacques-Joseph Niakoly, j'étais le grand vizir de Constantinople ! Lorsque cette petite menteuse s'est prétendue envoyée par les dieux pour chasser les Français du pays, je suis allé voir la vieille Elobyé pour qu'elle raisonne sa fille. J'ai montré aux gens de Wissombo des images de vraies reines dans des carrosses dorés tirés par des chevaux richement harnachés, des reines avec des couronnes de diamants, des millions de sujets et des milliers de navires. Rien n'y a fait. La reine mère Elobyé assurément méconnaissable, altière et cassante, m'a traité de fils d'esclave envieux puis a ordonné mon exécution. Sans l'intervention de Johanna à l'ultime seconde, je ne serais plus de ce monde. Gloire à la Reine Magnanime ! Quand, de retour à Dinkera, j'ai fait mon rapport au colonel Vézélis, ce dernier n'a montré aucun signe d'affolement ou de colère. Il m'a seulement dit : « Niakoly, ne nous précipitons pas. Ils finiront par se lasser de leurs enfantillages, alors ils chasseront cette jeune fille un peu folle et tout redeviendra comme avant. » Le colonel Vézélis était un homme de cœur, il préférait la persuasion à la contrainte, je lui garde aujourd'hui encore tout mon respect. Mais ses espoirs furent déçus : les gens de Wissombo ne s'assagissaient pas du tout, bien au contraire... Johanna se roulait par terre et prophétisait Abondance et Liberté, Justice et Fraternité, exigeait la suppression des impôts, interdisait la culture de l'arachide et du riz importé, prônait l'égalité absolue entre l'homme et la femme, instituait une nouvelle semaine de six jours ! La liste de ses méfaits était longue. Jamais on n'avait vu cela ! De partout les gens affluaient à Wissombo, impressionnés par les grimaces de Johanna : non seulement les musulmans et les chrétiens, mais aussi ceux de toutes les autres ethnies, accourant parfois de pays étrangers jusque-là inconnus de Johanna elle-même. Pendant ce temps la Reine Visionnaire menait grand train sur le dos des naïfs, comme toujours ! Sacrifiez-moi un taureau noir bien gras et vous aurez la pluie, les greniers seront pleins à craquer. Et ça marchait ! Avec des salades dans le genre : faites ce sacrifice face au Kwazékélé, le fleuve qui marque les Limites Ultimes du Monde, versez le sang des animaux au sommet de la colline des Neuf Ancêtres, emportez loin d'ici les cornes, les tripes et toutes ces saletés mais ne touchez pas au reste ! Le reste, me croiras-tu jeune homme, c'était pour les orgies de son Illustrissime Majesté ! Tout juste si elle ne leur demandait pas de lui rôtir les taureaux et de laisser traîner par là des dames-jeannes de vin de palme à toutes fins utiles pour le cas par exemple où il prendrait l'envie à leurs dieux si compliqués de se laver la figure ! Johanna avait aussi levé sa petite armée. Wissombo était devenu une forteresse d'où, à l'abri des grands arbres de la forêt, Johanna appelait ses adeptes à chasser les Français du pays et même de toute l'Afrique ! Au tout début de son règne, elle avait fait couper la tête au chef installé à Wissombo par le colonel Vézélis ; à vrai dire, ce chef était un homme veule et lâche, mais laissons cela... Le fait est qu'après sa mort plus personne n'osa représenter les Français à Wissombo. Le colonel Vézélis dépêcha des émissaires pour négocier : on les retint prisonniers. Il monta une expédition pour les libérer : les flèches empoisonnées fusèrent des grands arbres et eurent raison de ces pauvres soldats. Crois-tu que cela pouvait continuer ainsi ? Johanna oubliait ceci : la guerre, la vraie guerre, faisait rage en Europe avec des avions, des chars de combat, des millions de morts et des bombardements dignes de ce nom ! Et cette guerre-là, les frères et sœurs du colonel Vézélis ne pouvaient pas la faire le ventre vide... Alors, mon cher ami, le colonel Léonidas Vézélis m'a dit comme ça un matin, avec négligence, sur un ton enjoué :

— Dis donc, intrépide Niakoly, tu ne viens pas avec nous à Wissombo ?

Ne te fie pas aux apparences : chaque fois que le colonel parlait ainsi, cela voulait dire qu'il était au comble de la fureur ! Je me suis précipité sur mon fusil, j'ai mis mon uniforme et nous sommes partis...

19

L'hôtel « Le Tamarinier ». Minable et poussiéreux. Murs craquelés et sales envahis par d'innombrables toiles d'araignées. Escaliers et plancher en bois rappelant les vieilles maisons abandonnées de Saint-Louis. Ezzedine s'était pourtant montré assez aimable avec le jeune étranger arrivé peu après minuit. Fadel, lui, avait obstinément refusé de desserrer les dents. Il s'était contenté de tendre à Ezzedine sa carte d'identité après avoir grogné un bonsoir à peine audible.

« Encore un de ces jeunes citadins qui ne supportent pas la chaleur de Dinkera. Tu n'as encore rien vu, étranger, demain les rayons du soleil te brûleront la cervelle ! » avait méchamment pensé Ezzedine en remplissant le registre.

Dès qu'il ouvrit la porte de sa chambre, Fadel fit craquer une allumette pour chercher l'interrupteur. Il l'actionna plusieurs fois et dut se rendre à l'évidence : il n'y avait pas d'électricité. Fadel avait juste eu le temps d'entrevoir un petit lit et une table de travail. La chambre avait une désagréable odeur de renfermé et au moindre mouvement le plancher grinçait horriblement. Fadel laissa tomber son sac et se précipita furieusement dehors pour protester auprès du patron. C'est à ce moment seulement qu'il s'aperçut que « Le Tamarinier » était éclairé à la bougie. Il ne s'arrêta pas pour autant et continua à dévaler les escaliers en fulminant intérieurement. Debout derrière le comptoir, le visage émacié et blême, Ezzedine semblait l'attendre. Le tremblement de la bougie sur sa figure accentuait sa pâleur.

Fadel perdit de sa superbe et balbutia :
— Il n'y a pas de lumière au n° 33...
Ezzedine répondit simplement :
— Il est presque une heure du matin, monsieur.

Ezzedine était-il sourd ? Ou cinglé ? Sa réponse pouvait signifier tellement de choses à la fois que Fadel renonça à lui demander des précisions. Ezzedine avait cette voix rauque que les metteurs en scène de films d'horreur (avec un bel aplomb, comme s'ils prenaient souvent le café avec eux) prêtent volontiers aux fantômes. Ils restèrent là, tous les deux, silencieux et immobiles. Vieil homme solitaire dans un vieil hôtel sombre. Le pire pour Fadel était de s'apercevoir très clairement qu'il ne lui restait même pas la ressource de se demander s'il rêvait ou non. « Impossible, pensa-t-il amèrement, pour celui qui en quelque sorte rêve ''réellement'' de se poser une telle question. Ezzedine a raison, il est presque une heure du matin, je viens de débarquer à Dinkera, hier à pareille heure je subissais les récriminations de Ndella à la Médina... »
— Je ne vais tout de même pas passer la nuit dans l'obscurité, monsieur !
— Vous avez peur de l'obscurité ?
Fadel trouva la question totalement saugrenue mais n'osa pas riposter. Toujours aussi immobile, Ezzedine reprit :
— Dès que vous êtes entré ici, étranger, j'ai compris à votre façon de regarder que vous aviez peur de quelque chose. De quoi avez-vous peur, étranger ? De quoi ? Si vous ne me le dites pas tout de suite, je le saurai tôt ou tard. Je sais reconnaître ceux qui n'ont pas la conscience tranquille.

Fadel se sentit vaguement coupable de quelque chose et jugea plus prudent de retourner dans sa chambre. Il ferma la porte à double tour et s'endormit tout habillé. Le lendemain et les deux jours suivants Fadel resta cloîtré. La troisième nuit il fit un rêve dont il rend compte en ces termes :

« Ismaïla et moi avons été invités chez un couple de Blancs sud-africains à Johannesburg. Repas silencieux. Nous sommes morts ou alors nous sommes devenus des hommes de pierre. Même les fourchettes en touchant les assiettes ne font pas le moindre bruit. Je nous revois : quatre personnes sur une toile aux couleurs rouges et bleues, pleine d'ombres menaçantes. Nous sommes vraiment comme sur un tableau et pourtant je me vois là, réellement assis en face de nos hôtes. Je les regarde avec une inexplicable compassion. Surtout le mari, un homme d'une cinquantaine d'années, triste et débonnaire, aux gestes las. Il fait penser à un Viking avec ses yeux clairs, ses moustaches et son cou massif. J'éprouve un sentiment de pitié plus fort que tout. Et subitement je me mets à penser à une vitesse extraordinaire aux enfants de Soweto assassinés, à Solomon Malanghu et Steve Biko, à Benjamin Moloïse, et je me dis presque atterré quelque chose comme : "Mais enfin ces deux-là, pourquoi ils laissent faire, deux braves gens de Johannesburg, la honte de l'humanité, sur leurs épaules le poids de la réprobation universelle, si au moins nous n'étions pas morts ou de pierre sur cette toile sans vie ils m'auraient expliqué mais aucun son ne sort de nos voix." A un moment donné, rompant le charme de cette immobilité parfaite, le cuisinier, un Noir costaud, a poussé la porte qui se trouvait en face de nous. Il est vêtu d'une combinaison graisseuse d'ouvrier, et un casque de mineur surmonte sa tête. Ismaïla, l'imbécile, a alors ouvert la bouche pour la première fois. Il s'est penché vers moi et avec des clins d'œil et des airs de comploteur : "Tu sais, le cuistot peut nous montrer plein de filles dans le coin, j'ai déjà causé avec lui, c'est un gars très sympa !'' Je me suis réveillé à ce moment précis, furieux contre Ismaïla. J'ai pensé qu'il était juste au fond que ce beau rêve ne fût pas rêvé plus longtemps et qu'en y mettant fin Dieu avait voulu me punir, moi, de la stupidité d'Ismaïla.

« Je suis ensuite resté étendu, cherchant en vain un sens à tout ça. Peut-être Ismaïla occupe-t-il dans mon esprit beaucoup plus de place que je ne suis disposé à l'admettre. Peut-être aussi que les images de ma vie antérieure sont en train de se dégrader lentement avant leur totale dissipation dans les feux de l'aube nouvelle.

« Deux petits coups à la porte. Lorsque j'ai ouvert, je me suis trouvé nez à nez avec le boy. Il se tient droit devant moi avec son balai et le seau orange où flotte une serpillière. Il n'essaie même pas de me cacher son irritation. D'un seul geste de la main je lui ai signifié mon intention de ne pas sortir aujourd'hui non plus... Il est allé frapper à la porte voisine en maugréant... »

Fadel resta donc enfermé dans sa chambre pendant cinq jours et cinq nuits. Pour ses repas il se contentait de sandwiches plus que douteux qu'il mâchait péniblement en maudissant Ezzedine. Ça lui faisait un drôle d'effet d'avoir été autant fasciné (et de loin) par la patrie de la reine Johanna Simentho et de n'en voir pour le moment qu'un bout, de sa fenêtre. Il avait l'impression d'être un de ces espions austères qui, débarquant incognito dans une petite ville comme Dinkera, ne sortent de leur chambre d'hôtel que tard dans la soirée en rasant les murs, le col de leur manteau relevé, pour se rendre à quelque mystérieux rendez-vous.

Le sixième jour, Fadel prit une bonne douche et décida d'affronter la ville. Mais le courage lui manqua encore une fois. Il écarta les rideaux sales et poussiéreux. Au-dessous de lui, l'avenue principale de Dinkera qui coupait la ville en deux. Sur ses flancs, des ruelles en latérite, comme autant de jaillissements rougeoyants entre les maisons basses et les échoppes. Quelques passants, toujours les mêmes, lui sembla-t-il, depuis son arrivée, glissaient lentement sur l'asphalte, faisant tous les mêmes petits sauts grotesques de crapaud au même moment, c'est-à-dire quand retentissaient les coups de klaxon rageurs des rares automobilistes. Fadel sourit en voyant deux très jeunes cochers faire siffler leurs fouets vers le ciel pour se saluer et continuer à faire trotter leurs attelages d'un air satisfait. Un soleil tout blanc, inhumain, trouait de son violent éclat le voile de poussière rouge qui flottait au-dessus de la ville. Jamais auparavant Fadel n'avait éprouvé une telle sensation d'étouffement. Quel Dieu cruel, et pour punir quels crimes, avait donc fait tomber les foudres de sa colère sur cette paisible petite ville de Dinkera ? Marchandes assoupies contre les murs devant leurs maigres étalages. Arbres sans feuillage, gris et tristes, le long de l'avenue. Et le flamboiement immobile du soleil comme s'il était resté depuis toujours au même endroit dans le ciel.

Fadel vit un jeune homme garer sa mobylette près de ce qui devait être une boutique. Il reconnut aussitôt Doumbouya. Ce dernier salua quelques joueurs de dames assis sous un hangar et se dirigea, en sifflotant gaiement, vers « Le Tamarinier ».

20

Lettre de Fadel à Badou

Ismaïla fait observer ceci : « Selon toute probabilité le destinataire de cette lettre ne l'a jamais reçue. Il m'est impossible de procéder aux vérifications nécessaires à cause de mes mauvaises relations avec la famille de Fadel. De plus, Badou, particulièrement méfiant, ne manquerait pas de s'étonner de ma soudaine curiosité. Faut-il par ailleurs rappeler que ce travail de reconstitution, qui présente les plus grands dangers pour Ndella et moi, exige de nous une discrétion absolue ? C'est une opinion très répandue parmi ses amis (il en a eu beaucoup après sa mort...) que Fadel n'a écrit à personne au cours des dernières années de sa vie passées à Wissombo. On l'a sans doute remarqué : Fadel lui-même évoque souvent avec quelque coquetterie sa "vie antérieure". Tout bêtement : son existence de tous les jours ici à Dakar, entre Ndella, sa famille et ses phantasmes. Ce brouillon de lettre vient malmener un peu la légende. Mais surtout il réduit à néant toutes les supputations qui avaient tendu (sur la foi de ses comportements bizarres) à présenter Fadel comme un déséquilibré. Sur ce point précis je suis le premier à reconnaître mon erreur. Il reste à espérer que les autres, lorsqu'ils connaîtront la vérité, auront le courage d'en faire autant... A un moment donné, Fadel a pu donner l'impression d'en vouloir à tous les êtres humains. Ce sont des choses qui peuvent arriver à tout le monde. Il traversait une passe difficile, c'est tout. Fadel, on prend plaisir à le constater, n'est pas mort dans l'amertume. A Wissombo il avait trouvé une vraie famille, de vrais amis et le goût de vivre. Voici ce qu'il écrit à son frère.

Mon cher Badou,

Quand je vous ai quittés (toi et toute la famille) il y a un peu plus de cinq ans pour venir à Wissombo, j'espérais, sans méchanceté, que je n'entendrais plus jamais parler de vous. Une seconde vie, quoi : pur désir de renaissance. Eh bien je reçois, même ici, de vos nouvelles à vous tous. Je sais ainsi que Père envisage d'envoyer la petite Aïda à Genève pour essayer une fois de plus de la faire soigner ; que de lointains parents ont manœuvré pendant des mois pour donner leur fille (une lycéenne ou une étudiante) en mariage au vieux et que celui-ci les a envoyés promener de belle manière (saluons au passage la dignité et le sens de la mesure, sur ce plan précis, de Madické : ce ne sont pas des vertus très courantes parmi les gens de sa caste...), que notre chère Aïda, toujours aussi rieuse et taquine, rafle tous les prix à l'école ; que la mère tombe malade chaque fois qu'elle entend parler des troubles qui éclatent périodiquement ici ; que le député Jean-Baptiste Niakoly (frère du commissaire Niakoly, le fameux « boucher de Wissombo ») est le plus grand associé de Madické et qu'il est étroitement mêlé à toutes ses magouilles financières. (Une information qui, j'en suis sûr, figurera bientôt en bonne place dans vos tracts contre le régime. Sacré Badou...) Tu vois que je n'ai pas perdu tout contact avec la famille. Je n'essaie pas de savoir si cela est une bonne ou une mauvaise chose. Ce n'est plus mon genre. Cela me fait plaisir de savoir que vous allez tous très bien et je me laisse porter par cette joie. Simplement. Sans tricherie.

On m'a dit aussi que tes rapports avec le vieux se sont améliorés. C'est bien. Mais cela ne me surprend guère, Badou. En réalité tu es de nous tous celui qui ressemble le plus à Madické. Même si vos conceptions du monde sont diamétralement opposées. Et peut-être, au fond, à cause de cela même. J'ai toujours trouvé ça bizarre, fascinant : les gens qui se haïssent vraiment et que tout devrait donc séparer ont toujours tendance à avoir les mêmes comportements et à éprouver les mêmes émotions. A travers toi, Badou, je veux dire à travers ton intransigeance, ton optimisme et ta générosité dans l'action, Père revoit avec gêne et sans doute avec perplexité les illusions exaltantes de ses jeunes années. Il m'a dit un jour après une de vos mémorables empoignades : "Badou joue les révolutionnaires mais il ne tardera pas lui aussi à aller à Canossa.

Tu vas bientôt l'entendre chanter un de ces couplets à la mode, Bienfaiteur de la Patrie, etc., sous les fenêtres du major Adelezo. Ils finissent tous ainsi, ces intellectuels braillards." Aller à Canossa... C'était la première fois que j'entendais cette drôle d'expression. Père m'a expliqué avec fierté ce que ça voulait dire, moi je rigolais doucement, en réalité j'avais plutôt envie de pleurer, je me disais, nous les Africains, on est fait comme des rats, définitivement, avec ces nègres gréco-latins et leurs putains de vieilleries de culture classique ! Père a été très violent contre toi ce jour-là : pourtant j'ai décelé dans sa voix une légère anxiété. Il aurait voulu, pour avoir moins honte de sa trahison, que tu te couches toi aussi aux pieds du Major Adelezo mais en même temps il aurait préféré que son fils restât intraitable jusqu'au bout. Tu sais quels rapports pervers il a avec ses racines. Tous ces griots alléchés par la bonne odeur de ses billets de banque ont réussi à le persuader qu'il descend directement de je ne sais plus qui, qui et qui, de redoutables guer-

riers censés n'avoir jamais "montré le dos aux lances de l'ennemi". Tu parles... Et toi, Badou, es-tu vraiment sûr que dans quelques années, au terme de l'insidieux affaissement de la volonté, le major Adelezo se succédant à l'infini à lui-même sous des noms, des projets politiques et des déguisements chaque fois différents, tu ne vas pas toi aussi lâcher tes camarades ? Je te vois hausser les épaules d'agacement en lisant mes divagations petites-bourgeoises. Alors laissons cela. Avant d'en venir à Johanna, un mot sur Ndella et Ismaïla. Il paraît qu'ils se sont mariés peu de temps après mon départ. Rien n'est jamais simple, et tu ne me croiras sûrement pas si je te dis que je me réjouis de cette union. J'ai pour Ndella et Ismaïla la plus profonde affection. Toi, tu ne leur fais même pas l'honneur de les détester, il te suffit de les mépriser du haut de tes certitudes. Encore que selon moi Ndella t'impressionne beaucoup plus que tu ne veux l'admettre. Personnellement je n'ai jamais connu un être aussi diabolique. Elle est intelligente et passionnée. Bien sûr il y a ses excentricités, son goût du scandale. Je ne cherche pas à lui trouver des excuses à tout prix, mais je crois qu'il ne faut pas perdre de vue le terrible drame familial qui a marqué sa vie. Tu te rappelles, le tragique secret de Ndella, dont j'ai eu la faiblesse de te parler une fois... Ismaïla c'est autre chose, tout le monde le considère comme un type plutôt bête, le jeune cadre "brillant", lisse et rangé, sous-directeur de quelque chose puis à présent directeur d'autre chose. J'ai lu ça dans l'Indépendant. *En parcourant le discours qu'il a prononcé lors de sa prise de fonction je me suis plu à imaginer ta fureur. Je te le recommande vivement si tu l'as loupé, il y exalte avec émotion "le Bienfaiteur Bien-Aimé de la Patrie", ravi sans doute d'avoir enrichi de cette trouvaille le patrimoine laudatif national. Malgré tout j'aime chez Ismaïla son amour franc de la vie. S'il donne l'impression d'une telle stupidité, c'est qu'il ne ruse jamais avec lui-même : il aime la bonne chère, les chemises aux cou-*

leurs criardes, les romans à l'eau de rose, pas trop compliqués, et les montres de luxe. Il déteste le major Adelezo mais ne le crie pas sur les toits, et supporte assez bien (en tout cas mieux que toi) le fait que le tyran tarde un peu à se faire assassiner. Ismaïla est assez courageux pour donner de lui l'image du parfait crétin, conscient que c'est le prix à payer pour avoir droit à une existence tranquille. Ndella l'a toujours fasciné et il l'a toujours désirée. Plus d'une fois j'ai surpris son regard concupiscent sur elle...

Johanna, maintenant. Ne te figure surtout pas que j'ai débarqué au royaume de Wissombo en me disant : "Je vais enfin retrouver la reine Johanna Simentho !" Non, Badou, je n'ai fait aucune enquête, je ne me suis pas baladé stylo en main pour interroger les villageois.

Dès mon arrivée à Wissombo j'ai compris, par une intuition sûre dont je me félicite encore, à quel point une telle démarche eût été incongrue et même suspecte. Ma période de claustration à l'hôtel m'a sûrement aidé à voir plus clair en moi. Je crois n'avoir osé quitter « Le Tamarinier » que parce que Doumbouya est venu me prendre à l'hôtel. Ezzedine, le patron, lui a fait de ces histoires ! J'ai compris par la suite qu'ayant flairé quelque chose de louche, Ezzedine avait provoqué Doumbouya pour s'assurer que c'était bien lui que recherchait la police. Après l'avoir longuement scruté d'un air soupçonneux, Ezzedine lui a réclamé ses papiers. L'autre lui a demandé : "Existe-t-il une loi qui m'oblige à te montrer mes papiers quand je viens voir un ami descendu ici ?" "Oui, a répondu Ezzedine, le rôle des citoyens honnêtes est d'aider la police à débusquer les assassins et les fauteurs de troubles !" Ce qui a alerté Ezzedine, c'est simplement le fait que Doumbouya soit venu me voir : c'était mon tout premier contact avec le monde extérieur et l'hôtelier qui se vante d'avoir le nez creux a aussitôt décidé de passer à l'action. Doumbouya lui a remis sa carte d'identité. Il l'a tournée et retournée dans tous les sens et visiblement dépité a grommelé : "Tant mieux si tu viens pour nous débarrasser de cet étranger ! On aimerait bien nettoyer cette chambre !" Doumbouya, avec un étonnant culot, lui a donné une tape amicale sur l'épaule : "Promis, grand-père ! Il ne passera pas la nuit ici." Quand il est monté, j'ai commandé deux bières mais le garçon a raccroché dès que j'ai dit que c'était pour le n° 33. Doumbouya a trouvé ça amusant et a éclaté de rire :

— Il vaut mieux que tu viennes avec moi à Wissombo, vieux frère !

— Tout de suite ?

— Ezzedine va t'affamer !

Il a recommencé à rire. J'ai fourré tout ce que j'avais dans mon sac et nous sommes partis sur sa vieille mobylette. Nous avons essayé de causer au début mais le bruit de l'engin couvrait nos voix et en plus je n'avais pas tellement envie d'ouvrir la bouche à cause de la poussière. Doumbouya s'est alors mis à chanter joyeusement, en fait il s'égosillait presque et son cafetan était soulevé par le vent. Les paysans que nous rencontrions nous faisaient de grands gestes de la main. A plusieurs reprises Doumbouya s'est arrêté pour discuter avec eux et leur donner des nouvelles de Dinkera. J'en profitais chaque fois pour essuyer discrètement mon visage sur lequel la sueur avait collé de la poussière rouge. A la sortie d'un petit village Doumbouya m'a montré un amas de pierres avec des traces de peinture blanche :

— C'était une stèle à la mémoire d'un certain Pierre Valeroze, tué à cet endroit il y a une quarantaine d'années. On dit que ce soldat a traversé toute la région à bord d'un camion en tirant au hasard sur tous les paysans qu'il rencontrait. L'un d'eux a fini par l'abattre. Pour venger sa mort, un colonel du nom de Léonidas Vézélis et Niakoly ont détruit tous les villages avoisinants, massacré leurs habitants. Cette stèle a pendant longtemps fait l'objet de soins attentifs de la

part de tous les gouvernements d'après l'Indépendance. Plusieurs ministres du major Adelezo ou de ses prédécesseurs sont venus s'incliner pieusement ici à la mémoire du soldat Pierre Valeroze. La stèle a été réduite à cet amas de pierres par des inconnus il y a quelques mois. On l'a un peu oubliée car nos ministres ont maintenant d'autres chats à fouetter.

J'ai demandé, effaré, à Doumbouya :
— Niakoly ?
— Oui, Fadel, le commissaire principal de Dinkera. A l'époque il n'avait même pas notre âge mais il laissait partout où il passait des traces de sang.

Le nom de Johanna me trottait dans la tête. Je l'avais au bord des lèvres mais je n'osais pas le prononcer. Je sentais de façon obscure et irrationnelle que Doumbouya aussi l'évitait. J'en étais absolument persuadé sans pouvoir dire pourquoi. Ne pas poser de question, c'est la première chose que j'ai apprise ici. De nombreux indices m'ont permis de découvrir que, sous ses dehors de joyeux luron, Doumbouya (ce n'est pas son vrai nom, je crois, car il me semble qu'à Wissombo chacun a un pseudonyme mais cela n'est pas trop gênant, il suffit comme dans les romans de considérer que les faux noms sont les vrais et le tour est joué), Doumbouya, disais-je donc, est un adversaire résolu et actif du major Adelezo. Souvent lui et d'autres jeunes disparaissent pendant plusieurs semaines de Wissombo. On dit à voix basse qu'ils sont dans la forêt où il pleut toujours. A d'autres moments, de jeunes inconnus aux visages maigres et durs font leur apparition à Wissombo. A leurs yeux en alerte et fiévreux, à leur méfiance de bêtes traquées, on devine qu'ils viennent de la forêt. Leurs fiancées leur font grand accueil et tout le village est en fête. Ils se sont progressivement habitués à ma présence, mais au début ils me regardaient d'une drôle de façon, pas rassurante du tout, tu peux me croire, avec l'air de se demander ce que je pouvais bien faire à Wissombo.

Heureusement que Doumbouya était toujours là : un petit geste discret et tout rentre dans l'ordre. C'est peut-être lui leur chef. Malgré cela leur présence me met mal à l'aise : je me sens méprisé et livré à moi-même ; le fameux mépris des militaires pour les civils... Imagine dans ces conditions que je me sois amusé dès le départ à fourrer mon nez partout. Cela aurait pu me coûter la vie car le rusé commissaire Niakoly infiltre souvent des espions dans leurs rangs. Et lorsqu'ils sont démasqués... La vérité, Badou, est qu'il m'est apparu avec une soudaine évidence que j'étais venu à Wissombo dans le seul but de demander de vive voix à Johanna d'oublier et de pardonner toutes les humiliations que lui fit jadis endurer notre père. Les nombreux documents que j'avais lus et relus sur ses pouvoirs surnaturels, sur sa résistance anticolonialiste et sur son génie politique, tout cela est passé au second plan. J'ai longtemps hésité, Badou, entre écrire un livre sur Johanna en donnant malicieusement à croire que c'est de la fiction (les gens n'y verraient que du feu, j'ai découvert que les écrivains professionnels font souvent ça), lui consacrer un long reportage ou ériger sa statue au carrefour de Sandaga où, tu te rappelles, Khoulé la vit haranguer la foule. Je n'ai plus de telles préoccupations. Ce que j'ai dit une fois à Ismaïla me paraît aujourd'hui plus vrai que jamais : de Johanna il n'y a rien à dire sinon qu'elle existe. Pour tous les habitants de Wissombo la reine Johanna Simentho, Déesse de la Pluie, ni morte ni vivante, vivante mais invisible, morte mais visible, surgira un jour parmi les innombrables jours du Temps apportant à nouveau avec elle la Prospérité et la Justice. Seule, dit-on, la vieille Simbalé connaît la date de sa venue. Je te vois froncer les sourcils... Il s'agit bien de la même Simbalé. La sœur de Johanna. Je t'ai déjà parlé de ma rencontre avec elle à Dakar, où elle me parlait avec effroi du député Niakoly, petite vieille quelconque ; or ici à Wissombo la transfiguration ! Inaccessible, invisible Simbalé ; pendant deux ans j'ai entendu murmurer qu'une femme du nom de Simbalé vivait dans une case, totalement à l'écart du monde : interdiction absolue de manger en public ou de parler à qui que ce soit... Sinkelo, une jeune fille de Wissombo, était seule autorisée à déposer les repas de Simbalé dans sa case. Simbalé n'a, le reste de sa vie, le droit de ne prononcer qu'une seule phrase devant les villageois. Je te dirai tout à l'heure laquelle et en quelle circonstance. Quant à Sinkelo (c'est ma fiancée), nous allons nous marier bientôt. Eh oui ! Sur cette question aussi j'ai changé d'avis... Sinkelo est la fille de Boureïma l'Aveugle, un ancien compagnon de la reine Johanna. Il m'a offert le gîte et le couvert sans jamais chercher à savoir d'où je venais. Comme il aime à le dire bizarrement, je suis son fils "invisible". Allusion sans doute à sa cécité.

Je suis donc à Wissombo pour attendre moi aussi la reine Johanna Simentho. Nous l'attendons tous avec ferveur. Là-bas à Dakar, lorsque vous entendez parler des troubles qui éclatent ici régulièrement, vous vous imaginez Dieu sait quoi, haine hurlante et masses humaines compactes en délire. Non, rien de tout cela.

Indolence d'un fleuve qui s'étire paresseusement. Ici, nous vaquons à un rythme lent à nos occupations quotidiennes. Tu aurais sûrement été déçu toi, car à Wissombo nous ne tenons pas de meetings pour dénoncer avec véhémence le major Adelezo. Les plus vieux ignorent jusqu'à son existence. Pour la plupart d'entre nous le pays ne s'étend pas très loin au-delà de Dinkera et le chef en est le commissaire Niakoly. Niakoly qui s'est juré de briser ces gens fiers. Et sais-tu pourquoi, Badou ? Tu ne le devinerais jamais ! Par rancune tout simplement. Adolescent, Niakoly se comportait en véritable brute, semant la terreur dans Wissombo et ses environs. Niakoly était non seulement le fils du chef installé à Wissombo par les Français, mais il était aussi d'une puissance physique hors du commun. Personne n'osait lui faire entendre raison de peur d'y laisser sa vie. Eh bien ! Johanna a publiquement défié et humilié Niakoly ! Par désespoir il s'est mis à boire encore plus que d'habitude et son père a dû l'expédier à Dinkera pour le confier au colonel Léonidas Vézélis. D'après mes recoupements cela correspond à l'époque où Johanna est venue se faire embaucher à la maison. Il est dès lors compréhensible que Niakoly soit à ce point fasciné par Johanna, partagé entre la haine et l'admiration. Il s'est replié à Dinkera où les Français, après l'avoir spécialisé dans les plus abjectes besognes, l'ont recommandé aux nouvelles autorités après l'Indépendance. De temps en temps Niakoly fait irruption à Wissombo à la tête de ses hommes pour répandre le feu et le sang. En réalité il espère voir se découper au milieu des flammes la silhouette de Johanna. Lui aussi attend Johanna. On attend toujours Johanna. L'an dernier vers le mois d'août, Niakoly est venu. Mais cette fois-ci sans ses hommes. Il y avait avec lui l'administrateur et quelques autres grosses légumes. Des gens tous plus importants que Niakoly qui pourtant paraissait être leur chef. On leur a installé des chaises sur la place du village. On pouvait voir posés devant eux, bien en évidence, des paquets de sucre, du lait et des bidons d'huile. Niakoly a pris la parole : "Mes frères et mes sœurs de Wissombo, nous sommes venus vous apporter un message de paix en même temps qu'un peu de lait, de sucre et d'huile. Levez donc la tête vers le ciel : les éclairs traversent le ciel, le tonnerre gronde, la pluie est prête à tomber sur Wissombo, mais le vent se lève et le vent emporte au loin la pluie. Extirpons de nos cœurs les mauvaises herbes de la haine. Je reviens vers vous et je vous tends la main." Badou, il fallait voir ces villageois rongés par la maladie et la misère, affamés et squelettiques mais tellement dignes ! Ils l'ont écouté silencieusement et personne n'a bougé. L'administrateur principal du District qui jusque-là était resté raide sur sa chaise, tu sais, avec ce petit air agacé et sévère qu'ils ont tous dans les cérémonies officielles (tu te souviens quand Johanna disait de Père : "Laid comme le cul d'un mortier" à cause de son visage glacial et crispé, elle avait un humour féroce, Johanna), l'administrateur s'est donc brusquement mis à se trémousser sur sa chaise, tournant la tête dans tous les sens, roulant de gros yeux apeurés. Il semblait en vouloir sérieusement à Niakoly de l'avoir embarqué dans cette sale histoire, et Niakoly, désemparé par le silence des villageois, s'épongeait sans arrêt le front ; toujours le silence comme dans un rêve que je fis il y a quelques années au « Tamarinier ». Pas un bruit. Pas un geste. Niakoly, la haine dansant comme une mauvaise flamme au fond de ses yeux, a dit : "Vous refusez donc notre message de paix ?" Personne n'a répondu. Alors il a hurlé, le corps secoué par la colère : "Pourquoi ne dites-vous rien ? Si vous refusez notre offre de paix, vous le regretterez !" Niakoly faisait penser à un pantin désarticulé. Nous le regardions toujours en silence. Soudain dans le lointain les tambours de Samaké. Les tambours de la mémoire. Sinkelo s'est avancée et debout face à Niakoly et aux autorités elle leur a dit sans élever la voix : "Simbalé m'a chargée de vous dire ceci : levez-vous et partez. Ces roulements de tambours ne sont pas bons pour vous. Si vous les entendez trois fois, ce sera trop tard. Vos corps s'enfleront et commenceront à se décomposer là où vous êtes assis. Vous mourrez ici même asphyxiés par votre propre odeur et plus personne ne pourra vous sauver. Je vous ai transmis les paroles de Simbalé." Sinkelo leur avait parlé avec la douceur d'une bonne maman conseillant à ses enfants de ne pas salir leurs habits de fête. Ces messieurs ne sont pas restés une seconde de plus. Ils ont rejoint leurs voitures officielles avec autant de dignité qu'ils le pouvaient. Niakoly avait l'air mauvais. Moi je les ai bêtement suivis jusqu'à la sortie du village. Je voulais savoir quel regard Niakoly jetterait sur sa maison en ruines ; il a marqué un bref temps d'arrêt, presque malgré lui, et a détourné les yeux. Quelques jours plus tard sa ven-

geance a été terrible ! Des dizaines et des dizaines de morts à Wissombo et même dans les villages voisins. Comme à son habitude, Niakoly a fait entasser les corps dans une fosse commune. Je n'ai jamais vu autant de sang de ma vie et je suis resté alité plusieurs jours, presque un mois. C'est à Sinkelo que je dois d'avoir échappé au massacre. Pendant ma maladie Sinkelo s'est bien occupée de moi. Elle m'a dit par la suite que j'ai beaucoup déliré. Après la tuerie, nous avons entendu les tambours de Samaké, comme chaque fois qu'un grand malheur s'abat sur Wissombo. Un bruit identique à celui du tonnerre. Au début, je croyais que c'était vraiment le tonnerre. Mais Sinkelo, en riant, m'a expliqué que Samaké tient cet art de son père qui lui-même le tenait de son père et ainsi de suite, jusqu'au fondateur de la lignée des Samaké dont la mission, depuis des siècles, est d'être seulement à l'écoute de l'univers. Les Samaké ont pour ainsi dire coulé dans leurs baguettes magiques les cris des oiseaux de nuit et la rumeur de l'océan, le sifflement des flèches empoisonnées et le fracas de la foudre sur les arbres. Dès que nous entendons les tambours de Samaké, nous suspendons toutes nos activités et nous nous précipitons au bord du fleuve ; les jeunes gens qui vivent dans la forêt sont là en de telles occasions, visages durs et fermés, et personne ne sait d'où ils sortent, on les dirait surgis de la terre. Simbalé aussi est là. Lorsque tout le village est rassemblé, Simbalé demande à l'assistance : "Hommes, femmes, vieillards et enfants de Wissombo, n'apercevez-vous pas, montant des entrailles du temps et des eaux du Kwazékélé, la reine Johanna Simentho, Maîtresse du Monde ?" La réponse ne varie jamais : "Nous avons entendu les tambours et nous sommes venus accueillir la Reine du Monde, Johanna Simentho !" On a l'impression d'un immense cri d'espoir ! Moi je souhaite seulement n'avoir pas trop changé physiquement car je veux que Johanna reconnaisse le fils de Madické Sarr dont elle enchanta l'enfance par ses merveilleux contes. Ensuite, le soir même, nous organisons ce que nous appelons tout simplement une "fête", en vérité bien plus que cela. Un taureau noir est égorgé selon les rites jadis prescrits par la reine. Boureïma l'Aveugle et Doumbouya évoquent alors les moments les plus significatifs de la vie de Johanna : son combat avec Niakoly, sa rencontre avec le colonel Vézélis, son retour à Wissombo. Ça s'appelle : quelques instants dans la vie de Johanna, ce qui veut dire aussi que Johanna n'a pas eu besoin de vivre longtemps pour accéder à l'éternité.

Ces épisodes sont joués un peu par tout le monde. Une fois, Boureïma m'a enduit de la farine sur le visage et m'a demandé de jouer le rôle de Vézélis. Tout le monde, au grand bonheur de Boureïma, a trouvé ma voix très ressemblante. J'étais fier mais j'ai quand même dit à Boureïma que la prochaine fois je serais garde du corps de la reine. Et après le spectacle la vieille Simbalé a enfin levé les yeux sur moi. Je l'ai reconnue. Elle m'a reconnu. Simbalé baignée par le clair de lune, puissante et mystérieuse. Elle m'a dévisagé d'une manière qui m'a glacé le sang. Après la fête Simbalé rentre dans sa case et les jeunes gens de la forêt s'évanouissent comme les dernières images d'un rêve le matin au réveil.

Toi, Badou, avec ton goût des raccourcis conceptuels, tu aurais sûrement appelé cette fête : théâtre populaire ou quelque chose comme ça avec des précisions dans le genre "par et pour le peuple". C'est vrai que cela tient à la fois de la soirée villageoise, de la commémoration rituelle et du théâtre vivant. Qu'il y ait une part de jeu dans cette cérémonie est indéniable, mais je t'assure que sous le regard immobile et indéchiffrable de Simbalé les acteurs sentent obscurément que dans leur texte et dans leurs gestes c'est la mémoire et donc le destin de leur communauté qui se joue. Comme ces vieillards hébétés ressassant indéfiniment les circonstances de l'événement qui a tragiquement infléchi le cours de leur vie, Wissombo n'arrive pas à se faire à l'idée que la reine Johanna ne reviendra pas pour montrer la voie. Alors nous l'attendons tous.

Dis à toute la famille que je me porte bien. Je joins à ma lettre cette photo prise la semaine dernière. Tu admireras ma belle barbe, je suis sûr qu'elle vous amusera tous.

[Ismaïla : la photo mentionnée par Fadel n'a pas été retrouvée. Elle ne peut donc malheureusement être reproduite. »]

21

— Ne pouvais-tu donc pas me laisser là-bas ?
— Où ? demanda Fadel.
— Oh ! là-bas, fit le commissaire Niakoly en laissant retomber sa main d'un air las. Ici, il y a si longtemps qu'il ne pleut pas... Pas la moindre goutte d'eau depuis des années !
— Et où pleut-il ?
— Tout à l'heure, jeune homme, tu es entré dans mon rêve... L'inspecteur Diarra t'a poussé dans ce bureau en disant « Le voici, commissaire » et je t'ai vu avec ta tenue d'un autre âge à travers un épais rideau de pluie, couvert de sang au milieu de mes vertes forêts, rouge le sang, rouge aussi la poussière, la pluie s'est brusquement arrêtée, tu aurais dû me laisser là-bas.
— Où ? demanda encore Fadel.
— Ah ! les pluies de Wissombo ! Douces, bienfaisantes. Ni éclairs ni tonnerre, à peine la tristesse des nuages. Comme si le ciel, bleu, se penchait avec douceur et infinie bonté sur Wissombo pour abreuver la terre. Ils disent que Niakoly est responsable de la fureur de Baliba ! C'est faux ! Si c'était à refaire, je n'hésiterais pas un seul instant. En combattant farouchement Johanna je n'ai fait que mon devoir. Toute ma vie j'ai été un homme de devoir ! Et crois-tu qu'elle m'en veut ? Non. Pas du tout ! Parfois

Johanna écarte mon voile de silence et de solitude, elle vient s'asseoir en face de moi, avec son âge et son visage d'un autre temps, d'un autre monde, et nous devisons amicalement. Nous rions aux éclats en évoquant notre enfance heureuse et le colonel Vézélis et aussi ce jour où elle a berné tous les gens de Wissombo en leur faisant croire qu'elle pouvait faire tomber la pluie ! A Dinkera, ils disent que je suis un vieux fou qui parle tout seul car ils ne peuvent pas voir Johanna cheminer à mes côtés. Johanna est une fille de l'eau. Elle est retournée à la mer d'où elle est venue, sa mère, emportant avec elle les tornades nourricières. C'est pour cela et non par ma faute que la terre est sèche et dure, que les arbres ont perdu leur feuillage et que les troupeaux ont été décimés... Johanna reviendra. Le jour où elle le voudra. Elle refera parler d'elle. Lorsque nous étions tout petits, elle raffolait des mangues vertes. Et malgré les réprimandes de sa mère Elobyé elle me demandait toujours de lui en apporter. C'est pourquoi je me promène à travers les rues de Dinkera les poches remplies de ces petits fruits acides. Certains soirs, au cours de ma promenade quotidienne, Johanna surgit soudain de l'ombre comme si elle voulait me faire peur, je fais semblant d'être effrayé puis nous croquons ensemble nos mangues vertes en y ajoutant un peu de sel et de poivre ou du piment en poudre. A Dinkera, ils ne savent pas et ils disent à voix basse, car ils ont peur de moi : « Regardez le commissaire Niakoly, à son âge il croque des mangues vertes en faisant des grimaces et en faisant claquer sa langue comme un enfant ! » Tu sais, mon petit, tout le bruit qu'on fait autour de Johanna ne l'impressionne pas du tout, tu peux me croire ! Les gens de Wissombo travaillés par Boureïma l'Aveugle et Doumbouya, dangereux agitateurs réclamant comme ils disent « la vérité sur le sort de la reine Johanna Simentho »... Et jusque dans la capitale de jeunes farfelus qui manifestent dans le vain espoir de troubler le sommeil du major Adelezo ! Je peux te le dire à toi, puisque tu es le seul à m'écouter depuis longtemps, Johanna trouve ce remue-ménage parfaitement comique. Ce n'est pas une ingrate, Johanna, elle n'arrête pas de me remercier de lui avoir sauvé la vie. Je vais te raconter ce qui s'est passé ce jour-là. Lorsque nous sommes arrivés, le colonel Léonidas Vézélis a ordonné à notre troupe de s'arrêter à une centaine de mètres de Wissombo. Nos hommes ont encerclé le village et le colonel m'a fait signe de le suivre. Johanna était assise sur une natte, vêtue avec simplicité, une queue de lion savamment travaillée à la main droite. Debout, derrière elle, quatre gardes du corps armés de lances, deux de chaque côté, des gars robustes, pas des gringalets comme toi, soit dit sans vouloir te vexer mon cher ami, je suis pour une fois d'accord avec votre Doumbouya, seul importe le symbole et je sais bien, crois-moi, quelle langue secrète parle l'allégorie du jeune et chétif Dakarois habillé en garde du corps de la reine et au prix de sa vie sautant à pieds joints des années et des années plus tard dans notre longue et tragique histoire... Le colonel Vézélis s'est arrêté et a longuement regardé Johanna à travers ses jumelles. Il avait les jambes écartées, le poing gauche appuyé sur les côtes, et hochait la tête en signe d'étonnement, partagé entre la colère et l'admiration. On aurait dit, à le voir regarder ainsi la seule Johanna, un général en chef observant sur le champ de bataille les mouvements d'une redoutable armée ennemie. C'était le matin et le silence. Johanna a dit calmement :

— Ces hommes sont nos hôtes. Qu'ils soient reçus dignement malgré tout le mal qu'ils nous ont fait.

J'ai traduit. Alors le colonel Vézélis a serré les lèvres et, en proie à une colère froide, est devenu tout d'un coup plus blanc. Ses yeux brillaient. Sans cesser de fixer Johanna, il m'a écarté brusquement et s'est avancé de quelques pas. Johanna s'est levée à ce moment et s'est dirigée vers lui. Son combat singulier contre ce pauvre Kajimeno m'est immédiatement revenu à la mémoire. Le colonel s'est mis à hurler très vite des mots difficiles à comprendre. Johanna lui a souri avec douceur :

— Niakoly, m'a-t-elle dit, demande à cet homme, pour mon peuple, quel est le nom de son père et quel est le nom de sa mère. Demande-lui aussi pourquoi il a franchi les océans et les montagnes pour venir dire à mon peuple : dans cette forêt-ci il faut tracer un sentier qui ira de là à là-bas, vous n'avez pas le droit de poser vos pieds à tel endroit, je ne vous permets plus de cultiver telle variété de riz, je nomme tel individu votre chef, respectez mes dieux et oubliez les vôtres. Niakoly, dis à cet homme que la reine Johanna Simentho ne comprend pas cela.

Depuis que, revenue de Dakar, Johanna avait commencé à faire parler d'elle, je la revoyais pour la deuxième fois seulement. Une jeune fille terrible, qui n'avait peur de rien, l'air buté, le front volontaire. Ce regard perçant qui paraissait s'ouvrir sur un autre univers... La façon dont elle parlait, avec une sérénité tendue, en faisant claquer chaque syllabe, les longs silences entre les mots comme autant de défis à l'autorité du Blanc ! J'ai commencé à traduire et j'ai eu l'étrange sentiment que je ne traduisais rien en vérité, que la reine Johanna avait parlé pour moi, fils de Wissombo, puis, à présent, parlait du fond de mon âme même, apostrophant avec dédain par ma bouche le colonel Léonidas Vézélis... Quelle femme diabolique ! Le colonel s'en est peut-être aperçu car il a littéralement explosé :

— Ferme ta gueule, Niakoly ! Toi aussi tu trembles en présence de cette femme !

Puis il a envoyé par surprise une retentissante gifle à Johanna en criant :

— Je ne sais quelle est ta question, Madame, mais en tout cas voilà ma réponse !

Johanna a légèrement chancelé et comme ses gardes voulaient se saisir de Vézélis, elle les en a dissuadés en disant :

— Ils ont encerclé Wissombo. Ce jour, tout finit mais en même temps tout commence. Laissez-les m'emmener à Dinkera.

Le colonel Vézélis, qu'un garde venait de brutaliser, était devenu tout rouge. La sueur coulait abondamment le long de ses joues et il regardait sans arrêt ses mains comme si elles ne faisaient pas partie de son corps. Quand il a voulu se saisir de son pistolet pour abattre Johanna, je me suis précipité sur lui :

— La femme se rend. Ne la tuez pas.

Il semblait avoir soudain réalisé qu'il était le seul Blanc parmi nous. Il avait tellement peur qu'il me regardait d'un air égaré, les mains tremblantes. Mû par je ne sais quelle impulsion, le colonel s'est brusquement précipité vers la sortie de Wissombo en m'ordonnant de le suivre. Là, il a réuni nos hommes et a dit :

— Nous resterons ici et nous attendrons.

Il était fortement secoué, le colonel. Le connaissant tous très bien nous savions que lorsqu'il était dans un tel état, il fallait lui obéir sans chercher à comprendre. Je me suis demandé : « Attendre quoi ? Le colonel a-t-il perdu la tête ? » Vézélis que j'avais connu si gentil et affable, si sûr de lui... Vézélis... Johanna. L'homme blanc... La femme noire. Vézélis avait levé la main sur Johanna : signe de faiblesse... Deux mondes. Si Johanna avait voulu, elle aurait aisément ridiculisé Vézélis. Elle n'en a rien fait. Au contraire, vers le soir elle est venue se rendre. Ne me demande pas pourquoi, je n'ai jamais pu le savoir. Le colonel Vézélis non plus, d'ailleurs. Nous l'avons enchaînée et emmenée, c'est tout. Il fallait le faire, nous l'avons fait. Dès que nous nous sommes mis en route, il a commencé à pleuvoir. Une forte pluie comme je les aimais.

22

Tout en continuant à parler, Boureïma plantait lentement des bâtonnets dans le sable ou s'en servait pour tracer des signes cabalistiques aussitôt effacés du plat de la main, aussitôt recommencés. Il avait fallu bien du temps à Fadel pour se rendre compte que Boureïma était aveugle. A la place des yeux, deux trous fixes et vitreux couleur de métal gris mais en rien n'altérant la finesse des traits, la lente noblesse des gestes et de la voix. C'était l'aube et ils étaient assis tous les deux près du Kwazékélé. Le seul moment de la journée où il faisait encore un peu frais à Wissombo. Ensuite, au bout de quelques minutes seulement, le soleil se plantait dans le ciel avec une brutalité inouïe et plus personne n'osait lever la tête.

— Tout a commencé sous ce manguier. Tu le vois ?

— Je le vois.

— Juste sur la droite, il y a bien deux grosses pierres noires. Tu les vois aussi ?

— Elles sont là.

— C'est là que tout a commencé, Fadel, répéta Boureïma avec un léger hochement de tête comme s'il se parlait à lui-même. Peut-être bien plus longtemps avant. Peut-être avant la naissance des choses, des hommes et des animaux. Qui peut dire si le monde n'est pas venu au monde pour que justement, ce jour, cette brute de Niakoly s'avisât de provoquer Johanna ? Qui peut savoir vraiment ? Niakoly était le fils du chef nommé contre notre volonté par le Blanc de Dinkera. Le chef avait vendu son âme aux Français qui le laissaient nous maltraiter à sa guise. Niakoly nous fait beaucoup souffrir actuellement mais je crois que son père était encore plus féroce. Tout jeune encore, Niakoly était plus orgueilleux que le soleil : il ne permettait à personne de le regarder en face. C'était un véritable colosse et c'était le fils du chef. Niakoly frappait les gens pour le seul plaisir de frapper, il détruisait récoltes et greniers pour le seul plaisir de faire impunément du mal. Nous nous disions pour nous consoler : ce n'est rien, souvent on a vu un jeune homme ne sachant quel usage faire de sa force s'attaquer à des innocents. Les Anciens ajoutaient : « Cela lui passera. » Paresseux, menteur, mal éduqué, Niakoly passait le plus clair de son temps à se saouler de mauvais vin de palme. Il buvait sous la pluie, il buvait sous le soleil, il était toujours ivre ; personne ne pouvait lui faire entendre raison. Vrai, Fadel : Niakoly était le rejeton pourri d'un sang corrompu. Là-bas à la ville, les Niakoly sont des docteurs, des avocats ou des députés, mais rien ne peut empêcher ce qui est pourri de sentir mauvais. A l'époque Johanna n'avait pas encore eu cet accident à la jambe qui la rendit infirme quelques années plus tard. Une jeune fille joyeuse et sage, élancée et belle. Et travailleuse ! Tout le monde à Wissombo l'aimait sans savoir pourquoi. Il y a des gens qu'on aime comme ça. Tout simplement. Johanna n'a jamais connu son père, emporté quelques jours avant la naissance de sa fille par les eaux du Kwazékélé que tu as là sous les yeux. Rien n'annonçait le destin exceptionnel de Johanna. Or voici, Fadel, voici ce qui s'est passé.

Johanna est assise sous ce manguier en face de nous, près de ces deux pierres noires. Niakoly arrive sous le manguier. Il reste quelques instants debout devant Johanna en train de tresser paisiblement un panier pour sa mère. Il observe la jeune fille longuement, avec insolence, cherchant ce qu'il peut lui dire de plus blessant avant de poursuivre son chemin. Johanna chantonne, de sa voix mélodieuse, sans paraître se préoccuper de la présence de Niakoly. Je te le rappelle, ce dernier est un géant. On ne sait pas trop ce qui lui a pris ce jour-là de s'enduire tout le corps d'huile de palme. Le corps noir du colosse, immense et rouge dans le matin naissant. Imagine maintenant, Fadel, tout Wissombo qui vient de se réveiller. Chacun fait mine de vaquer à ses occupations mais tous suivent la scène de loin. Soudain Niakoly ricane comme une hyène :

— Ha ! ha ! la belle Johanna qui ne veut de personne à Wissombo ! Pour qui te prends-tu donc ?

Johanna redresse légèrement son buste et lui répond calmement :

— En tout cas, je ne voudrais jamais d'un homme tel que toi, Niakoly. Je te l'ai dit bien des fois. Pourquoi m'importunes-tu ? Ne peux-tu pas me laisser en paix ?

Le visage de Niakoly se durcit instantanément. Il crache avec violence aux pieds de Johanna :

— Petite prétentieuse, attends-tu donc que le grand chef blanc de Dinkera vienne demander ta main à cette vieille chipie d'Elobyé ! Comme tu me fais rire !

En entendant cela Johanna jette son ouvrage et se lève :

— Niakoly pourquoi parles-tu ainsi de ma mère ?

Ils sont debout tous les deux. Niakoly, que personne n'a jamais osé regarder en face, semble se demander avec amusement quelle mouche a bien pu piquer Johanna. Nous entendons la voix craintive et chevrotante d'Elobyé qui par-dessus la clôture appelle sa fille :

— Johanna ! Johanna !

— Mère ! dit Johanna sans détacher ses yeux de Niakoly qui bizarrement danse sur une jambe puis sur l'autre, son visage éclairé d'un léger sourire condescendant.

— Si tu n'étais qu'une femme !

— Je ne te permets plus de parler ainsi de ma mère !

— Allez, va répondre à la vieille chipie, elle tremble pour les jours de sa courageuse petite Johanna !

A partir de ce moment tout va très vite. Johanna bondit comme une panthère sur Niakoly. Elle le projette par terre, pose un genou sur sa poitrine, lui serre fortement le cou. Nous regardons cela ébahis et heureux. Johanna est sereine. Pas un muscle de son visage n'exprime la colère ou la haine. Niakoly étouffe : la bouche grande ouverte pour chercher un peu d'air, les yeux écarquillés dans une lâche supplication, il bat le sol des pieds et des mains, là entre ces deux pierres noires, de plus en plus frénétiquement tel un mouton qu'on égorge. Tout Wissombo est là mais personne ne respire. On n'entend plus que les "hoo, hoo" grotesques de Niakoly. Ses propres parents n'osent pas intervenir, victimes de la commune fascination. Son père, le chef est là, brisé, écrasé par une honte indicible. Les forces de Niakoly peu à peu l'abandonnent. Le voici entre la vie et la mort. Johanna desserre son étreinte et au lieu de s'en aller surplombe un instant la masse inerte. Niakoly respire faiblement. Comme dans la légende des temps lointains le vaillant chasseur vient de terrasser le monstre malfaisant. Mais cette fois-ci le vaillant chasseur qui apporte la tranquillité et la joie de vivre est une jeune fille. Johanna, sans vanité aucune, donne l'impression d'avoir accompli presque à contrecœur un devoir naturel. Gênée par nos regards encore stupéfaits, elle se dirige vers la case d'Elobyé. Niakoly reste étendu par terre, inanimé. Nous le laissons là sous son manguier et nous allons aux champs. Ce qui vient de se passer est si extraordinaire que personne à Wissombo ne trouve les mots adéquats pour en parler. Malgré notre soulagement nous avions peur sans même savoir de quoi... Ce n'est jamais bon, Fadel, quand les yeux des hommes sont témoins de choses qui n'avaient jamais été vues auparavant.

23

— Je t'ai bien observé aujourd'hui, lui dit Sinkelo. Tu n'as jamais été aussi nerveux.

Elle ne savait pas...

Personne ne savait quelle fête de sang les attendait.

Les jeunes gens de la forêt avaient, pour la circonstance, fait leur réapparition à Wissombo. « Ils surgissent tout d'un coup comme jaillis de la terre et Wissombo lui-même ressemble soudain à une forêt. » Doumbouya était revenu avec eux. Il allait et venait dans le village, on le voyait partout, donnant des ordres, supervisant tout avec autorité.

Fadel était assis sur le vieux tronc d'arbre près du moulin à mil lorsque, passant devant lui, Doumbouya l'informa qu'il serait un des quatre gardes du corps de la reine. « Et c'est au tout dernier moment qu'il me le dit ! Encore heureux qu'on ne m'ait pas complètement oublié... »

— Et qui sera la reine ?

— Boureïma l'Aveugle dit que Sinkelo sera meilleure que Mpili dans le rôle de Johanna. Selon Boureïma, Sinkelo a exactement la même corpulence et la même voix que la reine à cet âge.

Fadel ne put dissimuler sa surprise :

— Comment Boureïma l'Aveugle peut-il donc le savoir ?

Doumbouya lui fit une tape amicale sur l'épaule.

— Si Boureïma le dit, c'est parce que cela est vrai.

Dans un sens, c'est le moins aveugle de nous tous. Toi et moi, nous voyons seulement. Boureïma, lui, a déjà vu.

Sans laisser à Fadel le temps de demander des explications, Doumbouya enchaîna aussitôt :

— Viens avec moi essayer ta tenue.

Doumbouya donnait constamment l'impression d'être pressé, il parlait toujours très vite comme quelqu'un à qui tout le monde devait une obéissance absolue.

Après avoir habillé Fadel il fit quelques pas en arrière, revint pour tendre un peu la tunique en peau de lion et serrer davantage le bandeau.

— C'est bon comme ça. Tu te tiendras debout, tout droit, derrière Sinkelo. Et lorsque le gros Tandiang, c'est-à-dire le chef Niakoly, s'avancera vers le centre du cercle pour tourner en dérision la reine et la volonté des dieux, montre-toi plus farouche et fais-lui sentir que tu es prêt à loger une de ces flèches empoisonnées dans sa poitrine. C'est un jeu, mais tu dois réellement lui faire peur.

Fadel fit oui de la tête. Mystérieux Doumbouya... Rien à voir avec celui qu'il avait rencontré sept ans plus tôt dans un car et qui se faisait passer pour un petit magasinier des Travaux publics se rendant en congé à Wissombo. Impossible de retrouver la moindre trace du joyeux drille qui lui lançait avec des éclats de rires et des œillades équivoques et prometteuses : « On se retrouvera à Wissombo. Tu verras, on ne s'y ennuie pas ! » Le Doumbouya qu'il voyait maintenant était tout le contraire de celui qu'il s'était imaginé. Toujours tendu et préoccupé. Et en même temps tellement actif et remuant que Fadel se demandait parfois s'il arrivait à Doumbouya de s'asseoir comme ça en toute simplicité, par exemple, sur le vieux tronc près du moulin à mil, de s'asseoir ainsi les bras ballants, l'esprit au repos, à regarder défiler sous ses yeux les choses, les êtres et le temps, juste parce qu'il n'avait rien d'autre à faire. Chaque fois que leurs yeux se rencontraient, il essayait de surprendre dans le regard froid et dur de Doumbouya la réponse à l'obsédante question : « Qui es-tu ? » Et il sentait bien en ces moments-là chez Doumbouya la même envie de lui demander enfin à haute voix : « Que viens-tu faire parmi nous, Fadel ? » La même question quand on y réfléchissait bien, mais simplement posée d'une autre manière.

Pendant les jours précédant la fête il y avait eu des discussions très animées dans le village.

— Wissombo doit être détruit et reconstruit de façon à rappeler dans les moindres détails l'ancienne capitale du royaume, dirent certains.

Se prévalant de l'opinion de Simbalé, Doumbouya s'y était opposé énergiquement.

— Il a été dit qu'à sa sortie du Kwazékélé la reine viendra s'asseoir ici, au milieu de ce cercle pour parler à son peuple. Mais ne croyez pas que Johanna sera la même lorsqu'elle reviendra. Les plus vieux d'entre vous, qui l'ont vue il y a longtemps, ne la reconnaîtront pas. Moi je leur répète ces paroles de Simbalé. Pourvu qu'elle vous parle de liberté et de justice, ne doutez pas. Ce sera toujours la reine Johanna Simentho.

Et Boureïma l'Aveugle avait ajouté ceci aux propos du jeune homme :

— Doumbouya dit vrai. Ne laissez pas Wissombo s'engourdir dans la nostalgie, laissez ses jambes marcher aussi vite que le temps. La reine entend votre dispute et je la vois remuer doucement la tête pour dire : « Aujourd'hui encore c'est Doumbouya qui a raison. Quand vous me reverrez parmi vous, je serai moi-même et je ne serai plus la même. »

Après une longue pause Boureïma l'Aveugle avait conclu :

— Quant à moi, Boureïma, je suis dans mes ténèbres mais je vous dis qu'à celui qui sait bien regarder, même les ténèbres n'apparaissent jamais sous le même visage.

24

Deux ou trois heures du matin. Dans la nuit profonde seuls les battements de son cœur. Sinkelo dormait, blottie contre lui. Epuisée. Il pensa à sa journée. Semblable, désespérément semblable à toutes les autres. Las de déambuler avec nonchalance dans Wissombo, il était allé retrouver Sinkelo aux champs. Pour se sentir au moins utile à quelque chose, il s'était mis à arracher les mauvaises herbes pendant que Sinkelo toute en sueur labourait la terre en chantant. Sous les feux du soleil les perles de sueur, superbes, sur le corps à moitié nu de Sinkelo. Les autres, dans la forêt où il pleut toujours. Sinkelo bougea dans l'obscurité. La lente montée du désir. Un tout petit pagne aux bandes vertes qui hésitait à cacher les cuisses fermes de Sinkelo, ses cuisses d'un noir luisant. Fadel sentait toujours quand elle avait envie de faire l'amour. Elle dormait, mais du fond de son sommeil son corps était une attente frémissante. Il promena rêveusement sa main sur le visage de Sinkelo. Autrefois avec Ndella c'était tellement différent. Son existence : une erreur qu'il croyait commise par d'autres et que seule la mort pouvait réparer. Alors pour oublier le manque de courage, cogner à ces portes ouvertes sur l'abîme, tâter dans l'obscurité, à moitié inconscient, les formes anguleuses, vaines et arides de Ndella, le sexe furieusement, silencieusement, comme pour se venger d'obscures défaites. Maintenant, avec Sinkelo, la plénitude du plus simple bonheur. Il entreprit de défaire, avec ses dents, le petit pagne de Sinkelo.

— Vieux Boureïma, lui dit-il un soir, Sinkelo et moi nous voulons nous marier.

Boureïma l'Aveugle ne parut guère surpris :

— Sinkelo est ma raison de vivre. Sa mère a été tuée par Niakoly. Sinkelo n'avait que deux hivernages. Ses frères sont partis...

« Partis... Dans la forêt où il pleut toujours, eux aussi ? » pensa amèrement Fadel.

(Sinkelo ne lui avait jamais parlé de ses frères ; il l'avait considérée jusque-là comme l'unique enfant de Boureïma l'Aveugle. En revanche, quand ils avaient discuté de leur mariage, Sinkelo s'était montrée catégorique :

— Fadel, mon père n'acceptera jamais que je quitte Wissombo.

Et après quelques secondes d'hésitation :

— A moins que...

— A moins que ?

— ... que toi tu acceptes de rester ici.

— Petite folle !

— Je ne peux pas quitter Wissombo.

— C'est bien pour ça que je te traite de petite folle. Où veux-tu que je t'emmène ? Toi tu as Boureïma mais moi je n'ai plus de famille.)

— Je sais tout cela, vieux Boureïma. Sinkelo me l'a dit. Nous voulons vivre ensemble, ici même, à tes côtés car elle et moi avons besoin l'un de l'autre.

Boureïma se contenta de hocher la tête.

— Sinkelo m'a dit l'autre jour, la voix pleine de tristesse, que tu n'avais plus de famille.

— C'est vrai. Je suis arrivé à destination. Je ne repars pas.

— Il arrive que ce qui est faux soit plus vrai que la vérité elle-même. Et j'ai lu depuis le premier jour une grande bonté dans ton cœur. Tu n'es pas un étranger parmi nous, Fadel.

Les nuits de pleine lune Sinkelo et Fadel laissaient ouverte la fenêtre de leur chambre à coucher. Ils causaient parfois jusqu'au premier chant du coq.

Elle lui demanda un soir à brûle-pourpoint :

— Qu'est-ce que tu écris tout le temps dans ces cahiers qui traînent partout ?

— Pourquoi me demandes-tu ça ?

Il vit aussitôt que la jeune fille hésitait :

— Rien... Je veux savoir ce qu'il y a dedans mais je ne sais pas lire. Il faudra que tu m'apprennes à lire ces choses-là, Fadel.

— Ecoute, Sinkelo, je sens que ce n'est pas ça seulement. Il y a autre chose. Dis-moi ce qui se passe.

Sinkelo se dressa sur son séant :

— J'ai peur pour toi, Fadel. J'ai surpris ce matin Doumbouya en train de lire tes cahiers.

— Quoi ? hurla Fadel.

— Ne crie pas si fort, tu vas réveiller tout le village.

— Comment cela est-il arrivé ?

— Je t'en prie, arrête de crier. Je t'ai dit que c'était ce matin. Je t'avais laissé au champ pour apporter des racines médicinales à mon père. La porte était mal fermée. Quand je l'ai poussée, j'ai vu Doumbouya, mon père et un troisième homme que je n'ai pas reconnu parce qu'il était assis de dos. Doumbouya lisait et traduisait à voix basse. Mon père et l'autre l'écoutaient gravement sans rien dire.

— Ça vaut mieux ainsi, laissa tomber Fadel.

C'était bizarre mais après le premier moment de stupeur, il se sentait soulagé. Heureux, presque. Doumbouya et ses hommes cesseraient peut-être enfin de voir en lui un provocateur infiltré dans leurs rangs par Niakoly. Avec un peu de chance ils l'inviteraient bientôt à aller partager leurs joies et leurs souffrances dans la forêt où il pleut toujours. Sinkelo continuait à l'interroger du regard, angoissée :

— Ce n'est rien, rassure-toi, lui dit-il en la serrant contre lui. C'est même une très bonne chose que cela se soit passé ainsi.

— Si Doumbouya m'avait vue ce matin, il m'aurait sûrement tuée. Doumbouya ignore la pitié, il a le cœur aussi froid qu'une lame de poignard.

Ce que Sinkelo ne lui avait pas dit et qu'il savait malgré tout, c'est que Boureïma l'Aveugle n'aurait pas hésité, au besoin, à étrangler Fadel et Sinkelo de ses propres mains.

25

Contrairement à ce que Fadel s'était imaginé, Wissombo ne se trouvait pas au bord de la route. Il s'en rendit compte quand, arrêtant sa mobylette, après une quarantaine de kilomètres, Doumbouya lui dit avec cette désinvolture malicieuse qui le caractérisait :

— Je vais pousser l'engin maintenant. Nous sommes obligés de faire le reste du chemin à pied.

Ils s'engagèrent sur une piste étroite au sol craquelé et dur. L'herbe sèche crissait sous leurs pas.

— Autrefois elle était si haute qu'elle dépassait notre taille.

— Quoi ? demanda Fadel.

— L'herbe. Les grands arbres arrêtaient les rayons du soleil. Il y avait beaucoup d'animaux sauvages.

Fadel avançait péniblement, écoutant à peine les explications de Doumbouya. Il se sentait au bord de l'épuisement physique et nerveux.

L'air narquois, insupportable, de Doumbouya, visiblement fier de sa propre endurance. Comme s'il lui disait : ces jeunes intellectuels des villes, tous des mauviettes.

— Fatigué ?

— Normal. Voilà une semaine peut-être que je n'ai mangé autre chose que les maigres sandwiches de chez Ezzedine, répondit sèchement Fadel. On est encore loin de Wissombo ?

— Juste une petite dizaine de kilomètres. Nous pouvons nous reposer un moment...

Fadel se tourna vers lui :

— Tu te moques de moi ?

C'était vrai : devant eux, aussi loin que pouvaient porter leurs regards, un paysage monotone et plat, jaune comme le désert, avec de loin en loin des plaques couleur de terre brûlée. Où pouvaient-ils s'arrêter un seul instant sans risquer de se faire brûler davantage la cervelle par le soleil ? Désormais l'unique solution qui leur était offerte était de continuer à aller tout droit devant eux. Fadel guettait à travers la poussière que soulevait un vent chaud et sec les premières cases de Wissombo. Vainement. Chaque fois qu'ils s'approchaient d'une des nombreuses taches sombres jalonnant leur parcours, c'était pour découvrir de larges crevasses noires jonchées de souches calcinées : gueules ouvertes paraissant implorer les eaux du ciel.

— Qu'est-ce que c'est, toutes ces crevasses ?

— Il y avait des arbres ici, de très grands arbres. Le commissaire Niakoly est venu un jour avec des bulldozers et il a tout abattu. Il s'est ensuite arrangé avec les agronomes ou je ne sais qui pour que ça ne repousse plus jamais.

— Et pourquoi ?

Fadel était sincèrement horrifié. Déjà à Dakar il avait lu bien des horreurs sur ce Niakoly surnommé le Boucher de Dinkera, mais il avait l'impression de commencer seulement à le haïr maintenant. La réponse de Doumbouya le cloua presque sur place :

— Le commissaire Niakoly a fait ça parce qu'il n'aime pas la forêt. Plus exactement il a peur de la forêt. Il s'est juré d'abattre tous les arbres. Tu vois le résultat.

Fadel voyait très bien le résultat mais il ne comprenait vraiment rien à cette histoire de forêt. Il essaya de s'en tirer par une pirouette.

— C'est ça qu'on appelle attaquer le mal par la racine !

Doumbouya parut légèrement choqué :

— C'est plus sérieux que tu ne le crois.

Fadel se sentit mal à l'aise. L'intuition, mais juste le temps d'un éclair, qu'il y avait un autre Doumbouya.

Malgré sa fatigue, Fadel n'arrêtait pas de se demander, pendant tout le trajet, s'il avouerait à Doumbouya que, contrairement à ce qu'il avait prétendu la semaine précédente dans le car, il ne connaissait absolument personne à Wissombo. Heureusement pour lui tout se passa très bien. Lorsqu'ils arrivèrent à Wissombo un peu avant la fin du jour, Doumbouya le conduisit d'abord sur la grande place du village après avoir joyeusement abandonné sa mobylette à un groupe d'enfants loqueteux et braillards. Crépuscule inoubliable pour le voyageur harassé et couvert de poussière. Un chien famélique vint lui lécher les pieds. Il sentait tous les regards des villageois braqués sur lui. Et toujours cette hantise de voir Doumbouya le livrer brusquement à lui-même. « Pourquoi ne m'a-t-il rien demandé ? Se méfie-t-il déjà de moi ? »

Wissombo lui apparut immédiatement comme un village déserté par ses habitants. Il y restait très peu de jeunes des deux sexes. En revanche on y trouvait beaucoup d'enfants et de personnes âgées. Doumbouya et Fadel s'arrêtèrent pour serrer la main à une dizaine de vieillards assis en demi-cercle sous une hutte. Il sembla à Fadel que les salutations ne finiraient jamais. Chaque fois qu'il croyait que c'était terminé, les vieux recommençaient à demander des nouvelles de Dakar et de Dinkera. Doumbouya répondait avec beaucoup de patience, sans le moindre signe d'énervement, à toutes les questions. Les vieux parlaient avec Doumbouya en faisant de grands gestes cérémonieux de la tête et des mains, mais il sentait bien qu'ils le dévisageaient lui-même à la dérobée, intrigués par sa présence. Doumbouya dit soudain :

— L'étranger que j'ai amené avec moi se nomme Fadel Sarr.

Le cœur de Fadel se mit à battre plus fort :

— Fadel est un ami que j'ai rencontré à Dakar. Il ne connaît personne chez nous. Puisque je dois repartir, je vous le confie à vous tous.

Fadel avait été sur le point de défaillir. Doumbouya tourna légèrement la tête vers lui et lui adressa un clin d'œil de connivence. Les villageois approuvèrent fortement les propos de Doumbouya en hochant tous ensemble la tête.

— Fadel sera mon hôte, dit un vieillard.

Celui qui venait de parler avait les gestes souples et la voix calme. Depuis l'arrivée de Fadel il ne l'avait pas regardé une seule fois, traçant imperturbablement des lignes et des courbes sur le sable. C'était Boureïma l'Aveugle.

Doumbouya le conduisit chez Boureïma.

— La maison est très grande et Boureïma y vit seul depuis très longtemps avec sa fille Sinkelo. Tu vois, toutes ces chambres sont inoccupées. Sinkelo va t'en aménager une.

Le même soir Doumbouya avait disparu de Wissombo.

26

— Tu te trompes, lui répondit Boureïma. Dans tout Wissombo il n'y a pas un homme plus heureux que Boureïma l'Aveugle ! Le jour où par la volonté de Baliba mes yeux se sont fermés pour toujours, il y a eu, je m'en souviens, une forte pluie. C'était au temps de la splendeur de la reine Johanna. Il a plu toute la nuit. Et le lendemain. Et le surlendemain. Des jours et des jours. Nous disons, quand il pleut ainsi, que les gouttes d'eau dressent exprès une immense paroi liquide reliant le Ciel et la Terre pour permettre aux esprits des morts de s'élever vers le village que nul ne peut voir d'ici. Nous ne savions pas que cette fois-là, la pluie faisait en réalité ses adieux à Wissombo. Personne ne pouvait le deviner, à part la reine Johanna, bien sûr. Tout a commencé au cours d'une de ces nuits pluvieuses, je ne sais plus laquelle exactement. Dans mon rêve (mais en était-ce un ?), il fait jour à Wissombo. Une journée ordinaire. En creusant un trou dans mon champ je me suis assez sérieusement blessé à la main gauche. J'arrête donc de travailler et m'entoure la blessure d'un léger pansement. Mais comme j'ai perdu beaucoup de sang, je me sens vidé de mes forces ; je suis un peu nerveux aussi parce que je n'ai plus de tabac pour ma pipe. Je décide alors d'attendre, à l'ombre du fromager, que Sandia apporte mon déjeuner. Mais le repas tarde à venir.

J'attends une heure, puis deux, puis trois. J'interroge le soleil et je vois qu'il n'a pas bougé pendant tout ce temps. D'habitude, de ma position, j'avais des repères infaillibles pour suivre la course du soleil. Selon l'endroit où ce dernier se trouvait dans le ciel je pouvais te dire si l'ombre était en train de progresser sournoisement au-dessus des épis de mil ou si au contraire le moment était proche où elle allait, surprenant tout le monde, escalader vivement la haie d'euphorbes séparant le champ de Dramé du mien et nous envelopper soudain dans le crépuscule. Trois autres heures passent et toujours rien. Le soleil reste vissé au-dessus de ma tête alors que normalement (je ne peux plus en douter), il devrait être parti se baigner dans le Kwazékélé. L'angoisse, soudain. Je veux crier mais je n'arrive à sortir aucun son de ma bouche. Je regarde autour de moi. Tout est à la même place : la houe entre deux sillons près du trou à moitié creusé, le tas de feuilles mortes et de branchages que je m'apprêtais à brûler ; au loin, un peu sur ma droite, Tendi le Chauve figé dans un seul geste sur le tronc lisse du palmier, le même palmier sur lequel je l'avais pourtant vu grimper le matin avec son agilité légendaire. Tout est normal. Trop normal. Sauf la fixité du soleil. Et de Tendi le Chauve. Et du vent. Mon engourdissement même. Je me rends compte que je dois faire quelque chose, n'importe quoi. Je réussis péniblement à me lever. A pas feutrés je me dirige vers le village tout proche. Je marche lentement, en faisant le moins de bruit possible. Cependant mes pieds avancent-ils ? Wissombo, dont j'aperçois dans le lointain les toits des premières cases, semble fuir à mon approche. Je sens mes yeux brûlés par mille épines. Mes jambes sont de plus en plus lourdes. Je continue à marcher néanmoins. Wissombo aussi... Le ululement sinistre d'une chouette. Présage de malheur. Furieux je lui lance un caillou qui, en retombant par terre, fait un fracas si formidable que je me réveille aussitôt.

Je m'aperçois alors, Fadel, que je suis dans ma chambre, oui celle-ci, la même, je n'ai jamais passé la nuit ailleurs. Je suis assis sur mon lit et la nuit est très noire. Autour de moi on hurle, on court dans tous les sens. Affolement général. Les gens de Wissombo, tous déjà dans la cour de ma maison, parlent de moi comme si j'étais un autre :

— Boureïma a dormi longtemps !

— Nous nous apprêtions à l'enterrer et il a brusquement bondi en criant !

Je dis :

— Vous n'êtes pas là. C'est la nuit et je rêve.

Une voix me répond :

— Nous sommes là, Boureïma. C'est le jour et tu ne rêves pas.

J'insiste :

— Tout est noir. Je ne vous vois pas. Je ne vois rien.

Un long silence. Je sais maintenant que je suis devenu aveugle. Ma nuit à moi tout seul pour la vie. Eux aussi viennent de s'en rendre compte. Jamais je n'oublierai ces longues minutes de silence.

La voix de Sandia, la défunte mère de notre Sinkelo. Elle dit tristement :

— Qu'on aille rapporter à la reine ce qui vient de se passer.

Johanna est venue. On nous a laissés seuls. Comme à son habitude elle est allée directement à l'essentiel :

— Boureïma, dis-moi tout. Je suis la reine. Tu ne dois rien me cacher.

Je lui ai raconté mon rêve. Mais il y a, Fadel, une chose que je n'ai pas osé lui dire : que depuis qu'elle était entrée dans ma case, l'odeur de la mort — je la connaissais bien maintenant — s'était assise sagement à ses côtés. La reine m'a écouté sans rien dire. Puis elle est repartie. Johanna avait compris. Elle comprenait toujours tout. Deux jours après notre entrevue, un de ses émissaires m'a dit ceci :

— La reine te fait savoir que c'est demain le jour.

Elle te fait ses adieux et te demande de ne pas sortir de ta case avant le départ des étrangers que tes yeux ne veulent pas voir.

Le lendemain en effet nous avons vu le Blanc de Dinkera arriver à Wissombo, avec Niakoly mais aussi beaucoup de soldats restés en dehors du village. Le Blanc de Dinkera a laissé éclater sa haine et sa rage longtemps contenues en giflant notre reine sous nos yeux. En d'autres circonstances un tel geste lui aurait immédiatement coûté la vie. Mais il y a un temps pour tout, mon fils, et ce jour n'était pas le bon pour nous. La reine Johanna s'est rendue afin d'éviter une effusion de sang. Même cela n'a pas pu apaiser la colère de ces chiens : il fallait qu'ils nous punissent de les avoir si longtemps défiés. Alors ils ont tué et encore tué pendant des heures. Niakoly a poursuivi et abattu personnellement tous ceux de Wissombo à qui il pouvait en vouloir. Je te l'ai souvent dit, Fadel, et je te le répète aujourd'hui : avant de respirer l'air du jour, Niakoly a barboté pendant neuf mois dans les eaux fangeuses et amères de sa mère, une femme si mauvaise que le démon lui-même se serait enfui en la voyant arriver. Un tel homme ne pouvait agir autrement. Et tant qu'il vivra il continuera à agir ainsi. Je peux te dire que c'est Niakoly qui a enterré vivantes Sandia et Elobyé en poussant des ricanements de hyène déchaînée et qu'après cela il a posé son oreille contre la tombe pour entendre ces pauvres femmes se débattre une dernière fois. A présent Niakoly a changé de méthode : après chaque carnage il ordonne à ses hommes de creuser loin de Wissombo un grand trou où les corps sont entassés. Autrefois ce n'était pas ainsi. Ce jour-là, par exemple, Niakoly ainsi que le Blanc de Dinkera et ses soldats s'en allèrent, abandonnant sur place les morts et les blessés gisant dans leur sang. Moi de ma case et les autres de la forêt où ils avaient pu trouver refuge, nous les avons entendus chanter des chants de victoire en emmenant la reine Johanna Simentho, menottes aux poings, à Dinkera. Après leur départ une forte pluie s'est mise à tomber, gémissant, eût-on dit, à l'unisson des blessés. Si je te dis, Fadel, que je suis l'homme le plus heureux de Wissombo, c'est parce que mes yeux se sont fermés à temps pour que je ne voie pas ce spectacle. Souviens-toi des paroles de la reine Johanna. Elle avait dit : « Les étrangers que tes yeux ne veulent pas voir. » Pour moi et pour moi seul ce royaume est une forêt verte, paisible et profonde. La reine Johanna a voulu que je survive. Pour témoigner. Et pour montrer aux jeunes comment faire pousser les grands arbres de la forêt dans leurs esprits.

Comme chaque soir Fadel s'était contenté d'écouter Boureïma l'Aveugle sans l'interrompre une seule fois. Il avait appris au fil des ans à apprécier les qualités du vieillard. Ce petit homme sec et noueux, sans pitié pour ses ennemis, à la peau sombre et au visage ridé rendu comme plus rayonnant par la cécité, le fascinait. Pendant que Sinkelo allait et venait dans la maison, Boureïma disait à Fadel l'épopée de la reine Johanna Simentho. Et Fadel n'osait avouer au vieil aveugle quels merveilleux souvenirs d'enfance de telles soirées faisaient resurgir. Parfois aussi Boureïma lui parlait de la vie simple de tous les jours :

— Fadel, tu dois apprendre à être des nôtres. Tu n'es pas encore vraiment comme nous. Les gens du village disent : « Fadel écoute mais il ne parle pas, Fadel rit mais il ne s'amuse pas. »

— Ça viendra, vieux Boureïma, ça viendra...

Avant de se lever pour lui souhaiter bonne nuit, Boureïma rajustait alors son bonnet blanc sur son crâne en bougonnant presque invariablement :

— Jeune écervelé ! Qui t'a dit que tu en auras le temps ? Baliba est le seul maître du temps !

27

A travers l'orifice pratiqué dans la clôture, Fadel en tenue de garde du corps voit Sinkelo bondir sur un jeune géant (« sans soute quelqu'un venu de la forêt », se dit Fadel). Sinkelo le fait basculer à terre et l'immobilise pendant quelques minutes sous le manguier entre les deux grosses pierres noires. Lorsqu'elle se relève, on sent qu'elle est, sans vanité aucune, persuadée d'avoir seulement accompli son devoir. Alors que des cris joyeux et admiratifs montent de la foule, Sinkelo se dirige, presque intimidée, vers une maison d'où on entend la voix apeurée d'une vieille femme criant : « Johanna ! Johanna ! »

Fadel est donc là derrière cette clôture, il attend son tour d'entrer en scène en compagnie des trois autres gardes du corps. Depuis sept ans c'est la première fois qu'il les voit de si près. Leurs incessantes allées et venues dans le village : aujourd'hui à Wissombo, demain ailleurs. Où ? Fadel porte exactement la même tenue qu'eux. Le vertige d'une vague communion, très hésitante hélas ! à la lisière d'une définitive fraternité. Ils ne semblent même pas avoir remarqué la présence de Fadel.

— Johanna vient de terrasser Niakoly, dit l'un d'eux.

— Ça va bientôt être notre tour, répond un autre.

« Même Doumbouya ne m'a pas compris », pense Fadel.

Du dehors leur parvient, justement, la voix forte de Doumbouya s'adressant aux villageois :

— Vous venez de voir comment Johanna débarrassa Wissombo de l'infâme Niakoly. Après cela Niakoly garda la tête baissée sous le poids de la honte jusqu'à son départ pour Dinkera. Puis, appelée par son Destin, Johanna elle-même quitta Wissombo. Durant son absence le village connut la période la plus sombre de son histoire. Il y eut de très grands malheurs. Mais alors qu'hommes et bêtes mouraient de faim, le chef Niakoly et sa famille vivaient dans l'opulence. Le Blanc de Dinkera, qui l'avait nommé chef sans consulter personne, envoyait ses soldats ici pour emporter le peu de mil ou de riz qui restait encore dans les greniers. Tous ceux qui osaient protester étaient tués et leurs corps jetés aux crocodiles. Vous vous souvenez tous, certes, gens de Wissombo : jamais les crocodiles du Kwazékélé ne furent aussi repus. Les hommes et les femmes regardaient le ciel avec angoisse. Ils ne savaient pas que Johanna allait surgir des profondeurs du fleuve pour mettre fin à leurs souffrances. La voici :

(Dès que Doumbouya dit « la voici... » tous les regards se tournent en même temps du côté du Kwazékélé. Sinkelo, qui avait disparu un moment, revient. On l'aperçoit d'abord au loin comme un mirage. Elle porte de vieux habits sales, déchirés et tout mouillés, et donne l'impression d'être totalement épuisée après une très longue marche. Lorsqu'elle arrive au milieu du cercle, elle ne regarde personne en particulier, mais les yeux ardents et fiers, le port majestueux en dépit de ses guenilles, elle s'adresse à l'assistance.)

JOHANNA

Gens de Wissombo, je vous salue ! J'ai beaucoup marché et me revoici parmi vous !

VOIX DANS LA FOULE

Nous saluons notre fille Johanna Simentho de retour parmi nous !

JOHANNA

(Ménageant bien ses effets, elle observe une pause lourde de sens.)

Gens de Wissombo, saluez désormais en Johanna Simentho votre reine !

(La foule jusque-là pétrifiée commence à réagir par des murmures et des mouvements divers. Le chef Niakoly, dont on remarque la grande assurance, semble trouver la petite Johanna d'une irrésistible drôlerie ! Malgré toutes ces péripéties, Johanna n'a rien perdu de sa sérénité. Elle poursuit calmement.)

Ils m'avaient dit : au début Wissombo doutera et se moquera de toi. Mais tu seras reine, Johanna. C'est ton Destin.

(Ricanements et quolibets.)

PREMIER VILLAGEOIS

Qu'on attache solidement cette folle et qu'on l'enferme dans la Case Maudite !

DEUXIÈME VILLAGEOIS

(Avec des gestes traduisant la plus vive exaspération.)

Donnons-la en pâture aux crocodiles du Kwazékélé et finissons-en !

TROISIÈME VILLAGEOIS

(Le genre farceur et boute-en-train.)

A peine nous a-t-elle salué qu'elle nous annonce la grande nouvelle !

(Caricaturant les gestes et la voix de Johanna au milieu de l'hilarité générale.)

Gens de Wissombo, saluez désormais en Johanna Simentho votre reine ! Ha ! ha !

QUATRIÈME VILLAGEOIS

(C'est le monsieur sérieux, méthodique et efficace.)

Si cela vous amuse restez ici, vous autres, pour écouter ces propos insensés ! J'ai déjà beaucoup de mal à tirer quelque chose de mon champ ! Je m'en vais !

(Il se lève pour partir. D'autres villageois veulent suivre son exemple. Parmi ceux-ci, beaucoup agissent de la sorte par ignoble lâcheté, car tous connaissent bien leur chef, savent quelle férocité couve sous son air amusé du moment, savent aussi que malgré les apparences il surveille attentivement son petit monde. Tout à fait rassuré — mais a-t-il jamais été inquiet ? — par la tournure que prennent les événements, le chef Niakoly daigne enfin descendre dans l'arène pour écraser définitivement Johanna.)

CHEF NIAKOLY

(Sur un ton absolument démagogique. Un naïf pourrait croire que le chef, en bon démocrate, tolère — mieux, sollicite et encourage — toutes les opinions dissidentes et que, prêt à protéger Johanna, il en veut aux villageois de l'avoir si mal accueillie.)

Tonga, mon brave, je te félicite pour ton ardeur bien connue au travail ! Cependant je t'ordonne de regagner ta place. Et vous tous qui voulez partir, je vous comprends, mais je vous demande de rester où vous êtes. Nos traditions millénaires doivent être respectées : à Wissombo tout le monde a droit à la parole et nous devons écouter ce que Johanna veut nous dire.

(Pendant que les villageois se rasseoient à contrecœur avec l'air de dire dans un crapuleux excès de zèle : « Le chef est vraiment trop bon et nous ne comprenons pas tant d'égards pour une illuminée ! », Niakoly s'adresse avec douceur à Johanna.)

Tu peux parler, ma fille ! Il ne te sera fait aucun mal. Nous t'écoutons.

JOHANNA

(Une autre que cette femme extraordinaire aurait à n'en pas douter perdu ses moyens. Johanna au contraire est restée très calme. Sa seule arme : la force de la Prophétie qui doit se réaliser à tout prix.)

Je m'adresse avec respect à Tonga et à travers lui à vous tous. Tonga s'est fâché et a voulu retourner à son champ. Pourtant il sait que la pluie a détourné son visage de Wissombo. Notre pays, de Madingha à Wissombo, n'est plus que cendres et ruines, sang et misère, nos enfants mangent les écorces des arbres et disputent aux charognards des restes de nourriture. Quand je quittai Wissombo, il était verdoyant et heureux. Maintenant le malheur s'est abattu sur le village, sa main de fer vous a frappés et toi, Tonga, tu as le visage maigre et osseux, tu es triste. Je suis revenue pour que la pluie ne passe plus au-dessus de vos champs sans s'arrêter. Je vous dis : ce sont les dieux qui m'envoient vous apporter le bonheur et la prospérité d'antan. Me voici parmi vous et pourtant je leur ai longtemps désobéi, je ne voulais pas revenir. Oui, gens de Wissombo, le Vent m'a parlé une première fois et moi, petite fille sotte que commençait à fasciner la Grande Ville, je lui ai répondu avec insolence : « Oh Vent, qui que tu sois, laisse ma main et passe ton chemin, Wissombo est loin et je ne crois plus à ces histoires de dieux qui deviennent harmattan car la Grande Ville m'a enseigné le fer transformé en vent, le vent en oiseau de fer ! » Voilà comment je leur ai répondu et ils sont partis dans une grande colère. Mais ils sont revenus une deuxième fois et m'ont emmenée de force au bord du grand fleuve. « Johanna, tu dois retourner à Wissombo, c'est là-bas que se trouve ta place, tu en seras la reine, tu n'es pas née pour balayer la maison de cet homme ou bercer les nuits de ses enfants. Ne sais-tu pas que depuis ton départ nous avons asséché la terre de Wissombo ? Car les hommes affaiblis par la peur, au lieu de penser à nourrir leurs enfants, donnent toutes leurs récoltes au Blanc de Dinkera. Tant que tu ne retourneras pas parmi eux, nous continuerons à les punir ainsi ! » Gens de Wissombo, je n'ai pas honte de vous l'avouer, je voulais rester dans la Grande Ville où je m'étais fait des amis, j'aimais ses bruits et ses grandes maisons, ses vastes boulevards illuminés, j'aimais aussi ses robes, ses danses, ses chapeaux, toutes ces belles choses qui franchissaient à grandes enjambées le fleuve pour venir jusqu'à nous ! Et j'ai encore désobéi. Je me suis cachée derrière les rochers. Le Vent m'a cherchée partout en hurlant de fureur, il a soulevé le sable et les eaux, il a fait trembler les maisons, je l'ai vu de ma cachette déraciner les arbres et les jeter les uns contre les autres. Je l'ai entendu crier une dernière fois en repartant : « Ô Johanna, où que tu sois, sache que nous sommes les dieux réunis dans le Vent et que tu ne nous échapperas pas ! » Et sachez-le, gens de Wissombo, c'est votre reine qui vous le dit : le Vent revient toujours... Cette fois-ci ils sont entrés en moi. C'était au marché, en plein jour, alors que je regardais les belles marchandises aux mille couleurs. Ils m'ont dit : « Johanna, ton peuple meurt de faim et toi tu te laisses engraisser sans vergogne dans la maison de cet homme au mauvais cœur ! Honte à toi, fille têtue ! Si tu ne retournes pas à Wissombo, nous immobiliserons le soleil au-dessus des têtes, la saison sèche ne finira jamais, tous attendront avec impatience que le soleil aille se baigner dans le Kwazékélé mais il ne le fera pas et tous seront dans le désespoir ! » J'ai alors ouvert les yeux et j'ai vu des rues noires de monde, j'ai entendu le hennissement sauvage des chevaux soudain en liberté. Gens de Wissombo, je viens vous apporter la liberté et la joie de vivre. C'est la volonté des dieux et des Ancêtres. A présent, vous savez comment je suis devenue votre reine et pourquoi vous devez à compter de ce jour totale obéissance à Johanna Simentho.

(Un silence de mort succède aux paroles de Johanna. La foule est pétrifiée. Dans le lointain on entend des roulements de tambours. Puis c'est de nouveau le silence. Les villageois s'interrogent du regard. Quelques-uns ont même l'audace de faire entendre des murmures nettement approbateurs. D'autres se tournent vers le chef comme pour lui demander : « Qu'as-tu donc à répondre à toutes ces vérités ? » Mieux que quiconque, le chef saït à quel point la populace est versatile, et barbare son déchaînement dès qu'un trublion fait clignoter une petite lumière au bout de la nuit... En vérité le chef n'en mène pas large, car il est trop malin pour ne pas avoir compris que la situation risque de lui échapper. D'ailleurs ne voilà-t-il pas que les gardes du corps brandissent leurs armes en criant ?)

GARDES

Johanna Simentho, reine du Monde, nous t'attendions ! Et te voici surgie toute ruisselante des entrailles du temps et du Kwazékélé !

JOHANNA

(Sans même se tourner vers eux, le geste noble, la voix rêveuse, comme si elle se parlait à elle-même.)

Oui, ils avaient dit aussi : « Au début les hommes et les femmes auront peur de la vérité. Mais les tambours n'auront pas peur de résonner. Et après les tambours quatre guerriers parmi les plus vaillants te feront un bouclier de leurs armes. Ensuite ce sera tout Wissombo. Et viendra enfin, très proche, le jour où l'Afrique et l'univers entier se prosterneront devant toi.

CHEF NIAKOLY

(Il se dirige d'un pas décidé vers Johanna car il n'y a plus une minute à perdre !)

Que veux-tu exactement, Johanna ?

JOHANNA

(Superbe.)

Je ne veux rien pour moi. Mais eux que tu as tant fait souffrir, ils ne veulent plus t'obéir.

CHEF NIAKOLY

(Manifestement désarçonné, il prend la foule à témoin et éclate d'un rire forcé.)

Ha ! ha ! la voilà donc, la reine du Monde ! Bien sûr, mes amis, que nous l'attendions, Johanna ! Nous sommes tous si malheureux depuis son départ ! N'est-ce pas touchant ?

(Changeant de ton, il se fait brutal.)

La fille de ce pauvre Inthi Simentho, le poitrinaire qui crachait partout ses lambeaux de poumons pourris, obligée par le Vent, obligée vous dis-je car tout cela c'est bien malgré elle — saluons sa modestie ! — obligée donc par le Vent de régner sur l'humanité entière ! Ainsi donc surgissant ce jour du néant, toi, Johanna Simentho, femme de rien, rien que femme, tu veux nous faire croire que les dieux ont perdu la raison ! Jamais, moi vivant, Wissombo n'acceptera une telle imposture !

(Le visage de Fadel se durcit. Sans doute se souvient-il des propos de Doumbouya : « Lorsque le chef Niakoly s'avancera pour tourner en dérision la reine et la volonté des dieux, montre-toi plus farouche et fais-lui sentir que tu es prêt à loger une de ces flèches empoisonnées dans sa poitrine. » Le chef Niakoly parle avec tant de conviction que Fadel éprouve réellement de la haine pour lui. Le discours du chef a d'ailleurs enhardi quelques villageois qui essaient en vain de soulever la foule contre Johanna.)

PREMIER VILLAGEOIS

Le chef a dit la vérité !

DEUXIÈME VILLAGEOIS

Puisque Johanna est devenue folle, qu'elle retourne d'où elle est venue !

TROISIÈME VILLAGEOIS

Elle va attirer sur nous des malheurs plus grands encore !

CHEF NIAKOLY

(Le rusé politicien s'efforce de paraître triomphant. Mais pour un observateur attentif il ne fait aucun doute que le silence de la majorité des villageois lui donne des sueurs froides.)

Loué soit Baliba qui seul commande à tous les êtres ! Je constate avec satisfaction que personne ici ne prend au sérieux les paroles de Johanna ! Toi, mon enfant, tu es revenue à Wissombo, tu as bien fait. Je te demande d'oublier ce que tu viens de dire. Il faut maintenant que tu retrouves ta place aux champs comme toutes les filles de ton âge. En ces temps difficiles de famine et de sécheresse nous devons tous redoubler d'ardeur pour relever les défis des années quarante ! Et, Johanna, nous savons tous quelle vaillante travailleuse tu as toujours été. Tu sais que je t'aime bien, ma fille. Il y a quelques hivernages seulement, tu as devant nous tous couvert mon fils de honte. Il a dû s'enfuir à Dinkera. Quand tu es partie, ta mère Elobyé que voici a pleuré toutes les larmes de son corps : c'est douloureux de se voir brusquement séparé de ceux qu'on aime. Et crois-tu que je n'ai pas souffert moi aussi de voir mon enfant me quitter ainsi ? Je peux le dire, j'ai un cœur comme Elobyé et mon cœur de père a été brisé. *(Se tournant vers la foule)* Pourtant vous pouvez tous témoigner que je n'ai fait aucun mal à Johanna. Mieux : oubliant tout esprit de vengeance, j'ai aidé Elobyé chaque fois que je l'ai pu. Je l'ai fait parce que c'était mon devoir, je ne pouvais pas la laisser mourir de faim. Si j'en parle aujourd'hui pour la première fois, ce n'est pas pour me vanter mais pour que vous sachiez que je ne suis pas le mauvais chef dont parle Johanna. Et vous voyez tous qu'à peine revenue, au lieu de me remercier, elle me couvre d'insultes. Moi je lui dis : je te pardonne, Johanna, il ne te sera fait aucun mal.

(Quel simulateur de génie, ce Niakoly ! A l'entendre parler de la sorte, l'air sincèrement peiné par ce malentendu, on n'ose suspecter ni sa bonne foi ni sa bonne volonté. Cependant, nous qui sondons les cœurs et les reins de ces êtres hélas ! insuffisamment charnels, nous vous disons : « Méfiez-vous des apparences ! Cet homme, dès qu'il aura reconquis le pouvoir, fera aussitôt fusiller Johanna ! » Pour le moment il se tourne de nouveau vers la jeune fille et continue sur un ton conciliant.)

Johanna, si tu défies ainsi les autorités tu vas attirer sur nous la colère des dieux !

JOHANNA

(Levant lentement les yeux sur le chef. Une sorte de puissance surnaturelle se dégage de toute sa personne. Le chef, intimidé, recule malgré lui. Puis, se ressaisissant aussitôt, il se dirige une deuxième fois vers Johanna. Mais voyant l'attitude menaçante des gardes du corps il s'arrête, tout tremblant. Johanna se contente d'observer en silence ce manège grotesque, se demandant peut-être comment un tel individu a pu soumettre à sa volonté le fier peuple de Wissombo. Maintenant le chef est nu. Au fur et à mesure que Johanna parle, le chef apparaît à chaque instant un peu plus pitoyable. Tel qu'il se tient, tête baissée, suant à grosses gouttes, le chef ne manquera pas d'émouvoir les âmes sensibles. Johanna, elle, n'est pas dupe. Elle s'adresse à la foule.)

Gens de Wissombo, le chef Niakoly, vous le savez tous, est un esclave des étrangers. Il dit que j'ai humilié son fils. Pourquoi ne dit-il pas ce que son fils a fait, à moi et à tous les autres ? Son fils n'a jamais eu de respect pour personne et, à lui seul, il a causé autant de ravages à Wissombo que des nuées de sauterelles sur nos récoltes. Pourquoi ce prétendu chef installé ici par les étrangers ne vous dit-il pas que c'est lui qui a confié tous ses enfants au Blanc de Dinkera pour qu'ils apprennent la langue des Blancs et ne soient plus comme nous ? Niakoly, ton dernier jour est arrivé et plus personne à Wissombo n'obéira à un homme qui a vendu son âme. Niakoly dit aussi qu'il a aidé ma mère Elobyé. Mais, gens de Wissombo, qui d'entre vous m'a entendu depuis mon arrivée parler de ma mère ? Je ne me suis pas dirigée vers ma maison mais au centre de Wissombo car je suis revenue pour vous tous et non pas pour Elobyé seulement. Et enfin ceci : Niakoly prétend que je vais attirer la colère des dieux en parlant des Blancs. Pourtant il sait ce que les dieux vous reprochent. Ils sont en colère parce que vous cultivez vos terres pour le Blanc de Dinkera et non pour vos enfants. Vraiment, gens de Wissombo, cet homme se moque de vous ! Regardez-le bien, il est gras et bien nourri, ses joues sont rondes et luisantes. Regardez ses beaux vêtements ! Wissombo meurt de faim mais les greniers de Niakoly sont pleins à craquer. Je suis venue, moi Johanna Simentho, mettre fin à l'injustice.

(La foule s'anime. Sur un signe de Doumbouya on crie : « A mort l'esclave des étrangers ! », « Johanna notre reine, nous t'attendions et tu es venue ! » A l'air égaré de Niakoly on voit qu'il a perdu ses dernières illusions. Il sait que tout est complètement fichu pour lui. Mais c'est connu : personne ne renonce de gaieté de cœur aux délices du pouvoir ! Qui saura jamais quelles images amères se bousculent sous le crâne d'un chef, celui-ci ou un autre, au moment précis où soudain dépouillé de sa gloire, seule l'attend une mort indigne ou le noir cachot ou la vie pénible du commun des mortels ? Niakoly est devenu d'autant plus dangereux qu'il n'a plus rien à perdre sinon sa dignité. Et la dignité, Niakoly s'en moque royalement, c'était juste pour la frime, un truc très efficace pour tenir le vulgaire à distance.)

NIAKOLY

(Hurlant.)

Êtes-vous donc si naïfs ? Ne voyez-vous pas qu'il s'agit seulement de la petite Johanna ? Elle est allée dans la Grande Ville pour se livrer à je ne sais quelles innommables turpitudes et elle revient vous dire : couchez-vous à mes pieds, je suis la reine du Monde ! Eh bien vous êtes libres de vous laisser embobiner comme des enfants ! Mais moi, votre chef, je vous dis que vous le regretterez. Lorsque les Blancs viendront, vous saurez qui commande vraiment le monde ! Ne vous tournez pas alors vers moi pour me supplier d'arrêter le déluge de fer et de flammes !

TONGA

(Particulièrement excité.)

Nous n'avons jamais voulu de Niakoly comme chef ! Désormais plus aucun chef nommé par le Blanc de Dinkera ne devra passer la nuit à Wissombo !

(La foule approuve bruyamment.)

JOHANNA

(Le visage soudain éclairé par un large sourire.)

Gens de Wissombo, cela fait longtemps que vous êtes tristes ! Alors, pour saluer les temps nouveaux, que le chef nous fasse rire un peu ! Mettez de la farine sur son visage et chassez-le en poussant de grands cris de joie ! Que Niakoly cependant ne passe pas la nuit à Wissombo, Tonga a raison ! J'autorise le premier qui demain rencontrera Niakoly dans les limites du royaume à le tuer ! Maintenant, place à l'orage !

(Roulements de tambours. On voit enfin apparaître les batteurs. Des femmes couvrent de farine le visage de Niakoly qui éternue lamentablement, ce qui déclenche les railleries de la foule. Des cris : « Honte à l'esclave des étrangers ! », « Johanna Simentho, reine du Monde ! »)

JOHANNA

Place à l'orage ! Que les tambours se souviennent du tonnerre !

(Aussitôt les tambours se mettent à imiter à la perfection le bruit du tonnerre. Alors que le chef s'enfuit au loin, Johanna lève les yeux vers le ciel. Son geste est instantanément imité par tout le monde. Johanna chante, les yeux fixés sur le ciel. Son chant est repris par toute l'assistance.)

Ô Dieu ! Ô Baliba nous vous faisons confiance
Car c'est grâce à vous que nous vivons sur cette terre
Je vous remercie devant mon fétiche
A qui vous accordez le pouvoir de nous aider
En lui permettant de vous transmettre nos prières
Voilà nos pauvres cultivateurs très contents
De recevoir cette eau très abondante
Qui a rendu la terre très humide, très facile à [cultiver
Nous espérons de bonnes pépinières et de bonnes [récoltes
Après les travaux chacun est si heureux
De rentrer sa petite récolte dans son grenier.

(On chante et on danse dans une atmosphère d'allégresse générale et de désordre sympathique. Les batteurs de tambours imitent successivement le bruit de la pluie qui frappe le sol et les sifflements de l'éclair. Les villageois miment avec beaucoup de cœur les travaux des champs et les enfants font semblant de patauger dans l'eau. Ce défoulement continue pendant quelques bonnes minutes. Jusqu'au moment où on entend soudain, dominant le vacarme, une voix fortement amplifiée. L'air intrigué de Johanna, Doumbouya, Simbalé et Boureïma l'Aveugle montre bien qu'ils ne savent pas de quoi il s'agit. Les villageois arrêtent progressivement de chanter et de danser, une grande anxiété se lit sur leurs visages et ils s'interrogent tous du regard. Le mégaphone grésille et émet des son aigus. La reine Johanna fait un signe à Doumbouya. Ce dernier s'approche de la reine, se penche près d'elle avec déférence. Fadel entend une partie des propos de Johanna à Doumbouya. Elle dit : « Il faut faire quelque chose. Le commissaire Niakoly est venu avec beaucoup de policiers. Il leur a demandé de se cacher. » Doumbouya commence alors à donner des ordres à ses hommes. Pendant ce temps

on peut entendre distinctement la voix de Niakoly à travers un mégaphone.)

LA VOIX DE NIAKOLY

Citoyennes, citoyens de Wissombo, c'est moi le commissaire principal de Dinkera, votre frère Jacques-Joseph Niakoly qui vous parle ! Vous me connaissez tous, vous savez que je suis sans pitié pour mes ennemis ! Si je viens aujourd'hui vous tendre la main, c'est parce que le moment est venu d'oublier le passé. Tout à l'heure j'ai assisté à votre insu à votre représentation. Vous avez une nouvelle fois traîné ma famille dans la boue. Je n'ai pas besoin de vous dire à quel point cela m'a fait mal ! Je vous trouve très injustes à l'égard de mon père qui fut un bon chef. Pourtant je ne vous en veux pas et je vous dis : le sang a assez coulé à Wissombo. Je suis né ici comme vous tous et je viens vous apporter un message de paix.

(Pendant un temps qui paraît interminable à Fadel, on n'entend que les pas de Niakoly. Il apparaît à l'autre bout du village, dans un uniforme impeccable, constellé de décorations. Le commissaire ne manque assurément pas d'allure et rien dans son attitude ne trahit la moindre peur.)

JOHANNA

(S'adressant à Niakoly arrivé devant elle et la dévisageant avec intérêt.)

La reine Johanna Simentho et son peuple souhaitent la bienvenue aux étrangers !

COMMISSAIRE NIAKOLY

(Calme.)

Je ne suis pas un étranger et toi tu n'es pas la reine Johanna. D'ailleurs je suis venu seul, tu le vois bien. Cesse donc de dire des bêtises.

JOHANNA

Gens de Wissombo, cet homme veut nous tromper. Il nous parle de paix mais il n'est pas sincère.

BOUREÏMA L'AVEUGLE

(Il se décide à ouvrir enfin la bouche. Depuis le début Simbalé et lui se sont en effet contentés de regarder jouer les autres sans rien dire.)

Ah ! Te voilà donc, Niakoly, chien mille fois maudit ! Au nom de quoi, Niakoly, un homme tel que toi peut-il décider pour le peuple de Wissombo qui est la reine Johanna Simentho et qui ne l'est pas ?

COMMISSAIRE NIAKOLY

Tu as raison, mon bon Boureïma. Vos enfantillages ne me regardent pas.

JOHANNA

Et tu n'es pas seul, Niakoly ! Tu viens nous parler de paix et tu te fais accompagner par des hommes armés !

COMMISSAIRE NIAKOLY

(Il commence à s'énerver.)

Tu as raison ! Mais je leur ai demandé de rester loin de Wissombo. Si vous ne vous dispersez pas tout de suite, je leur donnerai l'ordre de charger. Votre manifestation est illégale.

BOUREÏMA L'AVEUGLE

Tu ne nous fais pas peur. Qui es-tu, Niakoly, sinon le fils de ton père ? Ton père était un esclave des étrangers et les dieux l'ont puni comme ils ont puni ta mère et comme ils te puniront. Ton père, Niakoly, était un vrai chacal et pour le châtier les dieux n'ont pas eu la patience d'attendre la fin du monde ! N'avons-nous pas tous vu, trois jours seulement après que Tonga eut tué le chef Niakoly, une épaisse colonne de fumée noire s'échapper de son tombeau pendant des semaines ? Nous avons tous vu cela et toi, le fils du chacal, tu n'as pas le droit d'ouvrir la bouche à Wissombo !

(Boureïma l'Aveugle crache avec dégoût aux pieds du commissaire Niakoly.)

COMMISSAIRE NIAKOLY

Boureïma, cette jeune fille n'est pas la reine Johanna ! N'est-il pas vrai que nous la connaissions bien, toi et moi, la véritable Reine ? Puisque tu n'es pas Johanna, qui es-tu, ma fille ?

JOHANNA

(Ton calme...)

Je suis la reine Johanna Simentho. Pauvre Niakoly, comme tu as vieilli ! Moi je suis restée jeune. Aujourd'hui c'est moi qui refuserais de me mesurer à toi, Niakoly. Mais au fond, Niakoly, même en ce temps-là, malgré ta jeunesse et malgré ta force, tu étais déjà vieux sans le savoir. Eux ne le savaient pas et ils avaient peur de toi. Maintenant ils savent, maintenant ils obéissent à la reine Johanna Simentho, maintenant ils n'auront plus peur de personne.

BOUREÏMA L'AVEUGLE

Johanna Simentho est notre reine ! Elle donne des ordres et nous obéissons !

LA FOULE

Johanna Simentho, reine du Monde, nous t'attendions et tu es venue !

COMMISSAIRE NIAKOLY

(Il semble très sincèrement étonné et désireux de lever ce qui ne peut être qu'un incroyable malentendu. Il essaie d'être le plus convaincant possible, ce qui l'amène à gesticuler un petit peu plus après chaque phrase.)

Gens de Wissombo, mes frères, avez-vous perdu votre tête ou essayez-vous seulement de vous moquer de moi ? Il n'y a plus de rois et il n'y a plus de reines. Le Blanc de Dinkera est parti depuis longtemps dans son village natal et notre pays, plus vaste que vous ne semblez le croire, est désormais dirigé par un grand soldat. Il est noir comme vous et moi, il travaille nuit et jour pour notre bien à tous et les Blancs des autres pays le respectent beaucoup. Ce grand soldat s'appelle le major Adelezo. C'est lui qui m'envoie vers vous pour faire cesser toutes ces histoires. Je vous le répète, ce pays est plus grand que vous ne le croyez et Wissombo n'en est qu'une toute petite partie. Wissombo n'est ni le centre du monde ni le monde à lui tout seul !

JOHANNA

Niakoly, tu nous fatigues avec tes paroles qui ne finissent pas. Quand cesseras-tu de dire des mensonges ? Nous avons des yeux pour voir, nous avons des oreilles pour entendre et nous savons si le Blanc de Dinkera est parti ou s'il est encore à Dinkera ou ailleurs. Niakoly, je suis revenue et tu ne pourras plus tromper mon peuple. Où que tu ailles, tu rencontreras toujours la reine Johanna Simentho sur ton chemin.

COMMISSAIRE NIAKOLY

(Désemparé.)

Vous avez raison, mes frères. Je vous demande aujourd'hui pardon pour tout. Je suis vieux et fatigué et je veux revenir vivre parmi vous, reconstruire ma maison natale. Quel mal y a-t-il à cela ? Oublions le passé !

(Le commissaire Niakoly se sent malheureux et las. Pendant de nombreuses années il a tout essayé pour mettre Wissombo à genoux. En vain. Maintenant il est au soir de sa vie, face à son impuissance. Une banale altercation, il y a si longtemps, basculant dans une tragédie sans cesse recommencée. Sang. Fleuve de sang. Comment ce maudit village fait-il donc pour continuer à exister. Ils sont insaisissables. S'évanouissent dans la forêt. Or il n'y a plus de forêt car il n'y a plus d'arbres.)

JOHANNA

Niakoly, Wissombo m'attendait et je suis venue. Il y aura des orages et les cimes des arbres deviendront invisibles.

COMMISSAIRE NIAKOLY

(Il relève brusquement la tête pour signifier que la comédie a assez duré ! Il s'exprime à présent sur le ton définitif et tranchant d'un homme prêt à tout.)

Votre manifestation n'a pas été autorisée ! Je vous demande une dernière fois de vous disperser et de retourner tranquillement dans vos maisons. Dans ce pays la loi est la même pour tout le monde et personne ne peut se permettre de troubler impunément l'ordre républicain !

JOHANNA

La reine Johanna Simentho n'écoute que la voix de son peuple.

LA FOULE

Que Niakoly retourne d'où il est venu !

JOHANNA

Tu as entendu. Il ne te sera fait aucun mal mais tu ne dois pas passer la nuit à Wissombo, Niakoly.
(S'adressant à la foule.)
Que cet homme subisse le même sort que son père ! Mettez-lui de la farine sur le visage et poursuivez-le en poussant des cris de joie jusqu'aux limites du royaume !

(Dans une atmosphère de fête on s'affaire autour du commissaire Niakoly qui, bizarrement, se laisse faire avec docilité. En vérité, plus que par la peur ou par la colère, Niakoly est tenaillé par l'angoisse de ne pas savoir ce qui lui arrive vraiment. Où se trouve-t-il et à quelle époque de sa vie ? Le visage couvert de l'infamante poudre blanche, le commissaire principal Jacques-Joseph Niakoly se met à courir, poursuivi par les cris joyeux des villageois. Il sait qu'il peut leur échapper en courant droit devant lui vers la sortie de Wissombo mais ses pas, à son insu peut-être, se dirigent vers la maison natale en ruines, il a le cœur serré en la voyant et en retrouvant les souvenirs des jeux d'enfant avec Johanna, le plaisir qu'il avait, lui l'adolescent colossal, le fils du chef, à les terroriser. « Jamais ils ne sauront que c'était par amour, ils ne me chassent pas en poussant des cris joyeux pour me rattraper mais, ô injustice, pour que je sorte de Wissombo ! Jouer avec eux le jeu jusqu'au bout, ne pas jouer c'est trahir, je ne suis pas celui qu'ils appellent le boucher sanguinaire maudit de toute éternité. Défense des institutions républicaines. Raison d'Etat. Quadrillage policier, commissaire principal Jacques-Joseph Niakoly, en vertu des pou-

voirs qui me sont conférés, je vous décore... Je ne les ai pas tués ni torturés ni entassés dans des fosses communes, ce sont mes seuls frères, je ne suis pas à Wissombo pour restaurer la loi et l'ordre, je suis seulement l'enfant au visage enfariné de Wissombo, ils me poursuivent avec des cris de joie et moi je cours à perdre haleine autour des ruines de ma maison natale, Johanna Simentho reine du Monde, je me couche à tes pieds ! »)

Fadel qui fait partie des poursuivants est tout étonné de constater que Niakoly paraît s'amuser comme un enfant.

Pourtant, avec une brusquerie que rien, absolument rien (du point de vue de Fadel tout au moins) ne laissait prévoir, Niakoly s'arrête et fait face à la foule. Il commence aussitôt à aboyer des ordres en direction des policiers jusque-là invisibles. Ceux-ci, armés jusqu'aux dents, jaillissent d'un peu partout. Doumbouya aussi, avec ses hommes.

28

L'inspecteur Diarra resta debout près de la porte qu'il venait d'ouvrir sans bruit, la main sur la poignée, l'air songeur. Il comprenait de moins en moins son chef. Pourquoi s'intéressait-il tant à ce prisonnier ? Le commissaire avait retenu ce jeune homme dans son bureau pendant toute la journée, se privant aussi bien de ses repas que de sa sacro-sainte sieste ! Depuis le matin ils étaient en grande conversation. L'inspecteur Diarra entendait les éclats de rires bruyants de Niakoly entrecoupés par de violentes explosions de colère. A d'autres moments, au contraire, ils parlaient à voix si basse qu'on aurait dit de vieux amis se faisant des confidences. « Le chef se laisse submerger par ses sentiments. C'est bien la preuve que l'heure de la retraite a sonné pour de bon. Maintenant qu'on commence à perdre des hommes à Wissombo, finies les prolongations de complaisance pour de prétendus services exceptionnels... » Tout en remuant ces pensées, l'inspecteur Diarra revoyait le visage grotesque de Niakoly jouant à cache-cache avec les villageois, qu'est-ce que cela pouvait bien signifier, ce spectacle indigne, le commissaire grimé comme le dernier des clowns et maintenant...

— Chef, les gars attendent. Il est presque 23 heures.

Niakoly le regarda sans répondre. « J'ai bien entendu Diarra, mais je ne sais quoi lui répondre.

Après cet échec, je vais l'avoir de plus en plus dans les pattes, ce Diarra ! C'est beau à voir, les jeunes générations qui piaffent d'impatience. L'éternel recommencement... »

— Qu'est-ce qu'on fait, chef ? Ils...

Niakoly l'interrompit sèchement :

— Je sais. Ils s'impatientent. Dis-leur d'attendre. Ce sont les ordres. Je déciderai de ce qu'il faut faire.

De sa position Fadel ne pouvait pas voir l'inspecteur Diarra mais à la manière dont ce dernier avait dit : « Bien, monsieur le commissaire ! » il sentit qu'il n'était pas content du tout. Il s'apprêtait à repartir quand Niakoly l'interpella :

— Diarra !

— Oui, chef !

— Fais-nous envoyer par le chauffeur des sandwiches de chez Ezzedine.

Il y eut un instant de lourd silence. Sans aucun doute l'inspecteur Diarra avait eu du mal à cacher sa surprise ou peut-être même avait carrément manifesté son indignation car Niakoly lui lança, goguenard :

— Ce n'est pas la peine de faire cette tête, Diarra ! Des sandwiches de chez cette fripouille d'Ezzedine pour ce jeune homme et moi ! De la bière aussi. Bien fraîche. On crève de chaleur.

Fadel essaya d'imaginer la fureur de Diarra. « Il n'aura même pas la consolation de pouvoir se venger sur moi. La dernière nuit. La dernière bière ! »

— Lorsque je prendrai enfin ma retraite, c'est Diarra qui me remplacera. S'il savait ce qui l'attend, il ne serait pas aussi pressé !

Fadel fit semblant de n'avoir rien entendu. Il fixa son attention sur les insectes qui, voletant autour de l'ampoule électrique, venaient parfois s'y écraser avant de tomber par terre.

— Dis-moi, Fadel, demanda subitement Niakoly (c'était la première fois depuis ce matin que le commissaire l'appelait par son nom), pourquoi cette jeune fille a-t-elle cherché coûte que coûte à me ridiculiser ainsi ? Je suis tout de même le commissaire principal du district et j'ai l'âge de son père !

— Je ne sais pas pourquoi elle a fait ça.

— C'est bien la fille de Boureïma l'Aveugle ? dit Niakoly avec négligence, comme s'il voulait simplement se faire confirmer quelque chose dont il était à peu près sûr. Elle s'appelle Sinkelo, je crois...

— Ce n'est pas la fille de Boureïma l'Aveugle et elle ne s'appelle pas ainsi, répondit Fadel.

— J'avais oublié en effet, c'est la fameuse reine Johanna Simentho en personne ! dit Niakoly sur un ton sarcastique.

— Vous avez encore tué et vous continuerez sans doute à le faire. Mais ces bains de sang ne serviront à rien. Selon la reine Johanna, le Vent revient toujours...

Le commissaire éclata de rire en se renversant en arrière.

— Et mon Maître à moi, ce bon colonel Vézélis, disait toujours : « A la guerre comme à la guerre, Niakoly ! » Et tu vois, l'autre jour à Wissombo, quelques secondes de fantaisie... Nous avons payé ça très cher !

Fadel revit la reine Johanna disant à Doumbouya : « Il faut faire quelque chose. » Pour la première fois depuis qu'il connaissait Doumbouya, il le voyait obéir à quelqu'un. Il écoutait les ordres donnés par la reine avec de petits mouvements respectueux de la tête. Fadel se demanda si ce n'était pas à ce moment-là qu'avait été prise la décision de tendre ce piège diabolique à Niakoly et à ses hommes. Il n'avait pas bien pu entendre tout ce que Johanna avait dit à Doumbouya.

— Un beau traquenard, dit Niakoly. C'est la première fois que nous perdons des hommes dans une telle opération. Maintenant, c'est vraiment la guerre !

Fadel resta silencieux. Il était partagé entre le dégoût et une étrange compassion. Niakoly aimait le sang et il allait continuer à tuer. En une seule journée il avait montré à Fadel toutes les facettes hideuses de sa démence meurtrière. Et il avait passé toute cette journée à jouer avec sa prochaine victime : Fadel lui-même.

Le téléphone sonna plusieurs fois. Niakoly refusa cependant de le décrocher. Visiblement la sonnerie l'énervait.

— C'est sûrement mon frère, le député, qui appelle de Dakar. Il n'arrête pas de me téléphoner depuis quelques jours. Avec ce qui vient de se passer il risque gros. C'est lui le responsable politique du district. Fadel, as-tu déjà rencontré Jean-Baptiste ?

— Je l'ai souvent vu à la maison. C'est un ami de mon père.

Un petit sourire de commisération détendit le visage de Niakoly.

— Jean-Baptiste n'a pas d'ami. Tout petit déjà, c'était un beau salaud. Il n'a jamais eu d'ami. Il m'a dit qu'il te connaît très bien. Pour lui, tu es un jeune idéaliste que ses parents n'ont pas assez serré. Un enfant gâté, c'est tout. Si tu nous aides à retrouver Doumbouya et cette jeune fille, Jean-Baptiste te fera sortir d'ici. C'est un politicien, mais il tient toujours ses promesses.

— Je ne sais rien, dit Fadel.

— Même sans ton aide nous les aurons ! Et tu peux me croire, ils ne viendront pas te féliciter devant ta tombe ! Nous ne leur en laisserons pas le temps.

— Vous ne pourrez rien contre eux, ils ne mourront pas, dit encore Fadel pour l'exaspérer davantage.

L'effet fut instantané. Niakoly se leva et se mit à hurler, le poing brandi en l'air, les yeux lançant des flammes.

— Encore tes foutaises de jeune idéaliste ! Ils iront bel et bien rejoindre les autres dans la mort et plus personne ne les reverra ni n'entendra parler d'eux. Je défie quiconque d'arriver à faire la preuve qu'ils ont réellement existé comme toi et moi nous existons en ce moment (il est vrai qu'en ce qui te concerne, mon cher ami...), celui qui voudra prouver une chose aussi incroyable, eh bien il lui faudra dégager de si épaisses couches de chaux vive, creuser si profond, affronter si vaillamment la puanteur de leurs carcasses entassées et faire courir aux vivants de si sérieux risques d'épidémie que ce téméraire justicier se résignera à admettre qu'au fond le jeu n'en vaut pas la chandelle ! Très pratique, les fosses communes !

Niakoly, tout essouflé, vint s'appuyer sur la chaise de Fadel qui eut envie de se retourner pour lire ses sentiments dans ses yeux. Mais il resta raide, fixant sans raison particulière la photo officielle en couleurs du major Adelezo.

— Tu peux penser ce que tu veux de moi, mais je ne suis pas aussi mauvais que tu le crois. Je ne demande qu'une chose : où se cachent-ils ? Dis-le moi et tu seras libre !

— Je sais trop de choses gênantes pour vous. Vous ne me laisserez jamais retourner vivant chez moi.

En entendant ces propos de Fadel, Niakoly fut envahi par un espoir fou. Il regagna sa place pour s'assurer sans doute que Fadel était effectivement en train de flancher.

— Si c'est une simple question de confiance, ne crains rien. Dis-moi tout et tu as ma parole que tu retourneras chez toi. Personne ne saura que tu as parlé.

— Je ne sais rien.

Niakoly ne se découragea pas :

— Cette forêt ? Cette jeune fille ?

— Elle porte mon enfant, dit Fadel avec simplicité.

Niakoly écarquilla les yeux.

— Qui porte ton enfant ? La jeune fille ou la forêt ?

« Tiens, je n'y avais pas pensé », se dit Fadel. Il se sentit soudain heureux.

Niakoly laissa entendre un rire nerveux suivi d'une nouvelle explosion.

— Eh bien, bravo ! Je vois que notre jeune citadin n'a pas perdu son temps ! Ainsi donc tu as réussi à faire un bébé à la reine Johanna Simentho elle-même !

Ce sera une fille, naturellement. Et tout aussi naturellement elle s'appellera Johanna. Et ainsi de suite jusqu'à la fin des temps car il ne faut pas que la race des héros s'éteigne, n'est-ce pas ! L'enfant va grandir dans la forêt en se nourrissant de baies sauvages et de lait de lionne avant de se lancer plus tard à l'assaut de quelque forteresse impérialiste ! Ça va continuer jusqu'à quand, ces idioties ?

Fadel éprouvait une profonde joie intérieure. Jamais au cours de sa vie il n'avait été aussi en paix avec lui-même.

— Je ne sais pas, répondit-il, le cœur en fête. Peut-être aussi longtemps que nous aurons besoin de la reine Johanna...

— Pauvre petit crétin, laissa tomber froidement Niakoly après un bref moment de réflexion. Toi, je peux t'assurer que tu n'auras plus besoin sous peu de la reine Johanna. Tu as fourré ton nez dans une sale histoire. On dirait que tu ne t'en rends pas compte.

Fadel voulut dire quelque chose mais y renonça. « Jouer au héros, pensa-t-il. Pourtant c'est le moment ou jamais. » Il eut une vague envie d'éclater de rire et de gambader autour de la pièce. Attendre si longtemps et rencontrer un jour, presque par hasard, le bonheur.

— Vous allez me tuer, ça devrait vous suffire. Que vous faut-il de plus ?

— Ha ! ha ! hurla soudain Niakoly, toi aussi, tu comptes sur moi pour devenir un martyr ! J'en ai connu, dans ma vie, des illuminés de ton espèce ! Tout ce qu'il leur faut, c'est qu'on les transforme en martyrs, autrement dit qu'on les tue sans les tuer ! Le bon colonel Léonidas Vézélis m'a appris à dépister rapidement ces insensés qui même de l'au-delà veulent continuer à faire chier les honnêtes flics qui font juste leur boulot. J'ai beaucoup de sympathie pour toi, Fadel, mais ce serait vraiment trop bête de commettre une aussi grave faute professionnelle après tant d'années de bons et loyaux services ! Tu ne seras même pas enterré dans le District ! Demain ou après-demain ton corps sera déposé à la morgue de l'hôpital du 20-Juillet. Ton père El Hadj Madické Sarr est un homme riche, influent et respecté : nous avons un dossier épais comme ça sur ses juteuses magouilles financières, il ne cherchera même pas à savoir ce qui t'est arrivé. Tes parents vont t'enterrer très vite, pour cacher ton corps, pas pour autre chose ! Ils feront tous semblant de croire que tu étais devenu fou à Wissombo.

— Vous êtes vraiment fou, dit lentement Fadel avec beaucoup de conviction. Pourtant la vérité éclatera, comme pour la reine Johanna.

Niakoly fit un geste de la main comme pour dire : « Encore tes foutaises ! »

— Lis plutôt cet article. Ça va t'intéresser.

Il tendit à Fadel un feuillet dactylographié.

Fadel lut. C'était une relation de l'accident mortel qui allait lui arriver. Malgré ses efforts pour rester impassible, son cœur se mit à battre très fort. « Jeune homme ne jouissant pas de toutes ses facultés mentales... Flèches empoisonnées... L'accident survenu à quelques kilomètres de Dinkera... Chauffeur en fuite... ne saurions trop recommander à nos concitoyens de signaler aux autorités ces dangereux fous errants. »

Les mots dansaient devant ses yeux.

— C'est le texte préparé par le correspondant local de *l'Indépendant*. Pas de commentaires ? Des fautes d'orthographe ?

« Je suis tombé sur un fou. Ce type est complètement malade. » Fadel voulut lui demander ce qui était arrivé à Simbalé et surtout à Boureïma l'Aveugle. Les avait-il tués eux aussi au cours de l'accrochage ? Jamais il ne saurait la vérité. Niakoly serait trop ravi de pouvoir le tourmenter à nouveau s'il lui posait la question.

On leur apporta les sandwiches. Fadel essaya de manger mais n'y parvint pas. La mastication lui était douloureuse. En revanche, la bière, bien glacée, lui procura une grande sensation de bien-être.

— Une sacrée ordure, c'est une sacrée ordure, Ezzedine !

Que voulait dire Niakoly ? Sans s'y attarder plus longtemps Fadel pensa : « Aucune importance désormais. »

Le petit groupe avançait dans les ténèbres. Deux policiers en civil. Fadel ne les avait jamais remarqués au commissariat mais quelques instants plus tôt il avait eu le temps de les voir à travers la vitre, troquer leurs uniformes contre d'innocentes tenues.

Il fit un effort pour penser à sa famille. Mais aucune image ne venait. Il se vit seulement en train de traverser le fleuve. Au-delà du Kwazékélé, l'au-delà. Les vertes pluies de la forêt. En cet instant, plus besoin d'entendre les tambours de la mémoire pour se souvenir.

Leur jeu favori depuis deux mois que Sinkelo était enceinte : faire semblant de se disputer à propos de l'enfant qui n'était pas encore né. Sinkelo soutenait que ce serait une fille.

— Mais comment peux-tu en être sûre à ce point, ma petite folle ?

— C'est une certitude. Tu ne dois pas en douter.

Et aussi leurs bizarreries.

— Fadel, occupe-toi de Johanna, elle me suit partout en criant, elle s'accroche à moi, je n'arrive pas à faire la cuisine et toi tu rêvasses sans arrêt, tu écris des choses et des choses dans tes cahiers.

Alors il faisait mine de se secouer, de poursuivre l'enfant à travers la maison, de le prendre dans ses bras et de le faire sauter en l'air.

Il était heureux et ce n'était pas un bonheur imaginaire.

Ou alors Sinkelo, sur un ton de défi plein d'affection :

— Hé, Fadel, tu dessines toujours sur le sable des choses sans importance, tu vas me montrer maintenant ce que tu sais faire !

Et de lui décrire l'enfant à venir, les yeux, le nez, la forme du visage, le sourire déjà empreint de gravité.

Et voici, lui disait Sinkelo en riant, voici l'acacia aux racines amères sur lequel à six ans seulement monta pour cueillir l'arc-en-ciel l'enfant à venir et au visage lumineux.

Il tendait à Sinkelo le portrait en lui disant fièrement :

— Elle te ressemble beaucoup. Je vais accrocher ça au mur.

Puis le petit groupe atteignit le bord de la route. Un ronronnement de moteur.

Tous les matins au réveil, elle contemplait, rêveuse, le portrait de l'enfant accroché au mur, une douce euphorie avec des zones de tristesse, se caressant le ventre où remuait l'être infime, exister avant que de naître, ses yeux ouverts déjà sur la lumière du matin et...

Deux phares trouèrent violemment la nuit.

29

Nous étions seules à la maison depuis de longues heures. Je revois Aïda bien moulée dans son épais survêtement rouge et or, assise en tailleur près du petit fourneau malgache pour surveiller la théière. La conversation languissait, entrecoupée de silences un peu gênés. Est-ce à cause de cela que j'ai eu brusquement cette idée tout à fait stupide de montrer notre récit à Aïda ? Je ne saurais le dire. La seule chose certaine c'est que si j'avais tant soit peu réfléchi, je n'aurais jamais fait une chose pareille. Mais voilà : dès que j'y ai pensé, je n'ai pas hésité une seconde. Je m'entends encore dire à Aïda en lui remettant le cahier bleu :

— Tu peux y jeter un coup d'œil. Ça va peut-être t'intéresser.

J'avais parlé sur un ton qui se voulait neutre et presque désinvolte, mais la jeune fille n'avait pas été dupe. Inutile d'ailleurs, en général, de raconter des salades à Aïda : elle a le don effrayant de percer à jour vos émotions les plus intimes. Le fait est que je n'avais jamais été aussi angoissée de ma vie. Epiant sournoisement ses moindres gestes, je me demandais ce qu'elle pouvait bien ressentir en redécouvrant, à travers la tragique destinée de Fadel, des pans entiers (parfois enfouis bien loin et confus) de sa propre enfance. Je dus me rendre bien vite à l'amère évidence : Aïda était certes intéressée mais pas particulièrement enthousiaste. Je m'aperçus même, avec dépit, qu'elle passait trop rapidement à mon gré sur certaines pages. Elle revenait souvent en arrière comme pour s'assurer, avec un acharnement malsain, d'avoir bien relevé toutes les incohérences et inexactitudes de notre texte. Aïda faisait penser à un professeur blasé et narquois torturant un pauvre cancre. Elle gardait pendant tout ce temps la tête obstinément baissée. Tout cela commençait à me paraître absolument insupportable. Je songeai un moment à l'interrompre pour lui faire remarquer qu'elle abusait de la situation. J'y renonçai, devinant qu'elle allait me demander de son air le plus candide : « Mais de quelle ''situation'' parles-tu, Ndella ? » Je pris donc le parti de me réfugier au balcon. Le spectacle de la rue ne parvint cependant pas à me distraire. Comment Aïda pouvait-elle se montrer aussi insensible ? Je me répétais sans cesse, comme pour me rassurer moi-même : « Les choses se sont réellement passées ainsi et nous n'y pouvons rien. C'est bien le commissaire Jacques-Joseph Niakoly qui, entre autres atrocités commises à Wissombo, a froidement assassiné Fadel Sarr. » Aïda semblait se moquer de tout cela. Au lieu de s'indigner d'un crime qui la concernait au premier chef, elle s'intéressait à des problèmes de technique romanesque parfaitement secondaires. Elle se posait des questions du genre : Ismaïla et Ndella ne vont-ils pas un peu loin en prétendant pouvoir restituer tels quels les bizarres monologues intérieurs de Fadel ? Leur relation de la mort de Fadel offre-t-elle les garanties requises de vraisemblance malgré (ou plutôt à cause de) la précision extrême des détails ? Le seul fait d'évoquer ces foutaises me rendit presque malade. Je me mis à phantasmer sur quelque secte mystique travaillant inlassablement à faire admettre aux hommes que leur vie réelle est pure apparence.

J'en étais à l'évaluation des convergences d'intérêt entre lesdites puissances infernales et le major Adelezo quand je sentis Aïda à mes côtés. Depuis quand m'avait-elle donc rejointe au balcon ? Je fus aussi gênée que si elle m'avait surprise en train de divaguer à haute voix. Elle dit que notre récit paraissait « très intéressant » mais qu'elle n'avait pas eu le temps d'en terminer la lecture, que ce serait pour une autre fois. Je me gardai de lui répondre. Je savais qu'il me suffirait d'ouvrir la bouche pour qu'Aïda s'aperçût, au tremblement de ma voix, à quel point j'étais déçue. Il y eut pendant quelques minutes un silence chargé d'hostilité. Nous avons vu une mendiante déboucher d'une des ruelles perpendiculaires à l'avenue principale. Précédée de ses deux enfants, elle était assez jeune et probablement aveugle. Marchant lentement, elle se servait d'un petit porte-voix pour demander l'aumône, les yeux tournés vers le ciel, le cou raide. Un chant pur, beau, d'une profonde tristesse. Aïda en a profité pour rompre la glace. Elle m'a parlé des mendiants de Calcutta. Aussitôt j'ai pensé avec une mauvaise humeur bizarre : « Tiens, Mademoiselle a été aussi à Calcutta ! » (Il faut dire qu'à vingt ans Aïda a déjà visité pas mal de pays.)

— On m'a raconté que là-bas les parents estropient eux-mêmes leurs enfants pour leur donner une petite chance de se faire remarquer des passants.

Elle a ajouté qu'en utilisant un porte-voix la jeune mendiante appliquait au fond le même principe, sachant d'expérience à quel point les gens étaient devenus sourds à la souffrance humaine. Je me suis dit, avec méchanceté, qu'il fallait bien du culot à Aïda pour oser seulement parler de la souffrance humaine dont elle ignorait tout. Elle m'a regardé d'une drôle de façon. J'ai eu tellement honte de ce que je venais de penser que j'ai oublié mes griefs précédents contre elle. Je me suis forcée à me détendre et j'ai commencé à taquiner Aïda sur Ibnou, son mystérieux copain que nous appelions entre nous « le motard ».

Pourtant lorsque nous sommes retournées au salon quelques instant plus tard, je me suis sentie à nouveau troublée et abattue.

Le même soir j'ai parlé de tout ça avec Ismaïla. Je lui ai surtout fait remarquer à quel point Aïda m'avait perturbée. Apparemment Ismaïla n'avait guère envie de discuter. Il levait parfois la tête de son journal, m'écoutait avec l'air de me dire « tu causes, Ndella, tu causes... », puis reprenait sa lecture. J'ai continué à le harceler impitoyablement. Ismaïla se contentait, pour toute réponse, de vagues grognements monosyllabiques. En mettant ces grognements bout à bout et en comblant les vides par ses gestes (froncements de sourcils, haussements d'épaules et moues dubitatives), on obtenait à peu près ceci :

— Je ne vois vraiment pas ce qu'on peut reprocher à Aïda, toi au contraire tu as de plus en plus tendance à exagérer des choses absolument insignifiantes.

Mais dès que je me suis plantée devant Ismaïla, prête à faire un scandale, il a compris que je ne plaisantais plus. Il a une peur bleue de ce qu'il appelle « les vieux démons de Ndella ». Posant son journal, il m'a demandé :

— Qu'est-ce que tu veux que je te dise ? Aïda est aussi obstinée que son frère, c'est tout. D'ailleurs, d'une façon ou d'une autre, ils sont tous comme ça dans cette famille. Ça ne leur a pas trop mal réussi jusqu'à présent, je dois dire !

Pour le coup, c'est moi qui ne reconnaissais plus Ismaïla. Je le lui dis, en prenant toutefois soin de préciser :

— A moins que je n'aie pas bien compris ce que tu veux dire...

— Je veux juste dire que ce monde est sans pitié pour les faibles.

Il ajouta avec précipitation, pour m'empêcher manifestement de revenir à la charge :

— Tu vois bien que je ne suis pas en forme. On en reparlera, c'est promis.

J'étais en plein cirage mais je l'ai laissé se reposer. On verrait plus tard.

30

Je voulus m'en aller au plus vite après avoir donné aux parents de Ndella un peu d'argent et les coupons de tissu que leur fille leur avait achetés la veille au marché du Port.

Fuir le plus loin possible, sans même savoir pourquoi.

Naturellement, ils ne voulurent pas me laisser partir. Je m'y attendais. C'était toujours ainsi : la seule présence du mari de Ndella les bouleversait au-delà de toute mesure. Comme si leur fille elle-même, après cette longue absence, était revenue vivre auprès d'eux. Alors ils s'accrochaient à moi comme à une bouée de sauvetage.

Deux vieillards attendant la fin avec l'air de se demander ce qu'ils étaient venus faire dans cette galère. Au cœur de la Médina, une vieille maison qui sentait la misère et la désolation. Deux petites chambres mal éclairées, portes branlantes, cafards et souris se bousculant sous les lits, humidité nauséabonde et l'innommable tragédie qui ne sera point nommée ici. Oui, oui leur fille se portait très bien... Non, ils ne devaient pas dire de telles choses, le passé c'était le passé, et Ndella avait pardonné... Ah ça oui, une brave fille qui ira très loin, c'est sûr... Son travail lui prenait beaucoup de temps, à l'approche des examens elle faisait des heures supplémentaires pour aider ses élèves... Inch Allah, la prochaine fois nous viendrons ensemble, je la forcerai au besoin...

— Dis-lui que nous prions nuit et jour pour elle.

— Oui, Yaye Astou, Ndella sait tout ce qu'elle vous doit.

— Nous n'avons qu'elle, mon fils, dit encore Yaye Astou.

— Tout ce qui arrive sur cette terre est la volonté de Dieu, ajouta le vieux.

Les seules paroles, ce jour-là, du père de Ndella. Jusque-là il s'était contenté de hocher doucement la tête, immobile, le visage fermé. Image de la détresse absolue. Je ne voyais que son bonnet rouge et ses lunettes noires. Oiseau de nuit énigmatique et lugubre tapi de toute éternité dans ses ténèbres.

Sur le seuil, je me retournai. Yaye Astou tenait encore son coupon de lagos à la main et tous deux continuaient à me suivre du regard d'un air hébété.

Je me précipitai dans la rue.

Après avoir longé le marché Tilleen du côté de la rue 19, je m'engageai dans l'avenue Blaise-Diagne en direction du centre-ville. Le soleil tapait dur déjà en cette fin de matinée et la vie bourdonnait autour de moi. Après mes visites plutôt déprimantes au cimetière et chez les parents de Ndella, ça me faisait du bien de me sentir perdu au milieu de la foule. Le miroir brisé, j'échappais aux tentacules du Moi ; arraché à la contemplation des espaces intérieurs, j'étais un point sombre parmi des milliers d'autres dans la fourmilière aveugle. Les parois séparant de l'ailleurs : hautes, lisses, infranchissables. Tellement grotesque, tout ça. Mais il fallait faire avec. Pourtant les couleurs me semblaient plus éclatantes et les bruits de la ville plus toniques.

Arrivé à hauteur du bureau de poste, je décidai brusquement d'aller chercher du pain dans la boulangerie toute proche. Au moment où j'attendais que le feu passe au rouge, j'entendis quelqu'un crier : « Ismaïla ! Ismaïla ! » La voix se rapprochait au fil des secondes, ce qui me fit penser que l'individu venait précipitamment à ma rencontre. C'était comme si, m'ayant cherché toute la journée pour m'annoncer une nouvelle particulièrement importante, il ne voulait que je lui échappe à aucun prix. Je ne pouvais pas exclure non plus d'avoir affaire à un type louche dans le genre indicateur de police. En effet nous étions, Ndella et moi, sur le qui-vive, persuadés d'être l'objet d'une étroite surveillance (pour être franc, ce « nous » n'a aucun sens, dans la mesure où Ndella croit que nous ne courons aucun danger réel, elle se moque souvent de moi en disant que je fais « une paranoïa pas trop méchante qui ne tardera pas à guérir »). Pendant que je continuais à spéculer, l'inconnu se rapprochait dangereusement de moi. Je fis semblant de n'avoir rien entendu. Dès que le passage fut libre, je m'y engouffrai presque au pas de course, mais d'une façon telle qu'on ne pût me soupçonner de prendre la fuite. L'autre, bloqué par le flot des voitures, hurlait et gesticulait de plus belle : « Ismaïla ! Mais qu'est-ce qui te prend, Ismaïla ? C'est moi, Ngagne ! »

Je reconnus la grosse voix de Ngagne et aussitôt je me sentis inexplicablement heureux. « Grand Ngagne », comme tout le monde l'appelait, était un mécanicien installé à Rebeuss. Joufflu et ventripotent, hâbleur, plein de vitalité et d'un caractère impulsif, Grand Ngagne ne passait certes pas inaperçu. Nous avions beaucoup de sympathie l'un pour l'autre. Il s'était toujours bien occupé de ma Datsun et lorsque j'avais dû la vendre il m'avait aidé à en avoir un bon prix. On a sans doute deviné que Ngagne n'avait rien de spécial à me dire, aussi étonnant que cela puisse paraître. Je m'empresse d'ailleurs de préciser, au risque de décevoir ceux qui escomptaient quelque rebondissement spectaculaire, que Grand Ngagne n'est personne, s'il est permis de s'exprimer ainsi. Juste une vieille connaissance rencontrée par hasard : deux chemins qui se croisent et se séparent au cours d'une journée.

J'étais si content de retrouver Grand Ngagne que j'en oubliai d'aller à la boulangerie. En fait Ngagne ne m'avait pas laissé le choix. Il m'avait entraîné d'autorité vers son garage :

— Un autre que moi ne t'aurait pas reconnu, dit-il sans cesser de me dévisager avec une certaine perplexité. Tu n'es pas beau à voir, mon petit frère...

— J'ai quelques petits problèmes, mais ça ira, Grand.

— Tu m'as laissé tomber et tout à l'heure tu semblais me fuir. Que se passe-t-il ?

— Tu sais, le pays, Grand, fis-je vaguement.

Je n'en menais pas large et j'étais conscient de dire n'importe quoi.

Grand Ngagne passa brutalement à l'attaque en s'arrêtant net :

— C'est vrai ce qu'on raconte ? Que tu as été viré de ton boulot, parce que tu puisais toi aussi dans la caisse ?

Je fus assailli à l'instant par des sentiments forts et très divers. J'étais habitué à ces calomnies mais chaque fois que je les entendais je me sentais profondément malheureux. J'éprouvai aussi une fugitive fierté. J'étais un rat crevé oublié dans un égout, totalement fauché, et on m'accusait d'avoir volé des millions. C'était une façon de reconnaître qu'avant toutes ces terribles mésaventures je n'étais pas n'importe qui. Aucun esprit rationnel ne peut ni ne doit essayer de comprendre comment on peut être fier de se faire traiter de voleur. C'est pourtant un fait qu'au pays du major Adelezo on établit de mystérieuses corrélations entre le nombre de millions que l'éminence de votre position vous permet de détourner éventuellement et ceux que vous osez détourner effectivement. Si vous voulez être respecté de la foule, si vous ne voulez pas vous faire traiter de lâche, vous n'avez pratiquement d'autre choix que de vous servir à pleines mains. Si vous vous comportez comme un vulgaire voleur de poules, vous êtes perdu : les gens vous mépriseront comme un tas de merde sous les roues d'un camion et le juge lui-même, exaspéré par votre incroyable manque d'ambition, vous collera le maximum. Je me surpris aussi à disséquer, à une allure vertigineuse, le "toi aussi" de Ngagne. C'est le moment de signaler que Ngagne et tous les jeunes apprentis de son garage étaient de grands admirateurs de Badou. Ce dernier qui venait souvent leur parler de révolution les avait littéralement subjugués par sa folle témérité. De l'enseignement politique de Badou, Ngagne avait à peu près retenu ceci : d'un côté les exploiteurs, de l'autre leurs victimes. Alors il faudra bien s'expliquer un jour. « Ce sera la Grande Bagarre », disait Ngagne, quelque chose dans le style : « Tout ça c'est trop moche, allez les gars, on casse tout et on recommence. Aujourd'hui le peuple est le plus fort et il va y avoir du sport ! » Pour Ngagne tous les intellectuels, belles paroles, jolies cravates, étaient, sauf rares exceptions, corrompus jusqu'à la moelle. J'étais une des ces exceptions ("toi aussi") et en réalité Ngagne me suppliait de lui jurer, au nom de cette confiance, que j'étais au-dessus de tout soupçon.

Je lui avouai que j'avais demandé un congé de douze mois sans solde à la Société générale des Assurances nouvelles pour un important travail dont je ne pouvais pas encore parler, et qu'on ne m'avait pas autorisé à reprendre mon poste par la suite.

Ngagne se contenta de hocher la tête :

— Les gens sont d'une méchanceté !

Il ajouta, après une pause, que lui non plus ses affaires ne marchaient pas très fort mais qu'il était habitué. Et soudain, en proie à une indignation aussi subite que profonde, il posa sa grosse patte sur mon épaule et me dit avec conviction :

— Ils sont fous ! Je te jure, petit frère, qu'ils sont fous ! Mais ils se trompent s'ils s'imaginent que ça va continuer comme ça ! Un jour ou l'autre, nous leur ferons payer leurs crimes !

Ma situation n'était certes pas des plus brillantes, mais je ne la considérais tout de même pas comme catastrophique. Grâce à Ndella, nous arrivions à joindre les deux bouts. La colère de Ngagne s'expliquait cependant aisément : m'ayant connu au temps de ma bonne fortune, il avait naturellement tendance à exagérer mes malheurs présents. J'étais à ses yeux une Victime exemplaire. En cet instant précis, Grand Ngagne, par pitié pour moi (je m'en aperçus sans plaisir), était prêt à mettre le pays à feu et à sang. Il sortit quelques pièces de cent francs de sa poche et les garda au creux de la main. Je me demandai avec angoisse s'il n'avait pas l'intention de me les donner.

Comme nous arrivions au garage, un des apprentis, un garçon d'une quinzaine d'années, malingre et vêtu de haillons aussi graisseux que ceux de Ngagne, vint à nous en courant :

— Grand, où étais-tu ? Je t'ai cherché partout. Le monsieur dit qu'il en a assez d'attendre.

Ngagne lâcha un gros juron et, dans la foulée, expédia un violent coup de pied en direction de l'apprenti qui réussit à l'esquiver mais se retrouva par terre :

— Lève-toi, espèce de bâtard !

Puis se tournant vers moi :

— Toi, tu ne bouges pas d'ici, j'ai à te causer mais il me faut d'abord dire deux mots à ce monsieur.

Il semblait avoir une idée très précise en tête. Je me laissai tomber docilement sur un banc qui traînait par là. Mon attention fut attirée par les cris de Cheetah, le petit singe que Ngagne avait déniché Dieu sait où et qui était attaché au manguier d'en face. Nos yeux se rencontrèrent et je fus profondément troublé. Puissance du regard. Il y avait un fluide et assurément le fluide signifiait. Je me souvins d'un épisode de la vie de Fadel que m'avait rapporté Ndella. Au cours d'un voyage en train entre Paris et Le Havre Fadel s'était trouvé, bien malgré lui, assis en face d'un type (« un jeune rouquin au visage anguleux, portant des bottes de cuir et qui finalement changea de place à Yvetot », précisait Ndella comme si ces détails avaient une importance capitale...) et le type et Fadel avaient échangé, dès la première fraction de seconde, un regard chargé d'une haine intense. D'après Ndella « cet incident apparemment anodin avait beaucoup marqué Fadel ». Il y voyait un signe de la folie de notre temps et ajoutait, chaque fois qu'il le racontait, des phrases du genre : « La haine absolue. Défense du Territoire. La haine à l'état pur. Parce que c'était un Blanc et moi un Noir. Nous en sommes là et c'est bien la preuve que tout est foutu. » L'animal continuait à fixer sur moi des yeux chargés de tristesse et d'ironie. Regard venu des âges lointains comme pour me demander si, ayant échappé aux marécages antédiluviens, j'étais assez bête pour prendre vraiment au sérieux l'illusoire différence. Et pourquoi, singe artificiel, omnivore et bougrement compliqué, j'avais foutu ce nom de Dieu de bordel sur la planète. Je m'en allai sans attendre le retour du « Grand Ngagne ».

Arrivé à proximité de la maison, je levai machinalement la tête. Réflexe d'homme traqué. La fenêtre était ouverte. Cela suffit à me rassurer.

Quelques jours plus tôt, j'avais cru que le piège s'était refermé sur nous. Debout sur le trottoir, hésitant sur la conduite à adopter, j'avais seulement pensé : ça devait arriver, c'est arrivé. Comme tout à l'heure au cimetière, sentiment de total vide intérieur. Un de ces moments où il ne vous reste même plus assez de courage pour avoir peur. Où il est plus simple de se dire : un jour de plus, un jour de moins, ça ne fait aucune différence. J'avais peut-être réussi, étrangement, à me persuader que je n'avais jamais existé et que la mort certaine qui m'attendait d'un instant à l'autre ne me concernait en rien. Un sale tour à jouer aux hommes du major Adelezo. Puis en un éclair, j'avais été secoué par une tempête d'images et de sensations chaotiques. Casqués, sanglés, bottés, mettant à sac l'appartement. Ivre de sa propre abjection la grouillante et verdâtre soldatesque. Ndella et son obsession : l'enfant que nous n'avons pas eu. Avant d'être bâillonnée et violée, Ndella les a traités de fils de chiens enragés. Mais ils ricanent, nous gagnons toujours parce que nous sommes les plus forts, la force, y a que ça de vrai, disent-ils.

Et confortablement installés au salon ils attendent. Ils attendent mon retour.

31

Le docteur Kanté a dit en reposant les clichés : « Plus rien à faire maintenant, ma petite Ndella. C'est foutu-foutu. » Il était déçu et triste. Pour me le cacher, il avait utilisé cette expression qui m'avait si souvent amusée. Lorsque je le harcelais de questions, au lieu de s'impatienter, il prenait la chose avec bonne humeur et me rassurait : « T'en fais pas, ma petite Ndella, je vais te remettre en état de marche, moi, ce n'est pas encore foutu-foutu. » Ça l'était pour de bon, désormais. Terre sèche et craquelée. A perte de vue une herbe rare et jaunie. Un tapis de feuilles mortes à peine soulevées par le vent. J'allais devoir vivre avec cette implacable évidence : Ismaïla et moi nous n'aurions jamais d'enfant. Je me sentais de taille cependant à affronter mes souffrances. Je savais que jamais je ne me résignerais à n'être qu'un quartier de viande oublié sur l'étal d'un boucher. Ma vie gardait un sens. Je n'étais pas seulement mon corps. Vivre ! Alors n'en parlons plus.

Nous avions passé, Fadel et moi, une semaine entière à Gorée, dans une des résidences de son père. C'était une vieille propriété de style colonial du côté de la Maison des Esclaves. Au fond d'une vaste cour, cinq ou six pièces assez spacieuses, confortablement meublées et bien entretenues. Le vieux Madické venait parfois y travailler seul.

Ma liaison avec Fadel datait de deux mois seulement et c'était la première fois que nous restions aussi longtemps ensemble. Nous étions heureux et fébriles comme des nouveaux mariés. Ayant tacitement décidé de tout faire à contresens, nous prenions nos repas à des heures invraisemblables en vidant force bouteilles de bière. L'idée même de nous retirer à Gorée en ce mois de janvier glacial était une de ces extravagances qui nous ravissaient. J'ai rarement vu par la suite Fadel aussi jovial et bruyant que pendant ce qu'il appelait « notre drôle de voyage de noces ». Je ne savais pas encore que rien, chez lui, n'était simple. Cette gaieté et cette soif de vivre étaient sourdement rongées, cela m'apparaît clairement aujourd'hui, par une espèce de rage sombre. Il me lançait parfois dans un joyeux éclat de rire, avec des gestes désordonnés et en martelant les mots sur un ton de défi : « La vie, ma grande, c'est rien du tout ! » Je savais ce qu'il allait ajouter invariablement et je le devançais en parodiant sa voix : « Mais alors rien du tout ! » Il se mettait alors à rire de plus belle. C'était devenu un jeu. Rien qu'un jeu ? Un jeu comme un autre ? J'en suis bien moins sûre, à présent. A l'époque, avec toute l'impétuosité et l'insouciance de mes vingt ans, j'étais tendue vers un seul but : jouir du bonheur d'aimer et d'être aimée. J'étais heureuse. Le reste n'avait absolument aucune importance.

Le troisième jour, au milieu de la nuit, j'ai dit à Fadel que c'était stupide de rester enfermés dans notre chambre par une chaleur aussi étouffante. Vrai, j'étais cinglée. Il a fait semblant de me prendre au sérieux et nous avons pris la direction de la plage, apparemment bien décidés à plonger dans la mer. Mais dès que j'eus posé un pied dans l'eau, je l'ai trouvée si froide que j'ai poussé un hurlement qui a dû s'entendre dans toute l'île. Bien entendu Fadel n'a pas raté cette nouvelle occasion de se moquer de moi. Piquée au vif, j'ai insisté pour que nous restions quand même au bord de la mer. Nous nous sommes adossés à une pirogue et je me suis blottie contre Fadel. L'île paraissait complètement inhabitée. Deux amoureux au cœur de la nuit sur un rocher désert. J'ai dit à Fadel qu'il n'en fallait pas plus pour avoir envie de tout recommencer et d'ouvrir les yeux, le lendemain, sur un monde neuf. Il m'a répondu, sur un ton faussement effarouché et tout à fait comique, que bien au contraire il ne fallait toucher à rien, ce monde n'étant, à l'en croire, qu'un simple brouillon de Dieu, le tout premier jet du Grand Œuvre. La seule vraie sagesse, disait-il, commande une totale impassibilité. Attendre, immobile, que les choses s'arrangent d'elles-mêmes. Que du Néant couleur de nuit et de sang, bruit et fureur, surgissent les formes claires et joyeuses. Fadel avouait ne rien comprendre à « la malsaine frénésie des philosophes appelant à changer un monde qui n'avait même pas commencé à exister véritablement ». Il m'a ensuite raconté une de ses empoignades avec Badou. Il m'a dit comment celui-ci, agacé par ses « machins métaphysiques », et dans le seul but de le faire rager à son tour, avait froidement prétendu pouvoir « procéder séance tenante à une description hyperréaliste de la vie quotidienne dans l'au-delà puisqu'il suffit de se pencher à sa fenêtre ou de regarder autour de soi ». Fadel m'a rapporté aussi comment son frère, de plus en plus excité, avait essayé par la suite de lui démontrer que le Jugement Dernier avait déjà eu lieu à notre insu, que la Sentence était en cours d'exécution, les Riches et les Pauvres étant les Elus et les Damnés. De tout cela Badou déduisait, avec (il faut le reconnaître) une certaine logique, que ce monde-ci était bel et bien l'autre monde, même si les gens faisaient semblant (à son grand étonnement) de ne pas s'en apercevoir, que Dieu en avait fini avec les hommes et que ceux-ci devaient désormais se débrouiller entre eux. Badou concluait brutalement : « Il ne faut pas écouter les petits malins qui se la coulent douce en te disant : patience, mon gars, ton tour viendra. En fait ils te prennent pour un con. C'est ici et maintenant qu'il faut se battre, Fadel. Attendre, c'est attendre seulement la mort. »

A l'époque je ne connaissais pas bien Badou. Pourtant de tels propos correspondaient exactement à l'idée que je me faisais de lui. Un véritable roc. Il avait la chance de vivre dans un univers lumineux et simple, cela se voyait au premier coup d'œil. Pour certains la vie était un long tunnel obscur. Pour Badou, c'était un boulevard illuminé et rectiligne. Nous l'avions rencontré par hasard dans une pharmacie du Plateau et Fadel avait fait les présentations. Il s'était montré d'une gentillesse plutôt expéditive à mon égard. J'avais aussitôt éprouvé pour lui la plus vive antipathie. Je détestais la brusquerie de ses manières et (je dois l'avouer) une espèce de supériorité qu'il considérait comme tout à fait naturelle, indiscutable même, vis-à-vis de tout le monde. Il nous avait parlé, pendant quelques minutes, sur un ton condescendant comme si nous étions deux jeunes gens intéressants mais futiles. Après quoi, prétextant je ne sais quelle réunion, il nous avait plantés devant la porte de la pharmacie.

J'ai rappelé cette première rencontre à Fadel. Il s'est contenté de sourire :

— Tu le détestes, hein ? C'est parce que tu le connais mal. Badou est la bonté même, c'est le meilleur de nous tous. Son seul problème, c'est qu'il aime l'humanité entière. Il n'a pas le temps d'aimer les hommes un par un. C'est pas plus compliqué que ça !

Il y a eu un moment de silence. La mer. Le bruit des vagues. C'était fascinant de penser que depuis des temps immémoriaux les mêmes vagues venaient s'écraser contre les mêmes rochers, inlassablement. Alors que nous autres... J'avais terriblement froid mais je ne voulais pas le laisser voir à Fadel. Nous avons encore un peu parlé de Badou. Je ne sais plus ce que nous avons dit exactement. Je me souviens seulement de ma surprise en découvrant que Fadel était son aîné de trois ans. En les voyant ensemble on avait l'impression que c'était plutôt l'inverse. J'ai aussi demandé à Fadel s'il lui arrivait souvent de discuter avec son frère :

— Oui, m'a-t-il répondu avec bonne humeur. Au départ il n'est jamais chaud pour croiser le fer avec un farfelu comme moi. J'arrive cependant assez facilement à le provoquer. Le plus amusant, c'est qu'il y a toujours un moment où Badou est si exalté qu'il se croit en plein meeting, haranguant des milliers de personnes !

Je lui ai fait remarquer, non sans perfidie, que sur ce point Badou avait de qui tenir :

— On dit partout que votre vieux était un fameux tribun ! Il suffit d'ailleurs de l'entendre maintenant encore pour ne pas en douter !

Fadel a fait comme s'il ne m'avait pas entendue. Il n'aimait pas, c'est vrai, parler de son père. En réalité il l'admirait sans oser se l'avouer. Moi je n'étais pas dupe et Fadel le savait. Je suppose qu'il m'en voulait un peu de fourrer mon nez dans ses contradictions mais je m'en moquais bien. Au lieu de me répondre il s'est levé et m'a littéralement arrachée du sol en me tendant la main :

— Allez, viens, on rentre ! A ce que je vois, ma grande n'a plus très chaud, elle claque même des dents, on dirait !

Sa gaieté m'a paru soudain un peu triste.

Chaque fois que je pense à Fadel, aujourd'hui encore, c'est le souvenir de « notre drôle de voyage de noces » qui me revient le plus facilement à la mémoire. Et je sais bien pourquoi : c'est pendant ce séjour à Gorée que nous avons conçu Déguène.

Ce matin Aïda a débarqué ici à l'improviste et m'a demandé :

— Où est Ismaïla ?

J'ai aussitôt pensé à un malheur. J'ai balbutié :

— Il devait se rendre chez mes parents à la Médina...

(En fait à ce moment précis, Ismaïla était probablement au cimetière. La visite à mes vieux, c'était pour plus tard. Pas question, naturellement, malgré mon trouble, d'entrer dans ces détails.)

Aïda a dit simplement :

— Eh bien tant mieux, la surprise sera complète pour lui.

— De quoi parles-tu ? Que se passe-t-il donc ?

Elle a souri :

— Que veux-tu qu'il se passe ? Je vais te dire, moi, Ndella, tu me fais penser à cette dame de *l'Aventure ambiguë* qui attend la fin du monde.

Intérieurement rassurée, j'ai rectifié :

— Ce n'est pas une « dame », c'est le Chevalier.

Aïda a fait un geste qui signifiait : « Qu'est-ce que ça change ? »

Je suis revenue à la charge :

— Tu as parlé tout à l'heure de surprise...

— C'est simple. J'ai fait le marché avant de venir et je vais vous montrer mes talents de cuisinière ! Je vais vous faire découvrir un plat de mon invention !

— Ça ressemble fort à des menaces ! ai-je dit en riant. Quel plat nous mijotes-tu, si ce n'est pas indiscret ?

— Chut ! Confidentiel.

Elle a ensuite fait un signe à leur chauffeur (celui de Madické, plus exactement) qui est monté avec le panier de provisions. Aïda s'est dirigée d'un pas décidé vers la cuisine. J'ai commencé à ranger mes fiches en soupirant. C'était classique : on projetait de faire des maths mais Aïda finissait toujours par envoyer le cours au diable. Et nous nous mettions à parler de tout et de rien comme deux vieilles amies. Pourtant elle tenait à décrocher son bac. A vrai dire, elle savait aussi qu'elle n'avait pas de souci à se faire. Nettement en avance sur ses camarades, elle raflait tous les prix sans se donner apparemment beaucoup de mal. Une fille épatante, Aïda. A la fois réservée et pleine d'assurance, elle avait le charme discret et évanescent des rejetons de la haute société. C'était le genre de personne dont on pouvait dire déjà : « Elle a de la classe ! » Lorsqu'elle se trouvait en présence d'inconnus, elle pouvait paraître assez timide et gauche. J'avais l'impression que c'étaient les seuls moments où Aïda souffrait vraiment de son infirmité. Il lui suffisait de se sentir en confiance (comme avec nous) pour se montrer pleine de vie et d'une irrésistible drôlerie. Elle me parlait parfois avec feu du Grand Amour de sa vie, un certain Ibnou Dieng, champion de course à moto, qui rêvait de faire le Paris-Dakar.

On se demandera sans doute pourquoi j'ai caché à Aïda la visite d'Ismaïla au cimetière. Rien de plus simple : Aïda elle-même s'interdisait, avec nous, toute allusion à sa famille. On se souvient que la lecture de notre manuscrit l'avait, à mon grand désespoir, laissée de marbre. (Je signale en passant qu'Aïda s'en est depuis lors définitivement désintéressée.) Nous ne comprenions rien à cette attitude d'Aïda. Nous évitions de l'amener à parler de Badou ou de Madické. De toute façon il n'y avait pas moyen de faire autrement. Ils étaient tous d'une incroyable obstination dans cette famille ! Personne n'avait pu empêcher Fadel d'aller à Wissombo. De même, quand Aïda avait pris une décision, la seule chose à faire était de prier Dieu que ce ne fût pas une folie.

Ismaïla vient de pousser la porte que j'avais laissée légèrement entrebâillée. Il a cette mine renfrognée et soupçonneuse qui ne le quitte plus depuis un certain temps. Rien qu'à la manière dont il inspecte rapidement les lieux en arrivant, on voit à quel point il est inquiet. Il en est ainsi, je l'ai remarqué, chaque fois qu'il revient à la maison après quelques heures d'absence. Il s'attend toujours à tomber sur les policiers en train de fouiller l'appartement après m'avoir sauvagement torturée. Dans sa situation actuelle, il rêve, me semble-t-il, d'une action d'éclat. Il est prêt à mourir en héros pour oublier les durs moments qu'il est en train de traverser. Je croyais bien connaître Ismaïla. Quelle erreur ! En réalité tout se passe comme s'il venait seulement de découvrir la méchanceté des hommes. Il m'arrive souvent d'avoir peur pour lui. Toutes ces abominables calomnies finiront par le détruire.

Aïda s'est précipitée au salon pour dire bonjour à Ismaïla. J'ai noté, le cœur serré, qu'elle boitait encore plus bas que par le passé. Le visage d'Ismaïla s'est instantanément adouci. Son attachement pour Aïda sortait tout simplement de l'ordinaire. Elle seule pouvait lui redonner ainsi goût à la vie.

Nous nous sommes assis par terre pour manger. Aïda a refusé de révéler le nom de son plat mais a tenu à nous faire dire qu'il était savoureux, ce qui était loin d'être le cas. J'ai senti qu'au fil des minutes Ismaïla devenait plus détendu et loquace. Il a proposé que nous allions voir *Docteur Jivago* en matinée avant de finir la soirée au « Terminus ». Aïda a dit : « O.K. pour le cinéma mais pour aller en boîte je préfère le ''Melting-Pot'', c'est la nouvelle boîte qui marche. » Pendant ce temps, moi, je ne pouvais m'empêcher de penser avec inquiétude à tout ce que cela allait nous coûter. Nous n'étions quand même pas très riches. Ce qui s'est passé ensuite, c'est que je n'ai pas osé mener mes calculs à leur terme. Ça m'a paru brusquement d'une parfaite mesquinerie en ce moment où la seule chose vraiment importante était de jouir de l'instant...

Indignée par notre peu d'enthousiasme à découvrir son night-club superbranché, Aïda nous a traités de croulants et j'ai pensé que j'étais déjà, en effet, une vieille femme assise toute la journée à ne rien faire. « Je vais te dire, moi, Ndella, tu me fais penser à cette dame, dans *l'Aventure ambiguë,* qui attend la fin du monde. » En disant cela Aïda avait visé juste. Du moins avais-je la chance de savoir de quoi j'étais menacée. Surtout ne pas dire au Vent : laisse ma main et passe ton chemin. Bien au contraire, être le Vent moi-même, à l'instar de Johanna Simentho. Johanna avait surgi de l'ombre et transmué le silence en rumeur d'espérance. Parce qu'elle ne s'était pas résignée à la fatalité d'un ordre social injuste, elle avait infléchi le cours insensé de nos existences vaines. Folie et prophétie. Ne pas faillir. Ne pas céder. Puiser dans l'exemple de Johanna la force de vivre. Je ne savais pas encore quelle direction donner à mon existence, je savais seulement que je n'allais plus subir mon Destin, au contraire j'allais le fatiguer, le Destin, le faire marcher droit au but jusqu'à ce qu'il ait les pieds enflés ou devienne dingue !

J'ai promis à Aïda que nous irions avec elle au « Melting-Pot » si elle acceptait de venir avec son motard pour nous le présenter enfin. Elle a souri malicieusement en faisant oui de la tête. J'allais les étonner tous. J'avais l'intention de me défouler comme une vraie folle.

Puis pendant le reste de l'après-midi, Ismaïla, décidément en verve, nous a fait rire aux larmes en nous racontant cette curieuse aventure qui lui était arrivée au garage de Grand Ngagne. Il était question dans cette histoire d'un jeune apprenti du nom de Modou (« beau comme l'ange de la mort », pour reprendre l'expression utilisée par Ismaïla), de Cheetah, le singe de Ngagne que le gamin gavait de bananes, et du fait vraiment étonnant, mesdames, que, pour remercier le brave petit de ses attentions, Cheetah n'avait rien trouvé de mieux que de lui balancer des cailloux gros comme de petites oranges et de lui faire des grimaces ! Il fallait voir Ismaïla imiter les sautillements et les grimaces de Cheetah ! Heureusement, ajoutait-il, que Modou les lui retournait bien prestement, ses grimaces, que voulez-vous, c'est la légitime défense ! Finalement Cheetah s'était tourné vers lui, Ismaïla, et s'était mis en tête de lui faire porter le chapeau. « C'était clair que l'animal voulait me rendre responsable (on pouvait le lire dans son regard) des graves errements de l'espèce humaine mais vous pensez bien que je ne me suis pas laissé faire, je vous le dis en vérité vous pouvez être fières de votre mec et n'eût été sa déplorable modestie l'Artiste eût demandé à ces dames d'applaudir à tout rompre ! » Ismaïla jouait alternativement son propre rôle, celui de Modou et celui de Cheetah à qui il prêtait du reste des propos absolument désopilants sur les péchés de ses frères (?) humains et sur je ne sais quel mystérieux nom de Dieu de bordel ayant peu à peu transformé les voyages en train en odyssée de mort, toute rencontre avec l'Autre étant un danger à cause de la défense du Territoire et de la haine tapie au fond des regards.

J'admirais Ismaïla sans très bien savoir pourquoi. C'était la première fois que j'éprouvais un tel sentiment pour lui. Quelque chose d'important venait de se passer. Moment fugitif de bonheur et de folie.

Mais il m'était impossible, malgré tous mes efforts, de ne pas revoir le visage affectueux et triste du docteur Kanté : « Plus rien à faire maintenant, ma petite Ndella, c'est foutu-foutu. »

En parler demain, une fois pour toutes, avec Ismaïla après une nuit d'amour, enfin.

A côté de l'histoire véridique de Johanna Simentho et de Fadel Sarr qu'il nous appartenait de faire connaître aux hommes, une autre histoire que personne sans doute ne raconterait jamais.

Mais celle-là, il est vrai, ne regardait que nous deux.

MISE EN PAGES FOURNIE

Achevé d'imprimer par Corlet, Imprimeur, S.A. - 14110 Condé-sur-Noireau (France)
N° d'Imprimeur : 20749 - Dépôt légal : novembre 1996 - *Imprimé en C.E.E.*